KB059914

알래스카 한의원

이 소 영 장 편 소 설 사□계절

차례

1.

이지는 9개월 동안 오른쪽 손톱을 깎지 못했다. 오른팔을 건드리기만 해도 사악한 통증이 올라왔기 때문이다. 그래서 오른팔이 나을 수만 있다면, 무슨 짓이든 할 수 있었다.

늦여름, 사무실엔 선풍기와 에어컨이 쌩쌩 돌아가는데 이지의 오른팔에는 털장갑과 토시가 끼워져 있다. 자르지 못한 손톱을 가리기 위한 용도였지만, 한기에 닿거나 물체에 부딪히면 통증이 올라와 이지에게는 보호막이기도 했다.

"아, 더럽게 컨펌 안 나네. 어시가 한 게 티가 안 나겠냐고."

박 대표는 토시가 지겹다는 듯 바라보며 짜증스럽게 말했다. 이지 들으라는 소리였다.

"저는 팀장님이 하라는 대로 했어요."

어시가 기어들어가는 목소리로 대표의 말을 이어받았다.

"김 팀장, 말 좀 해봐. 도대체 네 오른팔에 유령은 언제 떨어지는 거냐?"

이지는 아무 대답도 하지 못했다. 박 대표는 구멍가게만 한 리터칭 회사에 최근 어시 둘을 더 고용하게 된 것에 이미 심기가 불편한 상태였는데, 이지의 손이 닿지 않자 클라이언트들이 컨펌을 미루는 횟수가 빠르게 늘어갔다.

"차라리 왼손잡이였으면 좋았을 텐데."

"그걸 지금 말이라고 하는 거야? 너 지금 어시 둘 해서 얼마 나가는지 알아?"

박 대표가 노골적으로 돈 이야기를 꺼내자, 어시 둘이 서로 눈치를 보더니 슬슬 담배를 태우러 간다며 자리를 피했다. 이제 이지와 박 대표만 남았다.

"이지야, 나 참을 만큼 참았어."

"시간을 조금만 더 줘요. 선배."

대표는 이지의 사진학과 선배였다. 둘만 있을 때는 직함을 내려놓고, 선배라고 불렀다.

"선배, 내 의지로 어떻게 되는 게 아니잖아요."

"막말로 너한테 나가는 월급이면, 어시 다섯은 고용할 수 있어. 우리 회사 지금 힘들다. 위기라고!"

"선배, 지금 나한테 나가라는 거야?"

"그래."

정적이 흘렀다.

"어떻게 나한테 그럴 수 있어?"

피도 눈물도 없는 사진계에서 이지가 38살 노장의 나이로 살아남은 것은 '속도' 때문이었다. 전문 포토그래퍼가 찍은 사진은 언제나 '갑'과는 다른 의도를 가진다. 아무리 클라이언트가 포토그래퍼에게 사진의 콘셉트와 모델의 포즈, 상품의 느낌을 여러 차례 설명해도 최종 결과물이 요구 사항과 100% 일치하기란 어렵다. 그 중간 역할을 이지는 탁월하게 해냈다.

패션 잡지 편집자의 의도를 듣고, 포토샵으로 다시 만지는 일은 일반인이 말하는 '뽀샵'과는 다르다. 잡지나 광고 전문 포토샵 작업은 모델이나 사물을 자연스럽게 다듬으면서도 그 사진의 '본질'은 해치지 않아야 한다. 피사체의 핵심을 포착한 포토그래퍼의 좋은 감각은 유지하면서도, 상품의 주문자인 클라이언트 역시 만족하는 결과물로 나와야 하는 작업이다. 이지에게는 빠르게 의도를 파악하고 색을 읽어, 한 장을 몇 초 만에 만지는 속도가 있었다.

그런데 그 훌륭했던 '오른손'이 이지에게서 사라졌다.

"넌 직원이야. 난 자를 수 있어."

"선배, 후회할 거야. 내가 나가면."

"뭐?"

뜻밖의 반격에 박 대표는 황당한 표정이 되었다.

"내가?"

"그래, 박 대표님 당신이요."

"왜? 내가?"

"내가 선배의 손이었으니까. 클라이언트가 말한 걸 진짜 해낼 수 있는 건 나의 이 오른손이었으니까. 어시들이 충분히 숙달되었다고 생각하는 모양인데, 미안하지만 나 없이 선배는 안 돼."

8년 전, 이지는 박 대표로부터 전화 한 통을 받았다. 리터칭 회사를 만들 건데, 바닥부터 시작해야 하지만 미래에는 수익성이 꽤 괜찮을 거라는 말로 이지를 꼬셨다. 패션 잡지나 광고에 실릴 작업물 가운데 포토그래퍼가 찍은 사진을 다시 보정하는 회사였다. 클라이언트를 끌어들여야 하는 초창기에는 어렵겠지만, 잘되면 월급도 올리고 지분도 주겠다고 했다. 그렇게 이지는 압구정동 근처 구석진 빌라 지하 1층에 중고 이케아 소파와 책상, 아이맥 두 대에 둘러싸여 월급 60만 원을 받는 어시가 되었다.

클라이언트가 늘고, 일이 많아지자 직함은 대리에서 팀장으로 바뀌었다. 팀장이 되어서도 이지는 밤낮없이 지하에서 사진 보정을 했다. 주변에서는 야무진 경력 없이 나이만 먹고 있는 이지에게 독립을 이야기했지만, 이지는 쉽사리 움직이지 못했다. 간혹 클라이언트들이 회사를 방문해도 박 대표는 이지를 소개하지 않았다. 암묵적으로 박 대표의 손은 마법이어야 했다. 그의 손을 거치면, 자연스러운 포토샵 작업으로 광고주와 잡지사 데스크가 원하는 사진이 재탄생되었다. 하지만 그들은 그걸 진짜 해내는 사람이 이지라는 건 알지 못했다.

박 대표는 당황했다. 이지가 그를 대신하는 유령 리터처임을 선명히 자각하고 있는 줄은 몰랐다. 이지는 다시 한번 쐐기를 박았다.

"내가 나가면, 선배는 망해."

"그렇게 잘났으면 혼자 회사 차리지 그랬어? 회사 결과물 엉망이면 욕먹는 건 나야. 넌 대표로 욕먹기 싫어서 뒤로 빠졌던 거야. 넌 그런 식이니까, 항상! 그리고 넌 이미 고장 났어."

박 대표는 선고하듯 말했다. 김이지, 넌 이 업계에서 끝났다고.

"내가 아니라, 내 오른손이야."

"나한테는 그게 그거야."

박 대표는 미리 세무사와 계산한 퇴직금을 읊었다.

"네가 여기서 일한 건 총 7년 7개월이야. 초기 3년은 나에게 일을 배우는 어시고, 그 후 3년은 비정규직, 네가 정직원이었던 건 1년 7개월뿐이야. 그만큼 퇴직금 챙겨줄게."

이지의 오른팔에 강한 통증이 몰려왔다. 이제라도 업무상 산재 보험을 신청할까, 하는 생각이 스쳤지만 그만두고 짐을 챙겼다. 하지만 왼손으로만 짐을 챙기는 건 영 속도가 나지 않았다. 그러다 시선이 손바닥만 한 작은 어항에 닿았다. 새끼손톱만 한 열대어 한 마리가 죽은 채 물 위에 떠 있었다. 언제 죽었는지 아무도 몰랐다. 이지가 아픈 후부터 어시들에게 관리를 부탁했지만, 아무도 밥을 주지 않았다. 작은 어항엔 죽음이 왔다 갔다. 이지는 왜 이렇게까지 열심히 일해야 했는지 스스로도 알 수 없었다. 새끼손톱만 한 열대어 한 마리도 책임지지 못했으면서.

짐 정리를 멈췄다. 다 버리고 가면 그만이었다. 이지는 박 대표에게 깍듯하게 인사를 하고, 그대로 뒤돌아 나왔다. 마지막 퇴근치고는 간결한 굿바이였다.

오른팔에 유령이 붙은 건, 9개월 전으로 거슬러 올라간다. 이지는 야근 중 짬짬이 록구를 산책시켰다. 록구는 박 대표의 강아지 이름이다. 그날 록구는 도산공원을 돌아다니다

골목에서 똥을 쌌고, 이지가 그걸 치우려고 허리를 숙이는 순간, 불법 택시인 콜뛰기 차가 이지의 오른팔을 훅 쳤다. 차에 치인 이지는 그대로 똥 쪽으로 미끄러졌고, 순식간에 사람들이 몰려왔다. 그 순간조차 이지는 목줄을 끈질기게 붙잡고 있었다. 행인들이 콜뛰기 차가 도망가지 못하게 둘러싸고 구급차를 불렀다. 마감이 코앞인데 큰일 났구나 싶으면서도, 드디어 한번 쉬어보나 하는 기대감이 들기도 했다. 이지는 일주일 동안 채 1시간도 제대로 눈을 붙이지 못했다. 차주가 다가와 이지를 내려다보며 말했다.

"아가씨, 가슴팍에 똥 묻었어요."

누구도 가슴팍에 묻은 개똥을 떼어주진 않았다. 기절한 건 아니었지만, 이지는 쪽팔림에 눈을 감았다. 이지가 오른손으로 똥을 떼어내려는 순간, 엄청난 통증이 몰려왔다. 그건 이제껏 경험해본 적 없는 부류의 통증이었다.

구급차가 도착했고, 차 주인이 보험 처리에 관해 설명했다. 그다음은 일사천리였다. 병원에 도착해 엑스레이를 찍었다. 조금도 움직일 수 없을 만큼 아파 부서졌을 거라 생각했던 오른팔, 오른손은 놀랍게도 뼈에 금이 간 곳도 없고, 가벼운 타박상 정도라고 했다. 믿을 수 없는 쪽은 이지였고, 안도하는 쪽은 차주였다.

"저는 분명히 아파요."

이지는 자신의 통증에 대해 최선을 다해 묘사했다. 팔에 불이 붙은 거 같다, 누가 바늘 수백 개를 동시에 꽂는 느낌이다 등등 살면서 겪은 모든 고통을 떠올려 이야기했지만, 보험사 쪽에서는 이지가 과장하고 있다고 판단했다. 그리고 보험 처리는 물리치료 정도면 될 것 같다고 끈질기게 이지를 설득했다. 차주에게서 전화가 왔다.

"타박상 정도인데 질질 끌지 맙시다. 저 정말 어렵게 삽니다. 누군 강남 콜뛰기하고 싶습니까? 저한테 뜯어먹을 거 없다고요."

답답한 노릇이었다. 정형외과 의사는 충격으로 잠시 근육이 놀란 거 같다고 진단했다. 추가 금액을 내고 엑스레이를 복사해 가는 병원마다 사진을 대조해보기도 했다. 하지만 매번 결과는 같았고, 이지 앞에는 물리치료라는 선택만 남았다. 하지만 오른팔, 오른손에는 적외선 치료기의 붉은 빛만 닿아도 통증이 몰려왔다. 지푸라기라도 잡는 심정으로 침, 부항, 치료 마사지까지 알아봤지만 이지는 어떤 치료도 할 수가 없었다. 입에 칼날을 문 벌레 수백 마리가 오른손 끝에서 오른팔을 기어오르며 어깨까지 왔다 갔다 움직이는 것 같았다. 그때부터는 마우스도, 터치 펜도 잡을 수가 없었다.

이렇게 가다간 밥줄도 끊길 판이었다. 이지는 공격적으로 유명하다는 병원들을 돌아다녔다. 월급 대부분을 병원비로 탕진하면서 원인을 찾으려고 애썼지만, 그때마다 '차트상으로는 아무 문제가 없다'고 했다. 처음에는 교통사고 후유증이라고 진단했지만, 시간이 흐르자 복합통증증후군이라는 병명을 선고했다. 처음에는 차라리 병'명'이 생겨 안도가 되었다. 하지만 병명을 알았다고 원인과 진단법을 알 수 있는 게 아니었다. 이 병(혹은 신드롬이라고도 했다.)은 의학계에서도 정확한 진단 기준이 없었다. 의학계에 보고된 명확한 치료 사례도 없다고 의사들이 입 모아 말했다. 간혹 이지처럼 경미한 교통사고를 당하고 심한 통증을 호소하는 환자들이 있는데, 의사들조차 답답하다고 했다. 몇 번이고 엑스레이를 찍어도 나오는 건 아무것도 없기 때문이다.

　호르몬과 신경 전달 세포들이 어떤 고통을 기억했다가 몸에는 아무 이상이 없음에도, 작은 자극에라도 노출되면 아프다고 말하는 것이다. 몸속에서 세포들이 이미 다 지난 아픔을 기억한단 말인가? 이지는 혼란스러웠다. 그렇다고 정신과 상담을 받을 수도 없었다. 이건 명백히 뇌의 문제가 아닌 오른팔의 문제였으니까. 그럼 이지는 어디로 가야 하는 걸까. 할 수 있는 건 처방전을 들고 약국에 가는 것뿐이었다.

　약국에서 약을 받는 횟수가 일주일에 두 번에서 세 번, 네 번이 되었고, 이윽고 매일 받아야 할 정도가 되었다. 처방전에 나온 진통제보다 더 많은 양을 받기 위해 이지는 매번 약사에게 부탁하기에 이르렀다. 하지만 약사는 처방전 이상의 진통제는 줄 수 없다고 했다.

"이렇게 양을 늘리시면 탈모부터 시작해 면역계가 깨질 거예요. 그러다 정말 위험해질 수 있습니다."

"손톱을 자르고 싶어서 눈 딱 감고 잘라봤어요. 오른손 엄지를요. 그거 몇 밀리 잘랐다고, 하루 종일 식칼 끝에 베이는 느낌이었어요. 그런데 어떻게 진통제 양을 안 늘리나요?"

"진통제를 늘리다가 자살하는 환자도 있다고 들었습니다."

약사는 건조하게 대답했다.

"진통제를 늘리는데 왜 자살하죠? 오히려 통증이 심해서 자살을 하면 모를까."

진통제 부작용은 신체뿐 아니라 정신도 포함된다고 약사는 경고했다. 우울증이나 공황장애, 심할 경우 환각과 환청을 동반할 수도 있다고. 약사는 영양제를 얹어서 진통제와 함께 주며, 이 이상은 안 된다고 다시 선을 그었다.

하지만 이지는 부족한 진통제 양을 영양제로 채울 수 없었다. 갈 수 있는 병원은 다 가봤으니 한의원에 기대를 걸었다. 평소 동양 의학은 코에 걸면 코걸이, 귀에 걸면 귀걸이

식이라 신뢰가 없었지만, 서양 의학에서 '네 병은 우리가 잘 몰라'라는 게 확실해진 시점에서 이지에게는 선택의 여지가 없었다. 그렇게 전국구 한의원 투어가 시작되었다.

대체로 몸의 균형이 깨져 있다는 것은 같았지만, 진단에 대해서는 한의사마다 의견이 달랐다. 가장 신묘한 진단을 한 사람은 가평의 명의로 소문난 조 한의사였다. 그는 진단하는 것부터 남다르게 소란스러웠다. 이지의 오른팔, 오른손에 침을 꽂고는 그 감각을 언어로 표현하라고 했다.

찬 겨울비가 땀구멍으로 들어가는 거 같아요. 쇠 바늘에 찔려서 고문당하는 거 같아요. 뜨거운 쇠 바늘로 지지는 느낌이에요. 이지는 최선을 다해 고통을 설명했다. 결국 조 한의사는 '간'이 문제라고 했다.

"하지만 저는 오른팔이 아픈 건데요."

"우리 몸은 음과 양의 조화로 이루어졌는데, 그 균형이 심하게 깨져 있어요."

벌써 서른다섯 번째 한의원이었다. 음과 양의 조화에 대해서는 들을 만큼 들었다. 이지는 빨리 본론인 간에 대해 듣고 싶었다.

"그러니까 제 간에 뭐가 문제인지."

"식지 않은 간이 원인으로 보입니다. 간이 식지 않으니 심장을 자꾸 건드리는 겁니다. 심장이 항상성을 잃은 거죠."

"그럼 뭐, 우루사라도 먹어야 하나요?"

"우루사로 해결되셨을 거 같으면 여기까지 안 오셨겠죠?"

조 한의사는 시호억간탕을 처방해주겠다고 했다. '시호'라는 차가운 한약재가 섞인 것으로, 뜨거운 간을 식히는 데 효과가 있다고 했다. 하지만 이지는 왜 오른팔이 간과 연결되어 있는지 여전히 이해할 수 없었다. 그리고 왜 간이 뜨거워졌는지도.

"그런데 제 간은 왜 뜨거워진 걸까요?"

"이 약의 별명은 독수공방탕입니다."

"독수리탕이요? 헐. 설마 독수리를 넣나요?"

"아뇨. 독. 수. 공. 방. 탕이라고 조선 시대 과부들이 먹는 약이었죠."

"그러니까 성욕을 해소하지 못해 간이 뜨거워졌다?"

이지는 황당하면서도 말이 되는 거 같았다. 마지막 연애가 7년 전이었다. 섹스를 안 한 지도 그만큼 되었다. 이상하게도 남자와 사랑하는 게 어려웠다. 그렇다고 다른 성적 지향을 가진 것도 아니었다. 이지는 회색 지대 어딘가에 있었다. 자신이 누구고, 왜 사랑하기 어려운지 굳이 묻지 않아도 삶은 굴러갔다. 그러니 이제 와서 간을 식히기 위해 지나가는 남자를 붙잡고 자빠트릴 용기도, 스킬도, 욕망도 없었다. 하지만 작은 희망의 끈이라도 붙잡아야 했다. 이거라면 간을 식힐 수 있을지도 모른다.

"그러니까 간이 식으면 면역계가 좋아지고, 오른팔 통증도 사라질 수 있다는 말씀이시죠?"

이지가 애달프게 되물었다.

"그렇습니다."

조 한의사가 확신하는 투로 답했다. 이지는 이 약이 신비한 묘약이라 믿고, 무려 290만 원을 내고 한약을 받고 나와 카카오택시를 불렀다.

경기도 가평에서 서울 마포까지 1시간 56분, 예상 금액은 116,250원이 찍혔다. 사고 후 약값과 병원비도 상당했지만, 교통비도 엄청났다. 통증으로 운전을 할 수도 없었고, 혹여 사람과 부딪힐 수 있는 대중교통을 탈 수도 없었다. 유일한 선택지가 택시였다. 걸음걸음 돈이 바닥으로 줄줄 새어나갔다.

치료를 다니면서 이지는 전에는 보이지 않던 사람들이 눈에 띄었다. 장애인과 파산한 사람들. 언제고 자신도 이렇게 될 줄 알았다면, 그렇게 무심하게 지나치진 않았을 것이다. 특히 파산한 사람들은 자기 관리를 못 해서라고 쉽게 판단했지만, 인생이 뒤통수를 후려치면 누구라도 그럴 수 있다는 걸 알게 되었다. 하지만 이제 안다고 해서 최악으로 몰려가고 있는 현실을 멈출 수는 없었다.

성심껏 한약을 데워 마셨지만, 간이 식기는커녕 통증은 더 심해졌다. 진통제를 참는 건 점점 더 어려워졌다. 그리고 잠을 잘 수가 없었다. 열흘 연속으로 잠을 자지 못하자, 이지는 정신과에 가 수면제 처방을 받았다. 하지만 이미 무너질 대로 무너진 잠의 세계는 쉽게 회복되지 않았다. 깨어 있는 시간이 길다는 건, 통증을 겪어야 하는 시간도 길어진다는 의미였다. 이젠 수면제의 양도 점점 늘어갔고, 가수면 상태가 지속되었다.

정신이 깨어 있으면 인터넷에서 복합통증증후군에 걸린 사람들을 필사적으로 찾아다녔다. 그들은 어떻게 살고 있을까? 혹시 치료법을 찾은 사람이 있지는 않을까? 단 한 명이라도……. 그런 희망으로 왼손을 사용해 어설프게 마우스를 움직였다. 그러다 '복합통증증후군 치유 모임'이라는 네이버 카페를 찾았다. 총인원은 300여 명 정도였다. 이 병으로 고통받는 사람 혹은 측근들이 최소 300여 명은 이 땅에 있다는 것만으로도 이지는 큰 위로를 받았다. 정기적으로 정모도 하고 있었다. 온라인에서는 들을 수 없는 정보 교류가 있을지도 모른다는 생각에 직접 가보기로 했다.

마침 무료로 진행하는 싱잉볼 치유 모임이 보였는데 장소가 의아했다. '서울 남산한옥마을 후문 정자'. 이지는 참여하겠다는 댓글을 올렸다.

2.

이지가 한옥 마을 정자에 도착했을 때, 10대부터 50대까지 다양한 사람들이 동그랗게 모여 앉아 있었다. 그들 앞에는 각각 다른 크기의 싱잉볼이 놓여 있었다.

그 가운데서도 헬로키티 인형 탈을 쓴 교복 차림의 여자애가 눈에 확 띄었다. 이지의 등장에 일제히 시선이 집중되었다.

"오늘 처음 오신 분이군요."

삼베옷을 입은 40대 남자가 온화한 미소를 지으며 말했다. 이지는 꾸벅 인사를 하고 정자 위에 올라앉았다.

"자기소개를 부탁드립니다."

"저는 김이지라고 합니다. 복합통증증후군은 9개월 전에 발병했고요."

이지는 사람들하고 말을 섞는 게 오랜만이라 어색했다. 하지만 사람들은 충분히 이해한다는 표정으로 이지를 바라보았다.

"저는 싱잉볼이 없어서요. 오늘은 구경만 하고 가려고요."

"예, 좋습니다."

"어떻게 진행이 되는 건가요?"

"싱잉볼에서 울리는 파동으로 치료하는 겁니다. 그럼 바로 시작할까요?"

모임장의 말이 끝나자, 사람들은 일제히 가부좌를 틀었다. 그리고 각자 앞에 놓인 싱잉볼을 나무 막대로 쳤다. 징— 주발 특유의 맑은 소리가 퍼졌다. 그러더니 어떤 이는 발바닥, 어떤 이는 허벅지, 어떤 이는 엉덩이…… 각자 아픈 곳을 싱잉볼에 가져다 대었다. 헬로키티는 커다란 싱잉볼에 인형 탈을 쓴 얼굴을 가까이 댔다.

똑같은 복합통증증후군인데도 모두 아픈 부위가 다르다는 것이 이지에게는 낯설었다. 어쩐지 부위마다 사연이 있을 거 같았다. 1시간가량 진행된 모임이 끝나자, 이지는 가장 먼저 자리에서 일어나 정자를 벗어났다.

여름밤의 한옥 마을에는 군데군데 초롱불이 매달려 있었고, 매미가 울어댔다. 출구로 나와 담배를 물고 구석으로 몸을 옮겼다. 그때 헬로키티가 말을 걸었다.

"다음에도 나오실 거예요?"

이지는 잘 모르겠다는 표정을 지었다.

"좀 야매 같아 보이죠?"

"아니, 그건 아니고. 그냥 뭐."

어물쩍 대답하다 화제를 돌렸다.

"학생이에요?"

"명동에서 전단지 알바해요."

"그쪽은 어쩌다?"

"다구리를 당했어요."

"네?"

헬로키티는 중학교 때 일진 애들에게 걸려 얼굴만 집중적으로 맞았다. 병원에서는 아무 문제가 없다고 했지만, 그 후 얼굴을 만지기만 하면 통증이 올라왔다. 헬로키티는 인형 탈이 자기에게는 수호신 같은 보호막이라고 했다. 이지의 오른팔에 씌워진 토시처럼.

"이거 쓰고 다니면 버스도 탈 수 있어요."

이지가 보기에 인형 탈은 버스 문에 끼일 만한 크기였다. 아무튼 부러웠다. 버스도, 전철도 못 탄 지 9개월이 된 이지로서는 차를 탈 수만 있다면, 관광 열차를 타는 기분일 거 같았다.

"사실요. 싱잉볼 별로 효과 없어요. 소리니, 파동이니, 다 개뿔이죠."

"그런데 학생 아니 키티 님은 왜 와요?"

"여기는 뒤풀이가 하이라이트예요. 이 병을 가진 사람만 모여 있으니 별별 정보를 다 들을 수가 있어요. 인터넷 정보로는 한계가 있으니까요."

"맞아요. 지리산 반야봉 이끼를 달여 먹음 좋다느니."

"아, 그거 나도 먹었어요! 무지 구린 맛."

"사실…… 나도 혹시나 해서."

서로 그런 것까지 먹어봤다는 동질감이 흘렀다.

"쌈박한 거 하나 들었어요. 최근에."

이지는 헛정보에 지쳤음에도 귀가 솔깃해졌다.

"뭔데요?"

"앵커리지 대학 연구진 논문에 치료 사례가 있다고."

이지는 괜한 희망을 품고 싶지 않았다. 그런데도 호흡을 가다듬고 또박또박 차분하게 정보를 확인했다.

"치료? 그럼 완치라고요? 복합통증증후군이?"

"네. 앵커리지에서 치료했는데, 놀라운 건 한인 한의원이래요."

"앵커리지가 어디죠?"

"알래스카 수도가 앵커리지잖아요."

"알래스카에 수도가 있어요? 알래스카는 미국이잖아."

"아! 알래스카가 북극 맞죠?"

헬로키티는 남극과 북극 사이에서 아리송한 말투였다.

"그렇지, 근데 뭐야? 정말 그 알래스카라고요?"

"네."

한의원은 어떤 형태로든 전 세계에 있을 수 있다. 하지만 알래스카에까지 있다는 사실에 이지는 제법 놀랐다.

"한국 사람이 알래스카에서 한의원을 운영한다고요?"

"네, 그렇다니까요. 거기서 치료된 사람이 있고요."

이지도 꽤 논문을 뒤져봤지만 알래스카 한의원에 대한 얘기는 처음이었다. 아니, 알래스카에서도 복합통증증후군을 연구한다는 걸 상상할 수 없었기에 자연스레 빼놓았을 수도 있다.

"만약에…… 만약에 그게 사실이라 해도 난 못 가요. 통증이 온도에 영향을 받아서 추우면 바로 반응하거든요."

"우린 다 그렇죠. 어떤 식으로든 통증은 일어나니까."

헬로키티의 말에서 긴 고통의 무게가 느껴졌다. 이지는 막연하게 알래스카를 떠올렸다. 빙하, 눈보라, 북극곰, 에스키모. 그 정도만 떠올랐다. 그리고 궁금했다. 알래스카에 간다면, 간을 식힐 수 있을까?

이지는 집에 도착하자마자 컴퓨터 앞에 앉았다. 왼손으로 국제 논문 사이트에서 알래스카 앵커리지 대학 논문 중 복합통증증후군에 관한 논문을 검색했다. 이어 '복합통증증후군에 관한 의학계의 전망'이란 표제와 '앵커리지 의과대학 연구팀'이라고 적힌 저자 이름이 보였다. 2020년 논문으로 비교적 근래에 발표된 연구 자료였다.

유료 결제를 하고 번역기를 돌려가며 꼼꼼하게 살폈다. 고3 때도 하지 않던 영어 공부였는데, 한국 논문은 물론 외국 논문까지 뒤지는 통에 독해 실력이 많이 늘었다. 그렇다고 속도가 늘진 않았는데, 어차피 잠을 자지 못했기에 통증만 있는 공백의 시간을 견디기에 좋았다.

얼마나 지났을까, 단어와 단어 사이를 좇던 이지의 눈빛이 놀라움으로 바뀌었다. 그토록 찾아 헤매던 말이 거기에 몇 문장으로 적혀 있었다.

Patient A of the Alaska oriental medical clinic said he was cured in a way that had never been reported to the medical society. This method is not covered in this paper because it is an area where the evidence of modern medicine cannot be found.

알래스카 한의원의 환자 A는 의학 학회에 한 번도 보고된 바 없는 방법으로 완치되었다고 밝혔다. 이 치료 방식은 현대 의학으로는 근거를 찾아볼 수 없는 영역이므로 본 논문에서는 다루지 않는다.

이지의 시선은 '완치'에서 멈췄다. 그리고 눈을 비볐다. 완치? 정말, 완치라는 단어가 거기 있었다. 혹여 번역이 잘못된 것일 수도 있기에, 몇 번이고 여러 버전의 영한 번역기를 돌렸다. 결론은 같았다. 독해가 틀린 것이 아니었다. 이지의 심장이 빠르게 뛰었다. 어쩌면 오른손에 깃든 유령을 떼어내고 다시 삶을 돌려받을지도 모른다는 기대감에.

이지는 지체하지 않고, 즉각 구글 검색창에서 '알래스카 한의원'을 검색했다. 구글 지도에 위치가 찍히며 주소와 전화번호가 나왔다. 그런데 뭔가 이상했다. 위치가 앵커리지가 아니라 호머였다. 앵커리지에는 알래스카 한의원이라는 곳이 없었다. 이지는 혹시라도 실망하게 될까 두려웠다. 논문에서 말했던 한의원은 앵커리지에 있었다. 이 둘은 같은 곳을 말하는 걸까? 확인할 길은 전화를 거는 것뿐이었다.

우선 국가번호 907을 눌렀다. 그리고 구글에서 안내하는 전체 번호를 누르자, 신호음이 연결되었다. 모든 게 비현실적으로 느껴지던 찰나, 신호음이 멈췄다.

"헬, 로?"

이지의 어눌한 헬로 뒤로 또박또박 한국말로 대답하는 남자의 목소리가 들려왔다.

"여보세요."

"거기…… 알래스카 한의원 맞나요?"

이지는 말을 뱉어놓고도 전화기 너머 사람이 알래스카에 있다는 사실이 안 믿겨 한동안 넋을 놨다.

"네, 맞습니다."

"이거 지금 한국말 맞죠?"

혹시 전화 통역 서비스를 하는 게 아닌가 의심스러웠다.

"예, 한국말 맞습니다. 제가 말하고 있습니다."

이지는 왠지 안도가 되었다.

"거기 몇 시인가요?"

"새벽 2시 20분입니다."

전화를 건 이지가 더 당황했다.

"아니, 왜 전화를 받으시고…… 그러세요?"

"어쩔 수가 없습니다. 한의원 전화가 집이랑 연결되어 있어서요."

"죄송합니다. 끊을게요."

"예약하실 겁니까?"

"네?"

"한의원에 전화하셨으면, 진료 예약 때문 아닌가요?"

맞는 말이었지만, 저긴 알래스카다.

"네? 저 지금 한국입니다."

"알죠. 82가 찍혔으니까요."

"그런데 어떻게 예약하죠?"

"목소리로 예약하실 겁니까?"

"예? 그게 뭐죠?"

"말 그대로 목소리를 듣고 진단하는 겁니다."

이지는 한의원을 돌며 온갖 특이한 약과 진단을 들어봤지만, 이런 이야기는 또 처음이었다.

"그 전에 늦은 시간 정말 죄송하지만, 뭘 좀 묻고 싶어요."

이지의 말은 본론으로 들어가지 못하고 자꾸만 꼬였다.

"예."

"원래 앵커리지에 있던 알래스카 한의원은 어떻게 된 건가요?"

"왜 그게 궁금하신지는 모르겠지만, 제가 앵커리지에서 호머로 이사를 와서 그렇게 되었습니다."

논문에서 말한 그 한의원이 맞는 거 같아 일단 이지는 안심이 되었다.

"저 예약할게요. 목소리."

"성함이 어떻게 되실까요?"

"김이지입니다."

"네, 김이지 선생님 예약되셨습니다."

"감사합니다."

"그럼 한국 시간으로 새벽 2시에 전화 주실 수 있겠습니까? 여기 시간과 거기 시간을 맞추기가 쉽지 않아서 말입니다.”

“네, 맞출게요.”

“예, 그럼 안녕히 계세요.”

이지는 전화를 끊고 구글에서 검색된 알래스카 한의원에 달린 리뷰를 몇 개 읽어보았다. 모두 영어로 된 리뷰였다. 대개 ‘고담 한의사는 참 좋다’ 식의 내용이었다. 호머라는 동네에서 꽤 괜찮은 의사로 정평이 나 있는 거 같았다.

고담. 배트맨이 사는 그 고담시 같았다. 조커가 몸을 도사리고 있을 거 같은, 칙칙하고 안개 낀 도시. 한자를 검색하니 난해한 뜻이 나왔다.

‘속되지 않고, 아취가 있는’.

‘아취’는 ‘고아한 정취’라는 뜻이었다. 다시 ‘고아’를 찾아보니 ‘예스럽고 아담하다’라는 말이 나왔다. 고담시부터 아담함까지. 그의 이름을 좇다 보니 이지는 점점 미궁으로 빨려 들어가는 기분이었다. 하지만 이름이야 어쨌든, 이지는 이 고담이란 한의사가 자신에게 붙은 유령을 떼어주기만을 간절히 바랐다.

3.

다음 날, 이지는 필동면옥 맞은편 '사단법인 싱잉볼'이라는 간판이 달린 건물로 들어갔다. 거기에서는 한창 싱잉볼 모임이 진행 중이었다. 지난번처럼 사람들은 나무 막대로 싱잉볼을 치고는 울림이 느껴지는 곳에 아픈 부위를 가져다 대고 있었다. 이지는 조용히 가부좌를 틀고 소리만 들었다.

그때 근처에 있던 헬로키티가 자기 앞에 놓인 싱잉볼을 가리켰다. 이지는 싱잉볼 근처에 오른팔을 대보았다. 미세한 진동이 느껴졌다. 모임장은 아픈 곳에는 듣는 것과 다른 진동이 느껴진다고 했지만, 이지는 그 차이를 알지 못했다. 모임이 끝나고 이지가 말했다.

"알래스카 한의원에 전화를 해봤어요."

여기 있는 사람들은 모두 그곳에 대해 알고 있는 거 같았는데, 왜인지 다들 기대감이 없는 표정이었다. 오직 헬로키티만 관심을 보였다.

"오늘 밤으로 전화 예약을 했습니다."

이지가 다시 힘주어 말했다.

"그 한의사가 뭐라 합디까?"

모임장이 냉한 말투로 되물었다.

"아직 몰라요. 논문은 확인했습니다."

사람들이 서로 눈치를 보았다. 마치 누가 먼저 말해야 하나는 듯이. 결국 다시 모임장이 입을 열었다.

"저희도 해봤습니다. 그 논문? 당연히 봤죠. 김이지 선생님, 저희도 해볼 거 다 해본 사람들입니다. 별별 거까지. 그런 저희가 가만히 있었겠습니까?"

"그런데요?"

"그 한의사 말이, 그러니까 그 알래스카에 있다는 한의사가 말입니다."

모임장이 말을 끊고 잠시 멈췄다. 한때 진심으로 걸었던 희망 앞에서 좌절당해 본 적 있는 사람의 표정이었다.

"자신은 그 병을 고친 적이 없다고 했습니다."

"그런데 왜 그런 논문을 적었어요? 왜?"

이지가 항변하듯 말했다.

"모르죠. 하지만 한의사 본인이 고친 적 없다고 하는데, 어떻게 합니까?"

"알래스카 한의원은 딱 하나고, 앵커리지 연구팀은 논문에 분명 그 한의원에서 복합통증증후군이 큐어! 큐어!라고 했다고요. 큐어는 완치라는 뜻이잖아요?"

이지는 자신이 흥분하고 있다는 걸 느꼈다.

"저희도 그 대답에 선생님과 똑같이 반응했습니다. 그래서…… 찾아올 실망감을 잘 알아요. 오늘 모임은 여기서 마칩니다.”

　모임장은 황급히 모임을 끝냈고, 하나둘 무겁게 자리에서 일어났다.

　헬로키티가 밖으로 나온 이지를 붙잡았다.

　“저, 죄송해요. 저는 논문 이야기만 듣고 자세한 내용은 몰랐어요.”

　헬로키티는 정말 미안하다는 듯 거대한 인형 탈을 연신 아래위로 끄덕였다.

　“아니에요. 아니에요.”

　왼손을 저으며 말하는 이지의 목소리가 떨렸다. 오른손 끝에서부터 통증의 조짐이 느껴졌다. 손톱부터 자근자근 커터 칼로 자르는 듯한 느낌이 들었다.

　“저 가봐야 할 거 같아요.”

　이지는 황급히 충무로역으로 내려갔다. 헬로키티는 이지의 뒷모습이 사라질 때까지 한참 동안 그 자리에서 바라보고만 있었다.

　집에 돌아온 이지는 진통제와 수면제를 한 움큼 쥐어 동시에 삼켰다. 평소에는 개수를 세었지만, 이번에는 마구 먹었다. 이대로 푹 쓰러져 자고 싶었다. 영원히 깨어나지 않는

다 해도, 통증을 느끼지만 않는다면 괜찮을 거 같았다. 적어도 통증 때문에 깨는 일은 일어나지 않길 바랐다. 하지만 진통제와 수면제의 비율이 잘못 섞인 건지 길고 긴 각성 상태가 지속되었다. 정신은 또렷하고, 통증은 언제 올지 몰라 두려움만 커졌다. 그렇게 예약 시간이 됐다.

이지는 전화를 걸까 말까 망설이다가 번호를 눌렀다. 기대보다는 그냥 누군가와 말이라도 하고 싶었다. 그거라도 해야 공포가 나아질 거 같았다. 신호음이 이어지다 멈췄다.

"안녕하세요. 알래스카 한의원입니다."

고담의 정중한 목소리가 들려왔다.

"안녕하세요."

이지가 힘없이 대답했다.

"바로 시작할까요?"

"네."

"어디가 아프시죠?"

수천, 수만 번 말했던 그 병명을 말했다. 이젠 그 병명이 이지의 이름표 같았다.

"복합통증증후군입니다. 오른팔, 오른손까지 그 증상이 나타납니다."

"그건 양의 쪽 진단명이고, 한의에선 복합통증증후군이란 병명은 존재하지 않아요."

"뭐, 아무튼 병원에선 그러더군요. 그럼 그거겠죠."

"예, 그럼 그렇게 부르기로 하죠. 이제 아무거나 읽어보세요."

"네?"

"잡히는 거 아무거나요."

이지는 정말 아무거나 집었다. 진통제 리스트였다.

"정말 읽어요? 아세트아미노펜, 나프록센, 이부프로펜, 아스피린, 알릴이소프로필아세틸우레아."

"거기까지."

저쪽에서 사각사각 종이에 연필로 적는 소리가 들려왔다. 잠시 후, 고담이 말했다.

"담배를 피우시는군요. 인후에 가래 끓는 소리가 심하네요."

"그런가요? 그렇군요."

"전체적으로 힘이 없네요. 기운이 마른 소리랄까요. 불면증은 만성 단계시죠?"

"네."

"본인 목소리가 전과 어떻게 다르다고 생각하시나요?"

"아프기 전과?"

"네."

"좀 작아졌다?"

"그리고?"

"글쎄요."

"탁해졌다거나 하진 않나요?"

"글쎄요."

"본인 목소리를 녹음해서 한번 들어보시죠."

왜 그래야 하는지 묻고 싶었지만 관뒀다. 이지가 묻고 싶은 건 따로 있었다.

"그래서 제 목소리가 어떻다는 건가요?"

"이렇게 사시다간 죽을지도 모른다, 이런 진단이 되겠습니다."

고담이 또박또박 대답했다. 이지는 저 먼 대륙에서 한 번도 본 적 없는 낯선 사람이 지금 이렇게 살다간 죽을지도 모른다고 한 말에 뒤통수가 얼얼했다.

"좋아요. 좋고요. 그럼 선생님은 복합통증증후군을 고치신 적이 있나요?"

이지는 단도직입으로 물었다.

"아, 또 그 질문이시군요."

아마도, '또'란 앵커리지 논문을 보고 연락한 모든 사람을 말하는 거 같았다. 한국뿐 아니라 여러 나라가 포함된.

"제가 무려 아프리카에서도 그런 전화를 받은 적이 있습니다."

고담이 담담하게 말했다.

"네, 저도 그게 알고 싶어요."

이지가 힘주어 다시 말하자, 그만큼 정확한 대답이 돌아왔다.

"없습니다."

이지는 반발심이 들었다.

"그런데 왜 그 논문에는 그렇게 나와 있던 거죠?"

"아, 그게……."

어떤 사연이 있는 거 같았다. 전화기 너머에서 난감한 말줄임표가 이어졌다. 아마 다른 사람들은 거기까지 물어보지는 않았던 모양이다. 다들 실망감에 금세 돌아섰을 것이다.

"굳이 말하자면, 제가 치료를 한 게 아닌데. 치료를 했다고 한 환자가 있어서라고 할까요. 그 환자가 제멋대로 학술지에 그런 기록을 남긴 겁니다. 저도 난감한 입장입니다. 기대하게 했다면 미안합니다."

이지는 고담이 진심으로 사과하고 있다고 느꼈다. 그는 환자의 기대감이 어떤 건지 아는 사람 같았다.

"그럼 그 환자가 거짓말을 했다는 건가요?"

"저는 치료를 한 게 아니라 그 과정을 함께 보았을 뿐입니다."

이지는 수화기를 든 채 모호한 표정이 되었다.

"그 과정을 함께 보았고 치료는 아니라고요?"

"네."

"너무 퉁쳐서 말씀하시는 거 아닐까요?"

"제가 드릴 수 있는 말은 여기까지입니다만."

하지만 이지는 그 묘한 행간 속에 어쩌면 작게나마 숨어 있을지도 모를 희망을 포기할 수 없었다.

"좋아요, 선생님. 그럼 그 환자분이라는 사람은 나았다는 거네요?"

"네. 맞습니다."

"그럼 그 환자분, 아니 이제 완치되었다는 그분과 이야기를 나누고 싶어요. 제가 사례비는 얼마든지 지급하겠습니다."

질문을 하고도 이지는 영어가 걱정되었다.

"그분 한국 분인가요?"

"아닙니다."

"알래스카에 계시나요?"

"네."

얼굴을 마주하고 영어를 해도 어려운데, 전화로 생전 본 적 없는 사람과 어떻게 이야기를 해야 할지 벌써 막막했다.

"혹시 화상으로는 어떨까요? 줌이나 스카이프 같은 걸로?"

"저는 도움을 드리고 싶지만, 그건 좀 어려워요."

"왜죠?"

"뭐, 그 친구가 말하는 걸 좋아하지 않기도 하지만 보통 시내에 있질 않아요."

"시내가 아니라면? 시골 말인가요? 알래스카에서 시골이라면."

"트랩 라인 너머라고. 거기에 있으면 핸드폰은 물론 무전도 잘 닿지 않아요."

"왜 그런 곳에 있는 거죠?"

이지가 의아하게 되물었다.

"알래스카엔 그런 땅이 더 많아요."

"미국 분이신가요?"

"알래스카 원주민이에요."

알래스카 원주민이라면, 에스키모를 말하는 걸까. 이지는 고담 한의사가 환자를 받는 스케일에 놀랐다.

"에스키모인가요?"

"예, 그렇습니다. 그들이 부르는 대로라면 이누이트라고 하는 게 맞겠죠."

"이누이트…… 예, 그분은 어떻게 만날 수 있을까요?"

"자기가 오고 싶을 때 옵니다."

"이글루 같은 데 있다가 한의원에 온다는 거군요."

"그 친구가 매년 주기적으로 먹는 한약이 있거든요. 그래서 오긴 옵니다."

"언제 오는데요?"

"그게, 글쎄요. 스케줄에 딱딱 맞춰 사는 친구는 아니어서 뭐라 말하기가 어렵습니다. 아 너무 길어졌네요. 저는 이만 상담을 마무리하겠습니다."

이지는 아직 풀리지 않은 궁금증이 남아 아쉬웠지만, 그를 더 잡을 수가 없었다.

"저 카뱅 하시나요? 거기로 송금할까요? 상담비."

"한국에서 온 전화 상담은 돈 안 받습니다. 그런데 카뱅이 뭔가요?"

"카카오뱅크라고."

"은행 이름이 신기하네요."

"카톡 은행이라고."

"카톡? 그런 게 있군요."

고담은 한국 돌아가는 상황에 대해서는 전혀 모르는 거 같았다. 저 남자는 언제부터 알래스카에 있던 걸까. 이지는 문득 궁금해졌다.

"그럼 안녕히 계세요."

전화가 끊겼고, 이지는 왼손에 찬 애플워치에 대고 고담에게 못다 한 질문을 했다.

"시리, 알래스카에 대해 말해줄래?"

그러자 시리가 인공지능 특유의 건조한 말투로 대답을 이었다.

"알래스카, 기원은 알류트어로 'Alaxsxa(uh-LUK-shuh)'입니다. 바다의 움직임이 향하는 대상, The mainland 즉, 본토라는 뜻입니다."

이지는 알래스카라는 단어에 그런 뜻이 있는지 처음 알았다. 생애 처음으로 알류트어를 낯설게 발음해보았다.

─얼─럭─셔─얼─럭─셔─얼─럭─셔─얼─럭─셔─얼─럭─셔─

마치 눈만 쌓인 거대한 대지가 누군가를 부르는 소리 같았다.

"시리, 알래스카 호머 사진 보여줘."

핸드폰 화면으로 안개 낀 바다 너머의 설산과 그 근처에 정박해 있는 색색의 요트들이 보였다.

"시리, 알래스카 트랩 라인 너머를 보여줘."

화면 가득 끝도 없이 눈뿐인 땅이 나왔다. 이지는 한참 동안 그 사진을 바라보았다. 머지않은 날에 자신이 그곳에 가게 될 거라는 걸 이지는 아직 상상할 수 없었다.

다음 날, 이지는 싱잉볼 모임에 가기 위해 택시를 타고 필동으로 갔다. 헬로키티에게 복합통증증후군을 치료한 이누이트에 대해 말해주려고 했다. 하지만 모임에서 헬로키티는 보이지 않았고, 평소보다 분위기가 가라앉아 있었다.

"키티 님은 안 오셨나요?"

본격적으로 시작하기 전에 이지가 물었다. 그러자 사람들이 잠시 고개를 숙였다 들기를 반복했다. 한숨을 쉬는 거 같기도 하고, 어깨를 들썩거리며 우는 거 같기도 했다.

"그 학생…… 죽었습니다."

이지는 마음이 무너지기도 전에 당황했다.

"네?"

"옥상에서 투신했습니다."

"그럴 리가요."

"번호 교환 안 하셨나요?"

헬로키티를 길 위에 남겨두고 다급히 충무로역으로 내려갔던 자신이 떠올랐다.

"어머님께서 부고 문자를 돌렸거든요."

이 일을 빠르게 털어버리려는 듯 모임장이 담담하게 말을 이었다.

"아시잖아요. 멀쩡했다가도 갑자기 극심한 통증이 찾아오면, 우린 어떤 선택을 할 수 있는 거잖아요. 그 애가 인형탈을 쓰고 다닌 건 방어를 위해서만이 아니었어요. 흉터가 상당했어요. 얼굴에."

이지는 말없이 자리에서 일어났다. 다리가 휘청였고 겨우 중심을 잡았다. 문을 박차고 나왔다. 다시는 이 싱잉볼 모임에 돌아오지 않겠다고 생각하면서.

집에 돌아와 참치 통조림에 햇반만 놓고 왼손으로 밥알을 밀어 넣었다. 꾸역꾸역 밥알을 씹다 갑자기 눈물이 왈칵 차올랐는데, 이지는 꾹 참았다. 그 눈물은 소녀에 대한 애도이자 동시에 두려움이었다. 이지는 실존적으로 언젠가 자신도 그런 선택을 할지 모른다는 공포감에 빠져들었다. 산소 포화도가 낮아진 것처럼 이지는 숨을 쉬는 게 답답했다. 그래서 진통제를 한 움큼 먹고는 그대로 침대에 쓰러졌다.

눈을 떠 밖을 보니 어느새 아침이었다. 이지는 이대로 가만히 있을 수는 없어 밖으로 나가 걸었다. 벤치에 앉아 핸드폰을 켜 앵커리지 대학 논문을 다시 들여다보았다. 거기엔 분명, '완치'라고 적혀 있었다. 고담은 이누이트를 자신이 고친 게 아니라고 했다. 하지만 이누이트는 완치됐다고 했다. 이지는 그사이에 어떤 일이 있었던 것인지, 논문의 말이 맞는지 고담의 말이 맞는지 궁금했다.

그럼 어떻게 해야 할까. 방법은 의외로 간단했다. 앵커리지 의과대학 연구팀에 직접 전화를 걸면 된다. 이지는 애플

워치로 알래스카 시간을 확인했다. 거긴 한낮이었다. 문의 전화를 하기엔 적절한 시간이라는 의미였다. 하지만 단순한 회화로 해결될 일이 아니었다. 의학 용어를 사용할 줄 아는 수준의 영어가 필요했다. 특히 전화 영어라면 더더욱. 주변에 이를 통역해줄 수 있는 사람이 단 한 명 있었다.

택시를 불러 타고, 익숙한 주소를 불렀다. 거리에 바쁘게 출근길을 재촉하는 사람들이 보였다. 이지는 최근 나흘 동안 한순간도 깊게 잠들지 못했다. 창밖으로 햇살이 흔들리는 건지, 눈의 초점이 흔들리는 건지 확실하지 않았다.

택시가 도착한 곳은 압구정역 4번 출구였다. 이지가 택시에서 내려 걸어가는데, 누군가 말을 걸었다.

"김이지?"

분식집 이름이 적힌 검은 비닐봉지를 들고 있는 박 대표가 보였다.

"선배."

박 대표는 이지의 옷차림을 훑어봤다. 그제서야 이지는 자신이 파자마 차림이라는 걸 알았다. 아차, 싶었다.

"너 괜찮은 거냐?"

이지가 단번에 부탁하지 못하고 머뭇거리자 박 대표가 봉지를 눈짓하며 말했다.

"왜 나 혼자 있는데 2인분을 사나 몰라. 습관이 됐나."

그도 이지를 차갑게 내친 것이 쉬운 일은 아니었다. 2인분에 대한 그리움이 흘렀다. 8년 전 회사를 함께 차리던 시절, 페인트칠부터 가구 배치까지 이지의 손길이 닿지 않은 곳이 없었다. 30대의 대부분을 이 회사에 쏟아부었다. 영혼이라는 게 있다면, 이지의 영혼 몇 조각은 회사에 붙어 있을 것이다.

"이거라도 먹고 가라. 2인분이니까."

박 대표가 말끝을 흐렸고, 이지는 그를 따라 회사 안으로 들어갔다.

떡볶이, 순대, 튀김이 테이블 위에 펼쳐졌다. 이지는 왼손으로 젓가락을 들었다.

"이제는 왼손이 꽤 익숙하네. 그러다가 리터칭도 다시 왼손으로 하는 거 아니냐."

"그런다고 오른손으로 하던 만큼 되겠어요?"

이지가 싸늘하게 대답하자, 잠시 긴 침묵이 흘렀다.

"너 다시 사진기는 안 드니?"

박 대표가 화제를 돌렸다.

"사진이 돈이 되나요? 게다가 요즘 다 사진기를 드는 판에."

"야, 빤한 변명 하지 마. 진부해. 너는 실기도 없이 수능 점수만으로 사진과 들어왔잖아. 공부 못해서 수천만 원 실기 비용 들여서 사진과 오는 애들이랑 같냐?"

"잘못 선택한 거지. 나한테도 입시 지도사가 필요했어. 그랬음 그런 선택 안 했지."

"거짓말. 넌 스앵님이 말렸어도 사진과 왔을걸. 넌 사진에 진심이어서 왔잖아."

이지는 사진이 좋았다. 자신만이 담을 수 있는 걸 찾아 찍고 싶었다. 그땐 그랬다.

"선밴 아니었어?"

"내가 그 공부 지지리도 못해서 수천만 원 실기비 깬 놈이지."

둘이 시답잖게 웃었다.

"왼손으로는 셔터 누를 수 있잖아?"

"선배, 여긴 보여지는 게 중요하잖아. 무슨 옷 입는지, 무슨 차 타는지. 난 그거 감당 못 해."

"그거야, 바로 그거."

박 대표는 이지에게 너 딱 걸렸다는 듯 말했다.

"뭐가 그거야?"

"모르겠어?"

다시 두 사람 사이에 긴장감이 흘렀다.

"떡볶이 앞에 두고 이러지 말자."

"너는 정면으로 나서질 않아. 뭔가 항상 한 발 뒤로 빠져 있어. 뒤에서 멀찍이 구경해. 이 바닥을. 그거 나쁘게 말하면 간 보는 거 아니겠어?"

간 보는 게 아니라, 이지는 세상 속으로 뛰어들어 치고받을 에너지가 없었다. 마음 한구석에 구멍이 나서 에너지가 줄줄 새어나가고 있는 사람처럼.

"그래서 내가 독립하지 못했다는 거야?"

"그래."

"선밴 나 독립할까 봐 클라이언트한테 소개도 안 했잖아."

"널 다른 회사에서 데려갈까 봐 그런 건 맞아. 너같이 유능한 인재가 빠지면 난 손해니까. 하지만 네가 독립할까 봐 두렵진 않았어. 넌 나서지 않잖아. 마치 세상 앞에 나서면 뭔가 들킬 거 같은 사람처럼."

"내가? 나 그런 거 없어."

"그래, 없지. 그런데 그런 게 있는 거 같았다고."

"왜?"

"끝까지 가야 할 때 갑자기 멈춰. 아무튼 네 포트폴리오는 하드에 따로 넣어둘게. 용량이 커서 오래 걸리네."

이지가 기적같이 치료되어서 리터칭 업계로 복귀할 수 있다 해도 이 회사는 남아 있지 않을 것이다.

"선배, 퇴직금은 너무 했어. 세무사랑 그따위로 계산 때리고 말이야."

"그래, 나 야매 사장이다. 그게 나다."

박 대표는 자조적이지만 당당하게 말했다.

"용서하는 건 아니지만 천천히 망해라."

"그렇게 될까? 너 없이? 곧 망하겠지."

이지는 대답 대신 떡볶이를 입에 욱여넣었다. 우적우적 씹으며 괜히 사색적인 눈빛으로 사무실을 훑어보았다. 시선이 멈춘 곳에 이지의 몸통만 한 박스가 보였다.

"아, 저건. 너 짐 다 안 챙긴 거 따로 싸 놨다. 소포로 보내줄게."

"선배, 나 알래스카에 가면 어떨 거 같아?"

박 대표가 얼떨떨하게 이지를 바라보며 되물었다.

"너 지금 그 지경으로 알래스카에 가겠다고?"

"거기에 나랑 같은 병을 치료받은 사람이 있대."

"알래스카면 치료받았다는 사람이 미국인가?"

박 대표가 막연한 표정을 지으며 물었다.

"아니, 이누이트야."

이지가 말했다.

"야, 썰렁하게 뭐야."

박 대표는 이지가 농담을 한다고 생각했다.

"진짜야. 그 사람의 치료 과정을 본 사람이 있어."

이지가 힘주어 대답했다.

"그게 누군데?"

박 대표가 의심스럽다는 듯 재차 되물었다.

"그러니까, 알래스카 한의원의 한의사."

"치료한 것도 아니고, 치료 과정을 봤다는 건 뭐야?"

"그러니까, 그게……."

이지는 한사코 자신이 치료한 것이 아니라는 고담의 이야기는 굳이 하지 않기로 했다. 여기서 방점은 알래스카에 사는 미지의 이누이트가 복합통증증후군을 치료받았다는 것이었다.

"선배 부탁이 있어."

이지는 돌고 돌아 본론을 꺼냈다.

"어떤?"

"통역 좀 해줄래? 전화 영어야. 선배는 영국으로 유학도 다녀왔잖아."

"어디?"

"알래스카에."

"너 설마 진짜 이누이트를?"

이지가 논문 맨 뒤에 있는 앵커리지 의과대학 연구실 번호를 박 대표에게 보여줬다.

"알래스카 한의원에서 치료받은 사람이 있는 게 사실인지 직접 확인하고 싶어."

"너 정말 지푸라기라도 잡고 싶구나."

"아니, 잡을지 말지 마지막으로 확인해보고 싶은 거야."

박 대표가 핸드폰을 들어 번호를 입력했다. 그러고는 고해성사 조로 말했다.

"근데 사실 나 발음이 좀 많이 별로야."

"그런 거 신경 안 써. 그쪽이 알아먹고, 선배도 알아먹으면."

"오케이."

박 대표가 번호를 누르고, 잠시 후 이지도 알아들을 만한 또박또박한 발음의 영어가 이어졌다. 굴림이 전혀 없어 오히려 좋았다. 십여 분간의 대화가 이어졌다. 이지는 긴장한 표정으로 통화 내용을 유추해보려 했다. 전화를 끊고 박 대표가 말했다.

"이쪽 말은 분명 그 이누이트가 그 한의사한테 치료받았대. 닥터 고담?"

"분명히?"

"내 영어 발음은 의심해도 되는데, 리스닝은 의심 안 해도 된다."

그런데 왜 고담은 한사코 자신이 치료하지 않았다고 말했을까. 계속 같은 질문에 봉착했다. 이지는 아무래도 알래스카에 가봐야겠다고 생각했다.

"선배, 갈게."

"집에?"

"응. 그리고 알래스카에."

이지가 분명하게 말했다.

"그래. 네 오른팔 유령 꼭 떼고 오길 바란다."

가겠다고 마음먹으니, 진행은 일사천리였다. 비행기부터 예약했다. 이지는 비싸더라도 직항을 선택할 수밖에 없었다. 비행기 안에서 어떤 일이 일어날지 자신도 확신할 수 없었다. 그래서 인천 공항에서 앵커리지까지 7시간 58분이 걸리는 대한항공 비행기를 1,728,500원에 결제했다. ESTA USA 사이트에 들어가 미국 비자를 신청했다.

창고에서 28인치 캐리어를 꺼내 열었다. 가장 먼저 장롱에서 겨울용 패딩을 찾았다. 여름의 끝이라지만, 그래도 알래스카였다. 속옷과 옷을 챙기고, 아웃도어 사진 리터칭을 하고 협찬으로 받았던 아직 태그도 떼지 않은 등산화와 등산복, 아이젠 들을 넣었다. 아이스하켄, 고정용 로프 같은 고난도 등산 장비는 제외했다. 그리고 컵라면과 체온 측정기, 토시도 넣었다.

다음으로는 백팩에 담을 것을 골랐다. 가장 먼저 사진기가 눈에 들어왔다. 30살에 소장하고 있던 카메라를 다 팔아 버렸지만, 18살 때 샀던 첫 카메라 KIEV 35A는 버리지 못했다. 35mm 필름을 사용하고, 고정 렌즈로 전면부의 덮개 창을 열면 렌즈가 앞으로 나오는 깜찍한 모습의 카메라다. 70년대에 생산되어 이제는 고물 중의 고물이지만 이지에게는 특별했다. 청계천 중고 시장에서 손바닥만 한 이 작은 카메라를 발견했을 때의 흥분을 이지는 아직도 기억하고 있다. 청계천 할아버지의 말에 따르면, 그 카메라는 작은 크기와 더불어 찰칵하는 소리까지 최소화돼 냉전 시대 러시아 스파이들이 사용했다고 한다.

이지는 한때 무소속의 스파이라도 된 듯 어디로든 갈 수 있고, 무엇이든 담을 수 있다는 희망에 부풀기도 했었다. 이지는 이 고물을 백팩에 넣었다. 그때 비자 신청이 완료되었다는 문자 메시지가 도착했다.

출발 전날, 소포가 도착했다. 사무실에서 온 것이었다. 열어보니 회사에서 쓰던 모든 물건이 담겨 있었다. 구글 타이머, 연필, 텀블러, 슬리퍼 그리고 그 사이에서 '시차 유령'이란 제목의 동화책이 나왔다. 자동차 사고를 당하기 전날, 구입한 동화책이었다. 이 동화책을 산 건 우연이면서 우연이 아니었다.

　만약 그날 사고가 나지 않았더라면 이지는 동화 작가의 연락처를 알려달라고 출판사에 전화를 걸었을지도 모른다. 이런 자발성이 발동하는 건 이지에게는 낯선 일이었다. 그만큼 이 책을 보았을 때 놀랐다. 이상하게도 이 동화책이 알래스카로 가고 싶어 하는 거 같다고 생각했다. 이지는 동화책을 백팩에 넣었다.

　인천 공항에 도착한 이지는 캐리어와 백팩을 화물칸에 싣고, 애플워치의 시간을 알래스카로 바꿨다. 장시간 비행에 통증이 올지도 모른다는 두려움에 진통제를 평소 먹는 양보다 5배 정도 늘려 먹었다. 점점 내성이 생겨 효과가 줄어들고 있었다. 긴장감을 쫓기 위해 흡연실로 들어가 담배를 물었다.

　자욱한 연기가 가득했고, 다양한 인종이 뒤섞여 있었다. 약 때문인지 담배 때문인지 이지는 몽롱함에 어지러웠다.

　"라이터 좀 빌릴게요."

　그때 귀에 익은 목소리가 들렸다. 이지가 고개를 돌리자 교복을 입은 소녀가 서 있었다. 눈에 익은 교복이었다.

　"언니는 담배를 희한하게 잡네요?"

　소녀의 말에 이지는 어안이 벙벙했다.

"나 알아요?"

"결국 알래스카에 가는군요?"

이지가 놀라 되물었다.

"누구세요?"

"내 교복 기억 안 나요?"

자세히 보니 소녀가 입은 교복은 헬로키티의 것과 똑같았다.

"설마…… 야, 너 죽었다고!"

"알래스카 가는 김에 장난 좀 쳤죠. 언니도 갈 줄 몰랐네."

이지는 어이가 없었지만, 눈물이 핑 돌 만큼 반가웠다. 헬로키티가 살아 있다!

"어떻게 그런 거짓말을 하니. 아무튼 고맙다. 살아줘서."

"에! 느끼하게."

"어디 항공?"

"나는 델타 타고 시애틀에서 갈아타요. 언니는요?"

"나는 직항."

"오, 경제력!"

"난 하루 넘게 걸리는 환승을 견딜 자신이 없어."

"그거 알아요? 공항 흡연실은 알래스카가 최고래요."

"그래? 역시 넌 정보력이 참 남다르다."

이지는 소녀의 얼굴을 보았다. 피부가 백옥같이 하얗고

깨끗했다. 모임장이 말했던 흉한 상처로 가득한 얼굴과는 정반대였다. 잘 모르고 한 소리였을까? 이지는 궁금했지만 개의치 않았다. 하지만 왜 알래스카까지 교복을 입고 가는지 의아했다.

"내 복장이 알래스카에 어울리지 않죠?"

소녀는 이지의 생각을 들여다본 듯이 물었다.

"어, 아무래도? 여름의 끝이라고 해도 알래스카니까."

그때 대한항공―앵커리지행 비행기 탑승 안내가 흘러나왔다. 이지가 황급히 담배를 껐다.

"야! 아무튼 거기서 봐! 비행시간 잘 견디고."

이지는 흡연실에서 빠져나와 탑승구로 향하면서 시간표를 보았지만, 헬로키티가 말한 델타―시애틀행 비행기는 보이지 않았다. 이지는 의아해하며 탑승 수속을 밟았다.

이륙 후 한참이 지나도록 잠들지 못해 이지는 『시차 유령』을 꺼냈다. 책 속에는 다소 기괴한 그림들이 연속해서 펼쳐졌다. 안개 낀 템스강, 마녀, 고래, 누더기를 입은 한쪽 팔이 없는 아이 그리고 검은 양복에 중절모를 거꾸로 쓴 유령까지.

이지가 천천히 페이지를 넘길 때마다 눈에 띄는 문장들이 스쳐 지나갔다.

만약 네가 바다 쪽으로 방향을 틀 수 있다면 알게 될 거야.

시차 유령은 고아를 놓치고 말았습니다.

너는 네 발로 내게 돌아오게 될 거야.

마지막에 이르자, 이런 문장이 적혀 있었다.

이제 시차 유령은 또 어떤 아이를 먹으러 갔을까요?

이지는 마지막 문장에서 오래 머물렀다. 동화의 엔딩치고는 서늘했다. 결말이 아니라 질문으로 끝이 났다. 심장이 쪼이는 기분이 들었다. 해피 엔딩이든 새드 엔딩이든 어떤 쪽을 바란 게 아니라, 납득할 만한 결말을 원했다. 하지만 작가도 아직 '질문의 답'을 찾는 여정 안에 갇혀 있는 것처럼 느껴졌다.

사실 이지는 이 동화를 알고 있다. 언제인지 정확하지는 않지만, 아마도 6살 이전의 기억으로 추측한다. 그 동화의 제목도, '시차 유령'이었다. 다만 그 동화를 누군가로부터 들었던 것인지, 책으로 보았는지는 확실하지 않다. (하지만 이 동화책을 본 것은 아니었다. 이 책의 초판 발행 연도는 2020년이니까.)

어린 이지에게 이 동화는 세상 어떤 이야기보다 각인되었다. 특유의 으스스한 느낌 때문이었을까. 동화 속에 다 나오지 않은 결말을 알고 싶었다. 엔딩을 알게 되면 이 동화를 떠올릴 때마다 느꼈던 그 소슬했던 느낌에서 벗어날 수 있을 것 같았다. 어쩌다 사람들에게 이 동화에 관해 물어도 아는 사람은 단 한 명도 없었다. 그런데 9개월 전 이 동화책을 발견한 것이다. 그래서 궁금했다. 이 동화를 쓴 작가가.

그 생각에 골몰하자 갑자기 오른손 통증이 심해졌다. 동화책을 덮고, 진통제를 입에 털어 넣었다. 이미 상당한 양을 먹었지만 멈출 수 없었다. 시계를 보니 아직도 여러 시간을 더 버텨야 했다.

이지는 승무원에게 도수가 높은 술을 부탁했다. 그러자 승무원이 바카디 카르타 블랑카 미니 양주병과 탄산수를 가져다주었다. 수면제를 두 알 정도 꺼내어, 입에 넣고 양주와 함께 털어 마셨다. 그제야 정신이 가물가물해졌고, 이지는 안도하며 잠의 세계로 빠져들었다.

다시 눈을 떴을 때, 창문 덮개 끝에서 살짝 빛이 들어오고 있었다. 열어보니, 비행기가 고도를 낮추어 내려가고 있었다. 설산의 능선이 서서히 또렷하게 보였다.

4.

이지는 입국 심사 줄에 서 있으면서도, 자신이 지금 앵커리지 공항이라는 게 몽롱한 꿈처럼 여겨졌다. 약 기운이 풀리지 않은 것 같았다. 이지는 머릿속으로 출입국 관리 직원과의 대화를 시뮬레이션해보았다.

— 당신은 이 나라에 왜 방문했습니까?

— 저는 병에 걸렸는데, 알래스카에 저와 같은 병을 치료받은 사람과 명의가 있어서 왔습니다.

이렇게 대답할 수는 없었다. 그런다면, 이런 질문이 돌아올 것이다.

— 그 병은 전염성이 있나요?

결국 이지는 가장 무난한 대답을 떠올렸다.

— 여행하려고 왔습니다.

이지의 차례가 되자 예상했던 질문과 답이 오갔다.

"How long will you stay here?" (얼마나 머무실 겁니까?)

이지는 한 달 혹은 두 달 아니면 그것보다는 적게,라고 대답했다.

"That's a very abstract answer." (꽤 추상적인 대답이군요.)

이지는 자신이 실수한 걸까 긴장이 되었는데, 그는 곧 'Anyways!'(어쨌든!) 하더니 툭 입국 도장을 찍어줬다.

입국 심사가 끝나고, 미국 땅에 합법적으로 들어섰다. 이지는 먼저 캐리어와 백팩을 찾아, 두꺼운 패딩을 꺼내 입었다. 본격적으로 알래스카 땅을 밟기 전에 만반의 준비를 한 것이다.

앵커리지 공항을 빠져나오자, 'Welcome, Easy!'라고 적힌 피켓을 든 동남아시아 남자가 보였다. 이제껏 이지는 본인의 영문 이름을 Izy로 표기했는데, Easy라고 쓰인 걸 보니 인생 참 쉬워 보이는 이름이었다. 남자가 이지를 향해 밝게 웃으며 손을 흔들었다.

한국에서 한인 민박을 알아보고, 픽업과 숙박을 예약했다. 앵커리지 공항에서 호머로 바로 가면 좋겠지만, 그러기에는 시간이 빠듯했다. 그래서 앵커리지에서 하루 묵고, 다음 날 움직이는 일정으로 잡았다.

"안녕하세요. 저는 핌입니다."

남자가 어설픈 한국말로 말했다.

"안녕하세요."

"고생하셨습니다."

핌이 이지의 캐리어를 대신 끌고 앞장섰다. 두꺼운 패딩을 입고 뒤뚱뒤뚱 걷는 건 이지뿐이었다.

"여기는 앵커리지입니다. 마담."

"네."

이지는 왜 핌이 그 말을 강조하는지 이해하기 어려웠다.

"Anchorage is not Alaska." (앵커리지는 알래스카가 아니에요.)

"What?" (네?)

"Not that cold here." (여긴 그렇게 춥지 않죠.)

더 북쪽으로 가야 진짜 알래스카의 추위를 만날 수 있다는 말이었다. 이지는 그제야 고개를 끄덕이며 두꺼운 패딩을 벗었다. 서늘한 여름 바람이 이지의 몸을 휘감았다. 캐리어에 다시 패딩을 넣고, 바람막이 잠바를 꺼내 입었다.

연식이 오래되어 보이는 봉고 트렁크에 캐리어와 백팩을 넣었다.

"레이디가 짐이 적군요."

이지는 많다고 생각했는데 의외였다.

"레이디, 여기 알래스카에 오는 사람들은 짐을 많이 가져옵니다. 죽을지도 모른다고 생각하나 봅니다."

핌은 나름 웃기려고 연습한 한국어인데, 이지는 전혀 알아듣지 못했고 어색한 공기가 흘렀다.

"죄송하지만, 잠시만요."

이지가 담배를 물고 라이터를 찾았지만 보이지 않았다. 그러자 핌이 'Kim's 당구장'이 프린트된 라이터를 건넸다.

"라이터는 가지세요."

"아, 감사합니다. 여기도 당구장이 있네요."

"주인분이 당구장도 하십니다."

담배 연기가 사라지자, 핌이 말했다.

"쏘리, 레이디 출발하겠습니다."

핌이 운전석에 오르자 이지도 조수석에 올랐다.

"얼어 죽을 추위가 아니군요."

이지의 말에 핌은 그저 미소 지었다. 아마 알아듣지 못하는 거 같았다. 핌은 자신이 알아듣는 한국말에만 대답했다. 얼핏 20대 초반 정도로 보이는 앳된 얼굴이었다.

"마담, 저는 캄보디아 사람입니다."

핌은 운전하는 내내 자신이 5년 전부터 한국어를 배웠고, 더 많은 한국인을 만나 어학 공부를 하기 위해 한인 민박에서 일한다고 했다. 케이팝을 좋아하는데, 특히 블랙핑크의 열성 팬으로 자신의 정체성은 블링크라고 했다. 5년 만에 이정도로 한국어를 구사하다니, 이지는 그가 대단한 독학가라고 생각했다.

캄보디아 사람이 알래스카까지 온 게 신기하듯이 캄보디아 사람도 한국 사람이 알래스카까지 온 게 신기했다.

"캄보디아는 겨울이 없죠?"

"You mean, winter?"(겨울 말입니까?)

핌의 짧은 영어에는 힘이 있었다. 한국어보다 훨씬 유창할 거라 예상되었다.

"예쓰, 윈터."

"캄보디아는 겨울이 있지만, 없습니다."

"눈은 오나요?"

"눈은 없습니다."

눈이 내리지 않는 나라에서 알래스카까지 온 핌의 사연이 궁금했다.

"Why I came here?"(왜 내가 여기 왔냐고요?)

핌이 이지의 생각을 읽은 것처럼 되물었다. 아마도 픽업 일을 하면서, 많은 여행객이 같은 질문을 했을 것이다. 이지가 끄덕이자, 핌이 느릿느릿 대답했다. 마치 슬로모션이 걸린 것처럼 핌의 입술은 느리게 움직였다.

"처음에는 미국 텍사스에 갔습니다. 학생 랭귀지 코스 비자를 받았습니다. 저는 오래 있고 싶었습니다. 아메리칸드림? 유 노우? 그런데, 노 머니, 노 머니. 어려웠습니다. 하지만 저는 점을 쳤습니다."

"네? 점이요……?"

"마담, 점 모릅니까? 한국 사람 점 좋아합니다."

"아! 그 점? 사주? 무당? 포춘텔러?"

"예쓰! 마담, 저는 점을 봅니다."

핌은 뜨문뜨문 영어와 한국어를 섞어 자신의 점쟁이 내력을 소개했다. 프놈펜에서 태어난 핌은 앙코르와트 근처에서 구걸하며 어린 시절을 보냈다. 그러다 앙코르와트에 들어가 점을 보기 시작했다. 주로 외국인 손님을 상대했기 때문에 핌은 필사적으로 영어를 공부했다. 앙코르와트는 핌에게 학교이자 직장이었다. 그곳에서 만난 모든 사람이 친구이자 스승이 되어주었다. 이제껏 학교와 직장을 허들로써 넘어다닌 이지에게는 사원이 직장과 학교가 될 수 있다는 사실이 잘 와닿지 않았다.

핌은 점을 잘 봤고 수입이 좋았다. 거기에는 앙코르와트의 신성한 분위기가 한몫했다. 그래서 그 돈으로 미국까지 올 수 있었다고.

"하지만 마담, 종목 추천은 안 합니다."

유독 한국인과 미국인은 코인이나 주식 종목 추천을 많이 물어서, 핌은 손사래를 치며 질렸다고 했다. 자동차는 스워드 고속도로를 달렸다. 창문을 열자, 늦여름 바람결에 서서히 얼굴을 드러내는 한기가 느껴졌다.

"You are unique." (특이하네요.)

"네?"

"Normally, people are busy taking picture, but not you." (보통은 사진 찍기 바쁜데, 마담은 아니네요.)

"Do they?" (그런가요?)

이지는 말끝을 흐렸다.

"What's the purpose of your visit?" (여행의 목적이 뭔가요?)

호머에 갈 거라고 대답했다. 이지는 예의 바르지만, 다소 심드렁한 말투에서 그 이상은 묻지 말아달라는 암시를 비쳤다. 그러자 핌은 친절한 관광 도우미 모드가 되어 호머에 대해 설명해주었다.

앵커리지에서 호머까지 가는 길은 370km로 대략 서울에서 부산까지의 거리다. 주로 백인들이 모여 사는 부유한 동네로 살인적인 물가가 특징이다. 햄버거 하나도 쉽게 사 먹을 수 없다. 총인구는 6,500명 정도로 추산되는 작은 도시로 2016년 통계로는 한인이 총 10명이었지만, 2022년에는 한국 사람이 단 2명이라고 알려졌다.

"그런데 왜 거기에 한의원을 차린 거지."

설명을 듣던 이지의 혼잣말을 핌이 알아차렸다.

"Oriental medical clinic?" (한의원?)

"Why is his oriental medical clinic there? (왜 거기에 한의원을 차린 거죠?) 알래스카 한의원이란 곳이요. 한국 사람도 없는 동네에서 말이에요."

"Dr. Godam?" (고담 의사?)

"아세요?"

"닥터 고담입니다. 서울에서 부산까지 거리를 말해준 사람."

"Is he a good doctor?" (그 사람 괜찮은 의사인가요?)

쁨이 룸미러 너머로 슬쩍 이지를 보았다. 막연하고 불안한 표정이 느껴졌다.

"He's a good doctor. I am being treated by him. when I have no pick up work, I sometimes go there." (그는 좋은 의사입니다. 저도 그에게 치료를 받았어요. 일이 없을 때 가끔 그곳에 갑니다.)

그러고 나서 쁨은 조금 난감한 표정이 되었다.

"그런데 주인분들이 싫어합니다. 고담."

"네? 주인이라면?"

"민박집 주인. 나한테 월급 주는 사람."

"왜요?"

쁨은 대답 대신 운전대를 잡은 채, 고개를 도리도리했다. 침묵으로 두세 블록을 지나자 'Kim's house'라고 적힌 간판이 보였다. 봉고가 단독주택 앞마당에 멈췄다. 부부가 환한 미소를 지으며 이지를 맞이했다. 이지에게 그 미소는 마치 박제품처럼 부자연스럽게 느껴졌다.

"먼 길 오셨네요. 숙소로 들어가시죠."

펌은 즉시 트렁크에서 이지의 캐리어와 백팩을 내려주었다. 이지는 미처 듣지 못한 말에 대한 궁금증이 남았지만, 캐리어를 끌고 부부를 따라 집 안으로 들어갔다.

미시즈 정은 이지에게 코코아를 내밀었다.

"우리 집 웰컴 드링크예요."

정숙한 원피스 차림을 한 미시즈 정의 얼굴은 종잇장처럼 파리했는데, 짙게 바른 붉은색 립스틱 때문인지 보수성과 반항기가 동시에 느껴지는 묘한 얼굴이었다.

집에 들어서자마자 거실 중앙에 걸린 십자가가 보였다. 전형적인 한인 교인의 가정집 분위기였다. 미시즈 정과 미스터 김을 마주하고 이지는 코코아를 한 모금 마셨다. 물 탄 것처럼 맹숭맹숭한 맛이 났다.

"얼마나 계세요? 알래스카에?"

미시즈 정은 오랜만에 만난 한국인 여성이 반가워 과도하게 친절한 말투로 물었다.

"한 달 정도? 아니면 비자 만료 전까지 있을 수도 있고요."

"아! 그럼 오로라 보실 거죠?"

미시즈 정이 기대에 찬 얼굴로 물었다.

"꼭 오로라를 봐야 한다는 강박은 없어요."

생각지 못한 대답이었지만 미시즈 정은 다시 대화를 이어가기 위해 눈동자를 굴렸다. 그때 미스터 김이 꽤나 고압적인 말투로 물었다.

"어디를 주로 여행하시는지요?"

"호머요."

"호머? 사업차 오셨나 봐요? 요즘 그림 사러 오시는 아트 콜렉터들도 꽤 있다고 하던데."

이지는 비행 중 팸플릿에서 보았던 글이 떠올랐다. 호머는 인구 대부분이 카페에서 그림을 그리거나, 글을 쓰는 예술인들이 사는 동네라는 내용이었다.

"그건 아니고요."

"그럼?"

이지는 피곤함이 몰려왔지만, 저쪽에선 만족할 만한 대답을 듣기 전까지는 질문을 멈추지 않을 기세였다.

"알래스카 한의원에 가기 위해 왔습니다."

미스터 김은 이지를 황당한 표정으로 바라보다 어느새 이지의 오른팔에 끼워진 토시와 장갑으로 시선을 옮겼다. 미시즈 정은 알래스카 한의원에 대해 말하는 이지를 흥미롭게 바라보며 남편의 눈치를 보았다. 미스터 김은 급격히 걱정스러운 표정으로 돌변해 물었다.

"명의라도 찾아오신 건가요?"

미스터 김은 대놓고 비아냥거리고 있었다.

"왜 안 되나요?"

"닥터 고담. 질이 좀 나쁜데. 원래 앵커리지에 있었어요. 그런데 왜 호머까지 갔겠습니까? 여기 한인 사회에서 쫓겨난 거죠."

이지는 이제야 퍼즐 조각을 찾은 기분이었다. 왜 알래스카 한의원이 앵커리지가 아닌 백인들이 주로 사는 호머로 옮겨 갔는지를.

"별로 놀라지 않으시네요?"

고담에 대한 엇갈린 평가에 이지 또한 혼란스럽지 않은 건 아니었다. 하지만 이지는 초면에 다른 사람에 대해 좋든 나쁘든 확언하는 사람은 불신했다. 그동안 복합통증증후군을 고치기 위해 만난 의사만 백여 명이 넘었다. 그중 명의라고 소문난 곳에 도리어 사이비가 더 많았다. 양의든, 한의든 세상에 특별한 의사가 있다는 믿음은 사라졌다.

"뭐, 세상에 많죠. 야매. 하하."

미스터 김은 태평하게 답하는 이지를 마뜩잖게 쳐다봤다.

"저는 이만 피곤해서 일어나보겠습니다."

이지는 다 식은 코코아를 물 삼아 알약을 삼키고는 일어났다.

"아! 암막 커튼 꼭 치시고요!"

미시즈 정이 이지의 뒷모습에 대고 친절하게 외쳤다.

　장시간 비행으로 몸은 찌뿌둥했고, 내일 있을 여정에 대
한 걱정도 몰려왔다. 운전이 안정적이고 매너도 좋은 펌을
고용해 호머까지 한 번에 가면 좋겠지만, 감당할 수 있는 비
용이 아니었다. 저녁이지만 하늘은 밝았다. 낮의 색깔이 밤
풍경에 오묘하게 섞여 있었다. 이지는 그 색깔의 단어를 찾
아보려 애를 썼지만, 잘 떠오르지 않았다.

　암막 커튼을 쳤다. 그러자 방 안은 순식간에 어둠으로 가
득 찼다. 자신이 어디에 있는지 알면서도 이지는 덜컥 겁이
나 다시 커튼을 걷었다. 그때 창 너머로 어디론가 빠르게 달
려가는 교복 차림의 소녀가 보였다. 헬로키티도 앵커리지에
도착한 모양이었다. 이지는 반가움에 서둘러 나갔다.

　밖으로 나가자 소녀의 모습은 보이지 않았다. 이지는 주
변을 둘러보며 다양한 색깔의 단독주택들이 성냥갑처럼 반
듯하게 정렬된 거리를 무작정 걸었다. 이지는 담배를 피울
만한 곳을 눈으로 찾았다. 주택과 주택 사이 그늘진 좁은 공
터가 보여 그 안으로 쏙 들어가 담배를 물었다.

　"라이터 좀."

　돌아보니 소녀였다.

"야! 너 아직까지 옷 안 갈아입고, 교복을 지금까지 입고 있어?"

"뭐 어때요? 어차피 백야잖아요. 영국 고딩들도 교복 입는대요."

"영국? 여긴 미국이야. 미국 고등학생들은 사복 입지 않아?"

"아무튼 나 영국 고딩 같지 않아요? 템스강에서 노는?"

소녀는 키득키득 웃었고, 이지는 엉거주춤하다 소녀가 내미는 담배에 불을 붙여줬다.

"끊어라. 벌써 담배냐. 몸도 안 좋은 게?"

"언니도 안 좋잖아요."

"나야 뭐. 다 컸고, 너무 컸고, 버린 몸이지. 뭐."

"언니, 누구도 버려도 되는 몸은 없어요."

소녀가 불량하게 담배를 문 채 제법 엄하게 말했다.

"그래, 미안. 근데 너 아까 어디 가는 중이었어?"

"쫓기고 있었어요."

소녀는 이제껏 본 적 없는 슬픈 표정을 지었다.

"누가 널 쫓았는데?"

"시차 유령이요."

"뭐?"

이지는 잘못 들었나 싶었다. 그때 빠아아아앙 — 클랙슨

소리가 들렸다. 뒤를 돌아보자 핌이 운전석 창을 열고 활짝 웃고 있었다.

"마담, 짐은 다 푸셨습니까?"

"아뇨. 내일 일찍 출발해서요."

"아, 그렇지요. 버스표는 예약하셨습니까?"

"네, 그것도 한국에서 다 예약하고 왔죠."

"아마 저는 내일 인사드리지 못할 겁니다. 다른 쪽 픽업이 있어서요."

"예, 반가웠어요. 핌."

"Don't worry, madam. You will be fine." (걱정 마요, 마담. 다 괜찮을 겁니다.)

핌은 윙크를 마지막으로 떠났고, 이지는 다시 소녀 쪽을 돌아보았다. 하지만 그곳엔 아무도 없었다. 텅 빈 허공엔 담배 연기만 희미하게 남아 있었다.

"어딜 간 거지?"

이지는 마치 누구 들으라는 듯 혼잣말을 했다. 시차 유령이라는 말을 들은 순간부터 팔 안쪽에 소름이 돋았다. 이지는 황급히 숙소로 발길을 돌렸다.

이지는 암막 커튼을 치고 침대에 누웠다. 밤새 뒤척이다 결국 한숨도 자지 못한 채로 울리는 알람을 껐다. 일어나 베개를 보니, 머리카락이 한 움큼 빠져 있었다. 문득 약사에게 들었던 진통제 과다 복용 시 생길 부작용이 떠올랐지만, 이지는 다시 약통을 열었다.

버스 정류장은 Kim's house에서 도보로 10분이었다. 여러 단점에도 불구하고 이지가 이 숙소를 선택한 이유였다. 늦은 오전임에도 버스 정류장에는 대기 중인 사람들이 많았다. 다양한 인종들 틈에서 이지 역시 하나의 인종으로 서 있었다. 곧이어 거대한 관광버스가 정차했다. 호머로 가는 막바지 여정이 시작되었다. 이지는 예약한 자리에 앉아 흘러나오는 안내 방송에 귀를 기울였다. 도착 시간이 안내되었고 버스는 출발했다.

스워드에서 호머로 달리는 동안 도로에 짙게 깔려 있던 안개가 서서히 걷혔다. 이지가 살짝 창을 열자 바다 냄새가 코를 찔렀다. 점점 바다에 가까워진다는 게 실감되었다. 지루하고 길었던 안개를 지나자 바다를 품은 설산이 모습을 드러냈다. 마치 이 세계의 주인은 나라는 듯한 위엄이 느껴져 이지는 절로 고개가 숙여졌다.

버스에서 내리자마자 이지는 핸드폰으로 구글 지도를 켰다. Alaska oriental medical clinic이라고 적자 도보로 30분 정도라고 나왔다. 화살표가 움직이는 방향으로 캐리어를 끌고 가는데, 이윽고 화살표가 멈췄다. 그곳에는 바다를 등진 아담한 2층 건물이 있었다. 1층은 화원이었고, 2층에 '알래스카 한의원'이라는 간판이 보였다. '한글이다!'라는 반가움과 제대로 도착했다는 안도감에 이지는 참았던 숨을 내쉬었다.

막상 2층으로 올라가려고 하니, 왼손만으로 캐리어를 들 수가 없었다. 1층 화원 쪽을 두리번대다가 화분에 물을 주고 있는 동양 남자와 눈이 마주쳤다. 그는 이지를 보고는 사람 좋은 얼굴로 웃었다. 30대 중반에 몸통도 둥글고, 얼굴도 둥글고, 안경도 둥그런 전체적으로 큰 원 같은 인상이었다. 이지는 '위층 한의원에 방문할 예정인데, 짐을 잠시 맡길 수 있는지'를 물었고, 동양 남자는 친절하게 알겠다고 대답했다. 그의 영어로 보아 일본인인 거 같았다. 이지는 캐리어와 백팩을 맡기고 2층으로 올라갔다.

알래스카 한의원 문을 열자, 한두 명의 대기 환자가 앉아 있었다. 내부를 살피니 한약재를 넣어둔 서랍이 나열되어 있었고, 침방과 진료실이라고 표시된 방이 나란히 보였다. 넓은 대기실 창문으로는 차가워 보이는 푸른 바다가 끝없이 펼쳐졌다. 카운터는 따로 없었는데, 돈 통으로 보이는 박스에 You pay here!(여기에 돈 넣으세요!)라고 적혀 있었다. 조명은 노란색으로 창 너머 풍경과 달리 따뜻함이 감돌았다. 지나치다 싶은 간소함만 제외하면 여느 한의원과 다를 바 없었다.

예상보다 대기가 길어져 이지는 깜박 잠이 들었다. 다시 눈을 뜨니, 옆에 소녀가 앉아 있었다.

"야, 너."

이지는 어제 왜 갑자기 사라졌냐고 물으려다, 소녀가 여전히 교복을 입고 있는 걸 보고 말문이 막혔다.

"안 춥냐?"

"언니, 해가 안 져."

"더 북쪽으로 가면 거긴 아예 백야래."

"그럼 이건 100% 백야는 아니라는 거야?"

"그런가 봐. 미세하게 밤은 남아 있는 거지."

"언니, 나 잠을 못 자. 밤에도 낮에도."

"관광 안내 책자 안 보고 왔어?"

"응."

"깡 있네."

"언니도 엄청 피곤해 보여."

소녀가 자기 어깨를 툭툭 치며 말했다.

"여기 기대서 좀 자요."

그 말에 이지는 자기도 모르게 소녀의 어깨에 머리를 기댔고, 어느 순간 스르륵 잠에 빠졌다.

눈을 떴을 때, 이지는 혼자였다. 진료실에서 한 남자가 문을 열고 나왔다. 나이는 40대 어딘가, 비교적 큰 키, 파란 스웨터에 청바지, 차가움과 따뜻함이 공존하는 듯한 얼굴. 하지만 정확히 어느 쪽인지는 분명하지 않았다. 그가 바로 고담이었다. 이지는 꾸벅 인사를 했다.

"예약하셨나요?"

"지금 해도 될까요?"

고담이 다소 난감한 표정을 지었다.

"진료가 마감됐는데."

"저 한국에서 왔거든요."

이어 고담은 이지를 빤히 바라보았다.

"아, 그 목소리 탁하신 분?"

"네, 복합통증증후군이요."

이지가 자기소개하듯 대답하며 고담을 따라 진료실 안으로 들어갔다.

진료실에서도 창 너머로 거칠게 파도치는 바다가 보였다. 이지는 그제야 자신이 알래스카에 있다는 게 실감 났다.

"파도가 세네요."

"이 정도는 잔잔한 편이죠. 백야라. 아무튼."

딱딱 떨어지는 정확한 말투. 이지는 그가 쓸데없이 말에 사족을 붙이는 사람이 아니라는 걸 느꼈다.

"며칠 전 목소리로 문진을 받았습니다. 그러니까, 전화로."

난감한 침묵이 흘렀다.

"제가 고친 게 아니라고 했을 텐데요."

이지는 당황했지만 꾹 참았다. 호머에는 한인이 단 2명이라고 들었다. 굳이 그 1명과 첫날부터 척지고 싶지 않았다.

"아무튼 왔고요. 여기, 알래스카에."

"맥을 짚어볼까요?"

왼손을 내밀자 고담이 유연하게 맥을 짚었다. 잠시 정적이 흘렀고, 고담이 손목에서 손가락을 떼며 말했다.

"개미가 기어가도 이거보단 시끄럽겠네요."

"힘이 없다? 이건가요?"

"비행은 몇 시간 하셨죠?"

"대기 뭐, 이런 거 빼고 비행만 8시간 정도요."

고담이 믿을 수 없다는 표정을 지었다.

"이런 상태로 장시간 비행을 해 여기까지 오다니, 놀랍네요."

고담은 연필로 진료 내용을 적어나갔다. 사각사각 종이에 닿는 연필 소리가 진료실 안을 채웠다.

"신장은 맥이 거의 안 느껴져요. 불면은 얼마나 지속되었죠?”

“불면이라면 어느 정도를 기준으로…….”

이지는 대략 9개월 동안 불면이었는데, 어디서부터 어디까지를 진짜 불면이라 해야 할지 기준이 모호했다.

“언제 최소 4시간 이상 푹 잤죠?”

“4시간 이상이라면…… 4달 전?”

“1시간 이상은?”

“2달 전이요. 그런데 푹 잔 적은 없어요. 그 1시간도.”

고담이 이지의 안색을 살폈다. 눈두덩이가 퀭했고, 입술은 바짝 말라 있었다.

“생리는요?”

“주기가 엉망진창인 건 오래죠.”

“혈색도 엉망이고, 도대체 진통제를 얼마나 드신 거죠?”

“좀 먹었습니다.”

“좀 얼마나?”

이지는 마치 큰 죄라도 지은 것처럼 묻는 고담이 불편했다.

“그거 없인 생활할 수가 없어서요.”

“수면제도 섞었죠?”

잠시 텀을 두고 이지가 고개를 끄덕였다.

“일단, 둘 다 끊어야 합니다.”

“그게 있어서 그나마 통증을 참는 거예요.”

"지금 면역계가 망가지기 시작했습니다. 머리카락 빠지죠?"

최근 머리카락이 한 움큼씩 빠지고 있어 말문이 막혔다.

"통증은 거기에 있어요. 잠시 마취시킨다고 나아지는 게 아닙니다. 양만 늘리는 거죠. 나중에는 효과도 없는데, 더 늘리게 되고 악순환이죠."

"누가 모르나요? 알아도 먹을 수밖에 없으니까."

"진짜 안다면 먹지 않을 겁니다."

"압니다."

이지는 그 순간 소녀가 떠올랐다.

"앞서 온 환자 보시면 아실 거 아닙니까? 얼마나 힘든지?"

"네? 누구요?"

"한국에서 온 10대 여자애요."

"저 지금 한국말로 진료한 지 6년 만에 처음입니다."

이지가 황당한 얼굴로 고담을 바라보았다.

"아까 진료 안 하셨어요?"

"혹시 그 소녀가 무슨 옷을 입고 있었나요?"

"네? 교복이요."

이지는 자기가 말하면서도 이상했다.

"교복은 무슨 색이었죠?"

이번엔 그런 질문을 하는 고담이 이상했다. 알래스카에서 교복이라니.

"검은색이요."

고담이 절레절레 고개를 젓더니 말했다.

"신 같네요."

"신이요? god?"

"아뇨. 굳이 풀어서 말하자면 신장의 신이죠."

이지는 어안이 벙벙했다.

"에?"

"각 장부에는 신이 있습니다. 폐는 백, 심장은 혼, 신장은
신."

"귀신 같은 건가요?"

"아뇨. 본인 장부를 귀신이라고 보십니까?"

"그럼 제 신장에서 혼백 같은 게 튀어나왔다는 건가요?"

"예, 대략적으로 그렇게 이해하시면 됩니다. 어디서 처음
만나셨죠?"

"흡연실이요. 그럼 제가 담배 피우다가 내 몸속에 있는 신
장에서 튀어나온 혼백을 만났다는 건가요?"

"예."

이지는 여러 사이비 의사를 만나봤지만, 이 정도 이야기
는 들어본 적이 없었다. 마치 동양 야매 의학의 최전선에 있
는 강적을 만난 거 같았다.

"여기까지 어떻게 왔는데, 이런 말도 안 되는 말을 하실 분이라고는."

"제 소견은 이렇습니다."

"뭔 소린지 모르겠고, 그분과 같은 방법으로 해주세요."

"네?"

"고친 방법을 똑같이 하면 되잖아요."

"똑같은 치료 방법은 적용이 안 됩니다. 사람 몸은 다 달라요."

이지는 더 이상 조를 힘도 없었다. 헛웃음이 나왔고, 이 한 의사에게는 공쳤다는 생각에 절망적인 기분이었다. 차라리 빨리 이누이트를 만나고 싶었다.

"좋아요. 그럼 그분은 언제쯤 오실까요? 복합통증증후군을 치료받은 그분이요."

"그러게요. 백야가 끝나면…… 올까요?"

"선생님! 그걸 저한테 물어보시면 어떡해요. 전 알래스카까지 왔는데!"

고담은 흥분해 소리치는 이지를 담담히 바라보았다.

"저는 언제 오는지 모른다고 분명 말씀드렸어요."

맞다. 고담은 이지에게 다 말했다. 희망을 품고 과감하게 알래스카에 온 건 온전히 이지의 선택이었다. 둘 사이에 정적이 흘렀다. 이지는 체념하며 일어났다.

"가보겠습니다. 안녕히 계세요."

"요 옆에 쿠바 모텔로 가세요. 걸어서 15분 걸립니다."

"제가 알아서 찾을게요."

"미국은 차 없으면 몇 블록 이동하는 것도 멀어요. 거기다 여긴 알래스카입니다. 남는 게 땅덩어리라는 거죠."

"알아서 합니다."

이지가 힘없이 돌아서자 고담이 뇌까렸다.

"아무 모텔이나 가면 콜걸인 줄 압니다. 여긴 동양 여자가 희귀해서요."

"허, 그래서 진료비는 얼마인가요?"

"8달러입니다."

이지는 진료실을 나와 돈 통에 8달러를 넣고 밖으로 나왔다.

한의원을 나와 바로 1층으로 내려갔다. 맡겼던 짐을 찾아 힘없이 건물을 빠져나왔다. 신장에서 혼백이 튀어나왔다는 고담의 말이 떠올랐다. 그런 말을 하는 한의사를 믿고 알래스카까지 온 자신에게 화가 났다.

몇 블록 너머로 보이는 쿠바 모텔을 등지고 가려는데, 칼바람이 거세게 몰아쳤다. 낮인데도 사람이 없었다. 애플워치를 보니 밤 9시였다. 이렇게 긴 낮은 처음이라 낯설었다.

이지는 하는 수 없이 걸음을 돌려 쿠바 모텔 쪽으로 향했다.

마당에 물이 없는 폐쇄된 수영장을 지나 3층 건물 안으로 들어가자 프런트가 보였다. 빨간 생머리를 길게 늘어트린 백인 여자가 서 있었다.

"Are you Korean?" (한국인이죠?)

"Sure." (물론.)

한국인이냐는 물음에 '물론'이라니. 이지의 영어는 한국말보다 빨리 혼미해져갔다.

"How long are you staying?" (몇 박 머무실 건가요?)

여자는 보이시한 목소리로 물었다.

"Just one day." (일단 하루만요.)

"Would you like breakfast?" (조식 신청합니까?)

"No, thanks." (아뇨, 괜찮아요.)

여자는 열쇠를 건넸다.

이지는 104호 문을 열었다. 암막 커튼이 쳐 있어 들어서 자마자 어둠이었다. 스위치를 누르자 형광등이 켜졌다. 더블베드, 전기 포트와 머그잔, 1인용 테이블과 TV, 미니 냉장고가 있는 깔끔한 내부에 디날리 국립공원 액자가 붙어 있었다. 이지는 미니 냉장고에서 물을 꺼내 진통제와 수면제를 한꺼번에 삼켰다. 문득 이 정도가 치사량일지도 모른다는 생각이 스쳤지만, 이미 약은 목구멍으로 넘어가고 있었다. 이지는 훅 침대에 쓰러졌다.

잠시 후 이지의 코끝에 담배 연기가 느껴졌다. 몽롱한 시선으로 눈을 떴을 때, 소녀가 침대 끄트머리에 앉아 우아하게 담배를 피우고 있었다.

"너 어떻게 여길 들어왔어?"

무단 침입이라고 소리치고 싶었지만, 그럴 힘이 없었다.

"쉿! 언니. 나 지금 숨어 있는 거야."

"무슨?"

"시차 유령한테 쫓기고 있다고."

"왜…… 널?"

"날 다시 중절모에 넣어버릴 거야!"

갑자기 소녀는 두려운 듯 훌쩍거렸다.

"다시?"

"그래! 난 시차 유령의 중절모 속에 있었다고!"

"그게 무슨……."

"내 시간을 먹어버렸다고!"

"너 지금 무슨 소릴 하는 거야?"

"언니 나 무서워! 나 다시 잡히기 싫어. 그 중절모 속은 너무 어두워."

다음 순간, 찰싹 누군가 이지의 따귀를 때렸다. 눈을 뜨자 프런트에서 보았던 빨간 머리가 화난 얼굴로 이지를 내려다보고 있었다. 그 옆에는 고담이 이지의 손목에 맥을 짚고 있었다. 소녀는 사라졌다.

"어떻게."

이지가 겨우 입을 열자, 빨간 머리는 기가 차다는 듯 What the fuck!을 연발했다.

"위세척 안 해도 되는 걸 다행으로 아세요."

"이게 무슨."

"맥박하고 혈색이 너무 위태로워 보여서 프런트에 전화해 문 좀 두드려보라고 했습니다. 전혀 반응이 없다고 하더군요."

고담이 수면제와 진통제 통을 들어 보이며 물었다.

"도대체 몇 알을 먹은 겁니까? 처방전도 없이?"

이지는 그제야 자신이 이성을 잃었다는 걸 인정할 수밖에 없었다.

"모르겠어요. 숫자 안 센 지 꽤 됐어요."

"미국에서 구급차에 실려 가면 알래스카 왕복 비행기표 이상의 돈이 깨진다는 걸 아셔야 합니다."

고담이 한약 팩 두 개를 꺼냈다.

"빨간색을 먹으면 부글부글 구역질이 날 겁니다. 그럼 후

련하게 토하세요. 전부 다. 있는 힘껏! 그다음 미지근한 물을 마시고, 파란색을 드세요."

이지가 안간힘을 써 몸을 일으켜, 첫 번째 봉지를 집어 드는 걸 보고서야 빨간 머리는 방을 나섰다.

"저분에게 미안하다고 좀 전해주세요. 제 상황이라든가. 제가 영어가 짧거든요."

"지금 이 친구는 이지 씨가 자살 시도를 한 거로 생각하고 있습니다. 내일 최선을 다해서 직접 사과하세요."

고담은 딱딱하게 말하고는 등을 돌렸다. 이지는 순간 구역질이 올라와 화장실로 뛰어갔다. 쓸개즙을 쥐어짜 초록색 물이 나올 때까지 게워냈다. 그리고 물 한 잔을 마신 후 두 번째 봉지를 마셨다.

이지는 찢어진 빨간 봉지와 파란 봉지를 보며, 영화 매트릭스를 떠올렸다. 만약 네오가 빨간 약과 파란 약 중에 하나를 선택하지 않고 동시에 먹었다면, 어떤 일이 벌어졌을까. 그런 쓸데없는 고민을 하며 이지는 애써 소녀가 이 방에 왔었다는 걸 잊으려 했다.

그렇게 이지는 다시 침대에 몸을 누였다.

다음 날, 암막 커튼 틈으로 살며시 빛이 새어 들어오고 있었다. 이지가 자는 둥 마는 둥 침대에서 뒤척이는데 누군가

똑똑 노크를 했다. 일어나 감시경 너머를 보니 빨간 머리가 냉랭한 표정으로 서 있었다. 문을 열자마자 11시가 체크아 웃인데 12시가 넘었다고 했다. 더 머물겠다고 했지만 빨간 머리는 단호하게 고개를 저었다. 이지는 다급히 구글 번역 기를 켜고 복합통증증후군이란 병명에서부터 수면제를 먹 은 이유와 오른팔에서 일어나는 증상까지 쉬지 않고 설명하 려 애썼다. 그리고 지난번 일은 결코 자살 시도가 아니었다 는 것도. 마지막으로 '나를 쫓아내지 말아주세요'라고 말하 고는 끝에 플리즈를 붙였다.

빨간 머리는 경고하듯 말했다.

"If you want to stay here more. Okay, but don't die here. I am boring for dying in Alaska. And go to Dr. Godam now. OK?" (며칠 더 머물고 싶다면 그렇게 해요. 하지만 여기서는 죽지 마 요. 알래스카에서 죽음은 지겨우니까. 그리고 지금 고담에게 가봐요.)

이렇게 말하고 문을 닫았다. 이지는 자기도 모르게 핸드 폰을 꼭 쥐고 있던 왼손에 힘을 풀었다. 정신을 차리기 위해 암막 커튼을 걷었다. 설산을 품은 바다가 창 너머로 보였다. 이지는 순간 그 풍경에 압도되어 넋을 놓고 말았다.

5.

    이지는 처음도 아니었지만 오늘따라 알래스카 한의원 대기실 풍경이 낯설게 다가왔다. 백인 비율이 압도적으로 높았지만 흑인, 동남아시아인도 섞여 있었다. 사람들은 서로 아는 사이인지 아니면 이제 막 알기 시작한 건지 이런저런 대화를 스스럼없이 나눴다. 간판은 한의원인데 동네 사랑방 같은 인상이었다. 진료가 끝나면 돈 통에 돈을 넣고 가는데, 몇몇은 돈 대신 과일이나 야채, 와인, 보드카 등을 카운터에 두고 가는 사람들도 있었다. 한참 후 고담이 이지를 불렀다.

    진료실에 들어서자마자 고담은 잠에 관해 물었다. 이지는 그럭저럭이라고 짤막하게 대답했다. 그리고 실토했다.

  "어젯밤에 그 소녀가 방에 있었어요."

  즉, '당신은 야매가 아닙니다. 내가 혼백인지 뭔지를 본 것입니다'를 고백하는 거였다. 고담은 놀라지 않았다.

  "저 미친 건가요?"

  "아뇨, 전혀. 말씀드렸잖아요. 신장에서 나온 혼백이라고요."

  고담이 이지의 신장 쪽을 연필로 가리키며 재차 말했다.

  "저 안 맞아본 침이 없고, 안 먹어본 것도 없어요. 다 해봤어요."

"통증이 언제 시작된 거죠?"

"9개월 전 경미한 교통사고로 오른팔, 오른손을 치였어요. 병원에서는 아무 문제가 없다는데 통증이 사라지지 않더라고요."

고담이 이지의 말을 연필로 써 내려갔다. 사각사각. 이지는 그 소리가 좋았다. 자기 말에 집중하고 있다는 느낌을 받았다. 고담은 연필을 내려놓고 이제껏 자기가 적은 내용들, 이지가 한 말, 겪은 것, 안색, 맥, 목소리 들을 보고 또 보았다. 맥을 찾기 위한 지도가 그려지고 있었다.

"각 장부에는 감정이 있어요. 간엔 분노가, 폐엔 슬픔이, 신장엔 두려움이나 공포. 극단의 두려움을 느낀다면 신장 속 물이 쪼그라들죠."

"제가 뭔가 극단의 공포를 느끼고 있다는 건가요?"

"차에 치이면서 그런 공포가 깨어난 건 아닐까, 지금까지 추측은 이렇습니다만 아직 확실하지는 않습니다. 아무튼 일단 진통제와 수면제는 끊으셔야 합니다."

"그럼 어떻게 버티나요?"

고담은 한약재 서랍에서 담뱃갑만 한 철제 통을 꺼내 이지에게 내밀었다. 열어보니 마른 잎사귀가 들어 있었다.

"그걸 피우세요."

진한 풀 냄새가 담뱃잎이랑은 달랐다.

"뭐죠?"

"마리화나입니다."

"이게 처방인가요?"

"네, 여기서는 합법입니다."

고담은 대수롭지 않게 대답하며 얇은 페이퍼와 필터도 건 넸다. 이걸로 말아 피우면 된다고 했다.

"저는 대한민국 국민입니다."

이지가 떨리는 목소리로 외쳤다. 고담은 이지의 대답을 못 들은 건지 별다른 말없이 한약재 서랍을 정리하고는 닫 았다. 마리화나를 받아 든 이지의 손이 경직되었다.

"일반적으로 소염 진통제는 환각 작용이 거의 일어나지 않는다고 알려져 있지만, 중증 이상의 통증에 쓰는 진통제 는 마약성 진통제로 신경계 부작용을 동반해요. 이게 부작 용이 덜 합니다."

"그럼 잠은요?"

"흡연하면 몸이 나른해지는 걸 느낄 겁니다. 담배도 태우 시니 금방 익숙해질 겁니다. 단 제가 처방하는 소량을 여기 서만, 사용해야 합니다."

고담은 여기서만,이라고 유독 힘주어 말했다.

"이런 건 어디서 나요?"

"실내에서도 잘 자라는 약재는 밑에서 키웁니다."

"아래층은 꽃집이던데……."

이지는 끝까지 말을 잇지 못하고 경악했다.

"구경하고 가세요. 내려간 김에 리토한테 마리화나 마는 법도 배우시고요. 화원 주인이 리토입니다."

이지는 얼결에 마리화나를 들고 1층으로 내려갔다. 안을 보니, 60평쯤 되는 공간 전체가 가림막 없이 확 트여 있었다. 식물과 작은 나무들이 어지럽게 늘어서 마치 야생 우림처럼 보였다. 이지가 들어서자 리토가 반갑게 웃었다.

첫날, 캐리어와 백팩을 맡아줬던 그 동양 남자였다.

"Thanks for taking care of my carrier at yesterday." (어제 제 캐리어를 맡아주셔서 감사했습니다.)

"아니믑니다. 아니믑니다. 마이 플레저이믑니다. 마이 네임 이즈 리토이믑니다."

리토의 한국말은 '믑니다'가 계속 반복돼 이지는 정신이 없었다. 아무래도 존댓말 어미를 '입니다' 하나만 알고 있는 거 같았다.

"저는 이지입니다."

"이지 상은 왜 여기에 왔스믑니다?"

"아, 왜 왔냐고요? 저는 여기 2층 알래스카 한의원에 왔어요. 닥터 고담."

"오! 닥터 고담. 마이 베리 디어 프렌드이뭅니다. 어디가 아프뭅니다?"

"I have a ghost in my right arm."(내 오른팔에 유령이 붙어서 요.)

리토는 흥미롭다는 듯 고개를 끄덕였다. 고담의 말에 의하면 여기서 마리화나를 공급해주고 있었다. 하지만 이지에 게는 꽃과 나무와 풀만 가득해 보였다. 리토는 화원을 의문스레 바라보는 이지의 시선을 눈치챈 듯 물었다.

"이지 상은 마리화나를 찾아왔뭅니다?"

이지가 놀라 주머니에 있는 철제 통을 꺼내 보여주었다.

"I have one."(저 있어요.)

이지가 수줍게 대답하자 리토는 보라는 듯이 화분에 물을 주기 시작했다. 리토 곁으로 가까이 다가가자 철제 통에서 나던 냄새와 비슷한 향이 이지의 코를 찔렀다.

"Are you watering the cannabis?"(마리화나에 물을 주는 건가 요?)

"예쓰, 나는 꽃만 팔지 않스뭅니다. 꽃만 팔면 머니가 안 되뭅니다. 그래서 약도 파뭅니다."

이어 리토가 주사기를 들어 식물 줄기에 액체를 주입했다.

"What are you injection?"(뭘 주입하는 건가요?)

리토가 이건 한국어로 설명할 수 없는지, 일본어 발음이 강하게 느껴지는 느릿한 영어로 대답했다.

"It's chemical. We are trying to force the cannabis gender to be Female since we only smoke female cannabis." (화학약품입니다. 마리화나를 수컷에서 암컷으로 바꾸는 겁니다. 마리화나는 암컷만 필 수 있습니다.)

이지는 마리화나에도 성별이 있다는 걸 처음 알았다. 다른 줄기에도 계속 액체를 주입하는 데 몰두한 리토를 두고 이지는 조심스레 화원을 나왔다.

하지만 갈 곳은 없고 배에서 꼬르륵 소리가 났다. Kim's House에서 마신 코코아가 마지막으로 먹은 것이었다. 구글 지도를 열어서 가장 가까운 햄버거 가게를 찾아 걸었다. 20분 정도 걷자 '호머 햄버거' 간판이 보였다. 이지는 버거와 칩, 콜라를 사서 다급히 나왔다. 재빨리 숙소로 들어가 먹을 참이었다. 그런데 하나둘 빗방울이 내리더니 순식간에 우박이 쏟아졌다. 당황한 이지는 눈앞에 보이는 공중전화 부스로 뛰어들어 갔다.

곧이어 우박이 섞인 비가 무섭게 쏟아졌다. 이지는 가슴팍에서부터 올라오는 기름진 냄새에 그만 젖은 버거를 왼손으로 들고 우적우적 씹었다. 주머니에 쑤셔 넣었던 칩도 먹고, 콜라도 마셨다. 급하게 끼니를 때우는 동안에도 비는 멈추지 않았다. 갑자기 기온이 떨어지면서 오른손에 통증이 시작됐다. 이지는 남은 버거를 마저 입에 넣고는 젖은 양손을 조심스럽게 바지에 닦았다. 그러고는 철제 통에 들어 있는 마리화나와 페이퍼, 필터를 꺼내 왼손으로 말아보았다.

적절한 양의 침이 중요했다. 침이 너무 많으면 잎이 엉기고 종이가 축축해졌다. 마리화나 잎을 적당량 페이퍼 위에 올려놓는 것도 어려웠다. 여러 번의 시도 끝에 그럴싸해 보이는 한 개비가 완성되었다. 라이터에 불을 붙이고 연기를 마신 후 길게 내뱉었다. 콜록콜록 기침이 나왔다. 몇 번 더 반복하자 어느 순간 몽롱한 기운이 감돌고 시야가 흔들렸다. 이런 게 영화에서만 들어본 'High' 하다는 건지 이지는 궁금했다.

그때 공중전화 부스 앞에서 비를 맞고 서 있는 소녀가 손을 내밀었다.

"한 모금 줘봐. 언니."

이상하게도 이지는 담담했다.

"너 내 신장에서 나왔다며?"

소녀는 귀엽게 졸랐다.

"그거나 줘봐요."

"아무리 혼백이라도 미성년자한테 못 줘."

"쳇, 근데 안 놀라?"

마리화나 재가 바닥으로 툭 떨어졌다.

"알래스카 한복판에서 마리화나를 피우는데, 혼백 따위가 놀랍겠니?"

"그래? 그래도 시차 유령은 무서울걸요."

"아직도 널 쫓아오니?"

"잡힐 거 같아. 또."

소녀가 이지를 슬프게 바라보았다.

"왜 그렇게 보는 거야. 나까지 슬퍼지게."

"어차피 우리 이야기는 맨 첫 장부터 슬펐으니까."

어. 차. 피.

그 말에 이지는 마음 깊은 곳에서부터 덩어리 같은 게 울렁이는 느낌이 들었다. 그래 봤자 신장에서 나온 혼백인데 왜 이러는 걸까.

"아, 한국어로 하는 혼잣말을 들으니 신선하네요."

고담의 목소리였다. 소리가 들리는 쪽을 보니 고담이 한 손에는 우산을, 다른 한 손에는 햄버거 가게 봉투를 들고 서 있었다.

"물론, 제가 합법이라고는 했지만 공중전화 부스 안에서 피우라고는 안 했습니다만."

이지는 몸이 비틀거리고 말이 꼬였다.

"나 방금 혼백이랑 대화했어요. 하하하. 쌍. 이게 말이 되냐고요."

고담이 이지의 왼쪽 어깨를 끌어서 우산 속으로 들어오게
했다.

"알래스카 날씨는 예측이 어려워요. 모셔다 드리죠."

"근데 왜 웃음이 나오는 거예요?"

"옛날 분들이 왜 마리화나를 웃음 담배라고 했겠습니까?"

이지는 여전히 소녀의 슬픈 표정이 잊히지 않았지만, 고
담을 따라 걸었다.

우박은 멈췄지만, 비는 더 거세졌다. 고담은 이지의 오른
팔에 빗물이 튀지 않도록 몸을 더 밀착했다. 이지는 오른팔이
살짝 눌렸는데도 아프다기보다는 고담의 온기가 느껴졌다.

"그래서 젖은 햄버거를 먹었어요?"

"네."

고담이 가볍게 혀를 찼다.

"이게 혀 찰 일은 아닌데, 선생님도 햄버거 드시면서."

"그쪽은 면역계가 말이 아니고."

"그러네요."

"마리화나 피우면 혼잣말하죠? 나도 처음엔 그랬어요. 익
숙해지면 괜찮습니다."

"난 대화한 건데, 내 혼백이랑."

"뭐래요?"

왠지 이지 쪽에서 입이 열리지 않았다.

"본인 혼백이랑 비밀이 있나 봐요."

"여긴 오로라 안 보여요?"

괜히 화제를 돌렸다.

"오로라가 이 동네에서는 쉽게 보이고 그러진 않죠."

"호머는 알래스카가 아니다?"

"벌써 그 말을 알아요? 더 북쪽으로 가야죠. 거긴 다른 세상이에요."

이지는 다른 세상을 생각해보았다. 하지만 머릿속에는 눈 내리는 하얀 벌판만 떠오를 뿐이었다.

"거기에도 시차가 있을까요?"

"시차?"

"네. 시차가 없는 세계도 있겠죠?"

비논리적이고, 무의식에 가까운 혼잣말이 툭 튀어나왔다.

"왜 이지 씨에게 시차가 중요하죠?"

"중요하다고는 안 했어요."

"생애 첫 마리화나를 피우고 하는 말인데, 정말 아무 의미 없을까요?"

이지도 자신이 왜 그런 질문을 던졌는지 모르지만, 막연히 오래전부터 '시차가 없는 세상'에 가고 싶다고 생각했다.

그리고 그곳은 영원히 눈만 내리는 하얀 벌판이 아닐까 싶은 생각이 들었다. 어쩌면 지금 시간까지도 얼려버릴 수 있을 거 같은, 알래스카에 와 있기 때문일까. 이지는 멍하게 고담이 이끄는 대로 발걸음을 옮겼다.

고담의 한쪽 어깨가 한껏 젖은 채로 두 사람은 쿠바 모텔 입구에 도착했다.

"고맙습니다."

우산을 씌워줘서만은 아니었다. 대신 젖은 어깨의 빗물까지 포함한 고마움이었다.

"혼백이랑 한 비밀 이야기, 진료실에서 들어보고 싶군요."

이지는 모텔 입구에 서서 돌아가는 그의 뒷모습을 오래도록 바라봤다.

방에 들어간 이지는 다시 마리화나를 물고 밖으로 나왔다. 왜인지 방에 혼자 있자니 통증이 올라올까 두려웠다. 신경을 오른팔이 아닌 다른 곳으로 돌리고 싶었다. 이지는 폐쇄된 수영장 주위를 걸으며 괜히 핸드폰을 들여다보았다.

"If you come in here, the Wi-Fi is better." (이 안으로 들어오면 와이파이가 더 잘 잡혀.)

빨간 머리는 텅 빈 수영장 바닥에 앉아 이지를 올려다보았다. 영어라는 것을 알면서도 이지에게는 왠지 반말처럼 들리는 말투였다.

"Can I join you?"(나도 같이 할까?)

빨간 머리가 기타를 튕기며 말했다. 이지는 긴장이 되었다. 빨간 머리는 어떨 때는 친절하다가, 어떨 때는 화를 내서 어디에 장단을 맞춰야 할지 몰랐다. 이지가 망설이자, 빨간 머리가 더 크게 물었다.

"Can I join you?"(나도 같이 할까?)

하지만 이지는 뭘 Join(참여)한다는 건지 해석되지 않았다. 빨간 머리가 담배 피우는 입 모양을 취했다. 이지는 그제야 자기가 마리화나를 물고 있다는 사실을 알아차렸다. 사다리를 타고 수영장 아래로 내려가 빨간 머리에게 철제 통을 내밀었다. 그녀는 검지와 엄지로 적절한 양의 잎을 집더니 1초 만에 능숙하게 마리화나 한 개비를 만들어냈다. 감탄사가 절로 흘렀다. 그러더니 라이터로 불을 붙여 길게 들이마셨다.

빨간 머리는 마리화나를 물고는 어린이용 기타만큼 작은 파란색 기타를 켜기 시작했다. 멀찍이 들려오는 파도 소리가 기타 음과 화음을 이루듯 절묘하게 섞였고, 그들은 잠시 마리화나적 공동체가 되었다. 그리고 자연스레 서로 이름을 말했다. 빨간 머리는 캐롤라인이라고 말한 뒤, 기타를 튕기며 자신의 이야기를 시작했다. 이지에게는 모든 상황이 뮤

지컬의 한 장면처럼 보였다.

그녀는 폴란드에서 왔고, 40대 초반. 본업은 마사지사로 음악이 직업은 아니고, 여행을 다니며 연주하고 노래하는 것에 만족한다고 했다. 지금은 모텔에서 장기 아르바이트 중이라고. 이지는 아르바이트생이 수영장 바닥에서 마리화나를 피우며 농땡이 칠 수 있는 알래스카 스케일에 다소 놀랐다. 캐롤라인이 너는 여기에 왜 왔냐고 물었다.

"I think I am sick." (내 생각에는 아픈 거 같아요.)

"So you are here to see Dr. He's good. What treatment do you come for? Did you get treatment from him, too? Sexual dysfunction." (그래서 닥터를 만나러 왔군. 그는 좋은 의사야. 넌 어떤 치료를 받으러 왔어? 너도 그에게 치료를 받은 거야?)

이지는 마지막 단어를 바로 알아듣지 못해, 시리를 불러 물었다. 그러자 시리가 '불감증'이라고 대답해줬다. 한의학이 불감증까지도 치료할 수 있다는 걸 처음 알았다.

"Does that cure you?" (그게 치료가 되나?)

캐롤라인이 이지를 위아래로 훑어보았다. 마치 너도 불감증 아니야? 하는 눈빛이었다.

"You should try the treatment." (너도 한번 받아봐.)

이지는 복합통증증후군을 불감증과 비교하는 거 자체가 불쾌했다.

"No, no! I have a more serious problem." (난 됐어요. 내 쪽은 심각한 거거든.)

"Is there anything more serious than sexual dysfunction?" (그거보다 심각한 게 있어?)

"Sexual dysfunction has nothing to do with me. I'm a patient." (불감증은 나랑 아무 상관도 없어. 난 환자야.)

"You look so normal." (너 그냥 평범해 보여.)

이지는 이제 온 힘을 다해 또박또박 한국식 영어로 자신의 고통을 설명했다.

"This syndrome makes me crazy because it's invisible. But I really feel the pain! On all such occasions. I imagine committing suicide!" (이 병이 미치겠는 건 겉으로는 보이지 않는다는 거예요. 나만이 통증을 느낄 수 있어요. 그때마다 자살을 상상했다고요!)

캐롤라인이 어깨를 으쓱하며 말했다.

"So what?" (그래서 뭐?)

그녀의 반문이 시원하게 들려서 이지는 그만 피식 웃고 말았다.

"그러게. 쏘 왓이네."

이지는 문득 수영이 하고 싶어졌다. 통증이 생긴 후 수영을 한다는 건 생각할 수도 없었다. 캐롤라인이 연주를 계속

이어갔다. 알이엠의 Night swimming이었다. 수영장 안에 음이 울리면서 마치 공연장 스피커 앞에 있는 것처럼 소리가 점점 더 커졌다. 집중하는 이지의 표정을 본 캐롤라인은 마리화나가 작은 소리까지 예민하게 들리게 하는 거라고 설명했다.

이지는 세포 하나하나 차가운 물을 느끼며 수영장을 누비는 자신을 상상했다. 그런 날이 올 수 있을까, 하지만 아직은 명왕성만큼이나 멀게만 느껴졌다.

6시간을 잤다. 개운함에 몸을 일으켰을 때, 똑똑 문 두드리는 소리가 들렸다. 이지가 감시경 너머를 보니 캐롤라인이 쟁반을 들고 서 있었다. 문을 여니 접시 위에 훈제 연어, 호밀빵, 상추, 쑥갓, 홍차가 보였다.

"I didn't ask for breakfast." (조식 안 시켰어요.)

"It's from the Alaska oriental medical clinic." (알래스카 한의원에서 제공하는 거야.)

"Why?" (왜요?)

"If you haven't eaten a healthy meal the treatment doesn't work properly." (식사가 엉망이면 치료는 아무 소용없다고 해.)

"Who?" (누가?)

"Dr." (닥터가.)

이지는 이 친절에 울컥했다.

"Breakfast will come every morning from now on. Don't worry." (앞으로 매일 아침 이렇게 조식이 올 거야. 걱정하지 마.)

"Every morning?" (매일 아침?)

"Yes." (응)

이지가 쟁반을 받아 들었다. 고담이 이지를 치료해보겠다는 선명한 신호였다.

"Hey." (저기.)

"Yes?" (응?)

"Am I going to be cured?" (나 여기서 치료될 수 있을까요?)

"Only Alaska knows that." (그건 알래스카만 알겠지.)

"What?" (네?)

"Alaska doesn't call anyone. This is a place where only people who are called come." (알래스카는 아무나 부르지 않아. 여기는 부름을 받은 사람들만 오는 곳이니까.)

예상치 못한 답변에 이지는 멍해졌다. 캐롤라인은 윙크를 하고는 문을 닫고 나갔다. 암막 커튼을 열자 바다는 여전히 그 자리에 있었다. 이렇게 풍성한 아침은 오랜만이었다. 호밀빵에 상추와 연어를 끼워 샌드위치를 만들고 천천히 맛을 음미했다. 비에 젖은 햄버거와는 격이 달랐다. 이지는 천천히 음식을 모두 비웠다.

"잠은 어땠어요?"

진료실 의자에 앉은 이지에게 고담이 물었다.

"잤어요. 정말 오랜만에. 그리고 조식 감사해요."

"아, 뭐 우리 매일 먹는 아침을 좀 나누는 거뿐인데요."

"누구랑요?"

"1층 화원에서 리토랑 매일 아침을 먹습니다. 상추랑 쑥 갓은 직접 키운 겁니다."

"감사합니다."

"일단 몸에 좋은 걸 하는 게 기본입니다. 그리고 달리기도 쉬엄쉬엄 해보세요. 몸이 뭉쳐 있어요. 달려서 긴장도 완화 하고 심장도 운동해야 해요. 여기 해변이 달리기에 좋아요."

이지는 고개를 끄덕였다.

"침방에서 대기해주세요."

이지가 진료실에서 나와 침방으로 들어서니, 간이침대와 침구가 놓여 있다. 대기실만큼이나 간소했다. 이지는 침대 에 걸터앉아 먼저 겉옷을 벗고, 오른손에 낀 장갑과 토시를 벗었다. 오른팔은 큰 침을 놓은 흉터와 부항 자국, 시도만 하 다 끝난 물리치료 기계들의 흔적으로 마치 엉망인 인체 실 험장 같았다. 뒤이어 고담이 들어와 그런 이지의 뒷모습을 안타깝게 바라보았다.

"다 해봤어요. 치료받다가 잘못 건드리면 벌레가 뼈를 갉아 먹는 느낌이 들어요."

고담은 힘없이 읊조리는 목소리를 들으며 이지의 오른 손목 맥을 조심스럽게 짚었다. 혹여나 통증이 몰려오지 않게 세심하게 움직였다.

"지금부터 침을 놓을 겁니다."

고담은 이지의 오른팔을 제외한 곳에 침을 놓기 시작했다. 맥을 살피고, 다시 침의 위치를 바꾸길 여러 번 반복했다. 모든 동작이 고요하게 절제되어 있었다. 침으로 경맥의 흐름을 바꾸고, 다시 맥을 살펴 반응을 보았다. 고담은 아주 미세한 흐름까지 손끝으로 읽어 몸의 전체 질서 가운데 어디가 막혔는지를 알아냈다. 침을 내려놓고 연필을 잡았다. 흩어져 있던 메모가 하나의 원에서 멈췄다. 맨 처음 이지가 진료실에 왔던 날부터 적혀 있던 단어였다.

소녀.

"아무래도 그 소녀 말입니다."

고담이 조심스럽게 혼잣말처럼 이야기를 꺼냈다.

"네."

"비밀 이야기를 들어봐야겠는데요."

"왜요?"

이지는 이상하게도 그 말을 꺼내고 싶지 않았다. 시차 유령에게 쫓긴다던 소녀의 말을. 대답이 없자 고담이 다음 질문으로 넘어갔다.

"그럼 교통사고가 났던 시간이 몇 시 정도죠?"

누구도 물어본 적 없는 질문이어서 이지는 얼떨떨하게 답했다.

"밤 10시 30분?"

"흠, 그렇군요. 그날 무슨 일이 있었나요?"

"네? 그게 무슨 말씀인지."

"그러니까 그 경미하다는 자동차 사고가 일어난 날 어떤 일이 있었냐는 겁니다."

"그날은 평범했습니다. 일하다가 개를 산책시켰다, 정도."

"좋아요. 루틴이 확실하군요. 그럼 뭔가 독특한 일은 없었나요? 평소와 다른."

"그게 바로 차에 치인 거죠."

"아뇨. 차에 치이기 전에, 근데 왜 차에 치였나요?"

"네? 그건 제가 운이 더럽게 없었기 때문입니다."

"압니다. 운도 없었겠죠. 그런데 그 불운이 왜 하필 차에 치이는 걸로 나타났을까요? 하필 오른팔이 훅 치이는."

이지로서는 이상한 질문이었다. 운이 없었던 이유에 대해 뭐라고 대답해야 하는 걸까.

"이런 질문은 핌에게 물어봐야 하는 거 아닐까요? 핌이 점을 본다고 하던데."

"뭔가 자꾸 논점을 흐리시네요."

고담은 이지에게 연필을 건네며, 사고 전후를 기점으로 기억나는 모든 일을 적으라고 했다. 이지는 매번 고담의 손에 쥐어져 있던 그 연필을 왼손으로 어설프게 잡았다. 사각사각 종이에 닿는 소리가 나쁘지 않았다.

먼저 사고 나기 하루 전으로 거슬러 가보면, 그날 이지는 마감 중이라 회사 소파에서 잠시 눈을 붙였고, 점심쯤 일어나 배달된 와퍼 세트를 먹고, 산책을 나갔다. 평소와 같은 코스로 서점에 가 리터칭한 잡지 표지를 살피다 우연히 한 책에 시선이 닿았다. '시차 유령'이란 제목의 동화책이었다. 이지는 즉시 비닐 포장을 벗겨 읽어버리고 싶은 충동을 느꼈다. 특별한 일이라면 바로 그것이었다. 『시차 유령』을 샀다는 것.

이지는 이제껏 '동화책을 산 것'과 '자동차 사고'를 연결해본 적이 없었다. 그 둘은 각기 다른 날 있던 일에 불과했다. 그런데 고담이 이 두 사건에 집중하기 시작했다.

"왜 그 동화를 보고 놀랐죠?"

"어린 시절부터 알던 동화였어요. 분명 어디서 들었는데…… 이상하게도 그 동화를 기억하는 사람은 나뿐이었어요. 그런데 그날 느닷없이 서점에서 그 책을 보게 된 거죠."

고담은 횡설수설하는 이지를 가만히 바라보다 입을 뗐다.

"이제껏 이지 씨가 만난 의사분들이 잘못됐다고 생각하지 않습니다. 모두 숙련된 의사였을 테고, 각자 나름의 데이터를 가지고 있었겠죠."

"그런데요?"

"그런데…… 왜 자꾸 빗나가냐, 맥점을 잘못 짚은 겁니다. 원인을 모르니까 처방도 안 되는 거죠. 그래서 묻는 겁니다. 그날의 일을. 우리의 무의식은 넘어질 때조차 작동하고 있으니까."

순간 이지의 마음속에서 그. 건. 그. 냥. 동. 화. 책. 일. 뿐. 이. 야,라는 반동이 일어났다. 그러더니 오른 손가락 끄트머리에서부터 스멀스멀 통증이 올라오기 시작했다. 사고 이후부터 항상 그랬다. 이지가 그 동화를 떠올리기라도 하면, 마치 스위치를 누른 것처럼 통증이 몰려왔다. 그래서 무의식적으로 생각을 멈추려고 했다. 그런데도 왜 이 동화책을 알래스카까지 가지고 온 걸까.

고담이 일순간 구겨졌다 다시 펴지는 이지의 얼굴을 살피며 물었다.

"그 생각 하면 아파요?"

"네, 그거에 대해 생각하는 게…… 좀."

고담은 이지의 말을 한마디도 놓치지 않고 진료 차트에 적었다.

"동화책 내용이 뭔가요?"

이지는 단단한 얼굴로 묻는 고담을 마주 보았다. 만약 통증이 파도처럼 덮친다 해도 옆에 고담이란 한의사가 있다는 사실에 이지는 용기를 낼 수 있었다. 이제는 어른의 언어로 떠올릴 수밖에 없는 동화의 줄거리를 말하기 시작했다.

1675년 그리니치 천문대가 세워지고 표준시가 공표된 날, 젠틀맨들은 세계가 자신들을 기준으로 따른다는 것에 우쭐하며 축배를 들었다. 그로 인해 영국이 0시의 기준이 되었고, 세계에는 각각 다른 시차가 생겨났다. 젠틀맨들은 자신들이 세계의 시간을 다시 만들었다는 지배감을 즐겼다.

그런데 템스강에 검은 양복을 입은 유령이 나타났다. 유령은 머리가 없고, 목 위에 뒤집힌 형태의 중절모(⏝)가 얼굴을 대신했다. 갑자기 나타난 유령으로 런던은 난리가 났다. 사람들은 젠틀맨들이 시간을 함부로 지배해서 벌어진 일이라고 수군거렸다.

급기야 젠틀맨들은 평소 혐오하던 연금술사와 마녀, 마법사를 불러들여 유령의 비밀에 대해 연구했고, 마침내 알아냈다. 세계가 그리니치를 기준으로 하면서, 시간 사이에는 갈 곳이 없는 숫자들이 생겨났다. 1분, 5분, 10초, 1초, 0.1초, 30초, 40초……. 눈에는 포착되지 않을 만큼 미세한 단위의 시간들이 사라질 위기에 처한 것이다!

유령을 자세히 관찰하니, 중절모 속으로 '어디에도 속하지 못한' 시간이 회오리바람처럼 빨려 들어가고 있었다. 그래서 그들은 이 유령의 이름을 '시차 유령'이라 불렀다. 젠틀맨들은 시차 유령을 런던 밖으로, 종내에는 영국 밖으로 내몰아버리고 싶었다. 영국만 아니라면, 어디든 상관없었다.

마녀는 유령을 달래기 위해서는 아이들을 제물로 바치면 된다고 했다. 젠틀맨들은 즉시 보육원에서 고아를 데려와 템스강에 던져버렸다. 고아는 살아남기 위해 수영을 해 도망쳤다. 하지만 시차 유령은 고아를 쫓아왔고, 통째로 중절모 안으로 빨아들이려 했다.

물 위로 허우적대던 고아의 팔이 가장 먼저 중절모 속으로 빨려 들어갔다. 고아는 안간힘을 다해 중절모 속에서 팔을 빼냈지만, 이미 잘린 뒤였다. 시차 유령이 팔을 먹어버린 것이다. 그런데.

"잠깐만요."

고담이 이야기를 끊고 물었다.

"어느 쪽이에요?"

"네?"

"아이가 먹혔다는 팔이 어느 쪽이냐고요."

"모르겠어요."

이지는 생각해본 적이 없었다.

"확인해볼 수 있을까요?"

"책이 숙소에 있어요."

"그럼 보시고, 내일 다시 오세요."

"동화책 이야기를 다시 하자고요? 왜요?"

"어릴 때부터 그 이야기를 알고 있었다면서요. 그 책을 보기 전부터."

"네."

"그 책을 보기 전까지 이지 씨 외에는 아무도 그 동화를 아는 사람이 없었다면서요."

"네."

"그럼 그 작가와 이지 씨는 같은 기억을 지니고 있을 가능성이 있어요."

"같은 동화를 기억한다는 게, 같은 기억으로도 연결될 수 있을까요?"

"네, 아이 때는 무엇으로든 이야기를 만들잖아요. 그게 어떤 사건의 기억일 수도 있지 않을까요? 어릴 때는 오른팔의 고통을 기억하고 있다가, 몸이 나으면서 잊어버린 거죠. 하지만 세포는 그때의 통증을 기억하고 있을지도 모른다는 겁니다."

이제 이지는 고담이 무엇을 파고들고 있는지를 알았다. 지금까지 이지가 만났던 의사들은 통증의 원인을 '교통사고'라는 물리적 충돌로만 보았다. 하지만 고담은 다른 측면으로 접근했다. 자동차 사고라는 매개적 사건이 과거의 통증을 깨웠다. 이지의 통증에는 오래된 과거가 있다고.

당신은 기억을 지웠지만, 과거는 당신을 잊지 않았다. 상처가 났던 몸속 세포들은 기필코 그때의 통증을 잊을 수가 없었다. 당신의 뇌가 아무리 잊으려고 해도 말이다.

하지만 이지에게 오른팔과 관련된 사고의 기억은 없었다. 안개 낀 뇌 속에서 홀로 헤매는 이지를 붙잡은 건 고담의 목소리였다.

"일단, 저는 어느 쪽인지 알고 싶습니다."

6.

오른쪽이었다.

시차 유령에게 오른팔이 먹힌 고아 그리고 통증에 시달리는 이지의 오른팔. 우연일까? 이지는 잠시 멍하게 동화 속

고아의 잘린 오른팔과 자신의 오른팔을 번갈아 보았다. 동화책을 덮고 표지와 마주했다. 작가 이름은 무스. 자동차보다 큰 체구에 웅장한 뿔이 달려 현존하는 사슴 중에서는 가장 큰 동물로 말코손바닥사슴이라고도 불린다. 동화 작가의 작명치고는 웅장한 이름이었다.

그때 누군가 숙소 방문을 두드렸다. '누구세요?'라고 물으니 반가운 목소리가 들렸다.

"접니다. 마담."

문을 여니, 핌이 활짝 웃으며 서 있다.

"핌, 여긴 어떻게."

"안녕하십니까. 제가 문을 함부로 두드린 건 아니죠? 캐롤라인이 방 번호를 말해줬습니다."

핌의 한국어 발음이 며칠 새 업그레이드되었다.

"다름 아니라 오늘 제가 술을 사겠습니다. 나오세요."

밤 10시가 넘어가고 있었다. 이지는 얼결에 바람막이 잠바를 걸치고 핌을 따라나섰다.

모텔 주차장에 봉고가 세워져 있었다.

"핌, 술 마신다고 하지 않았어요?"

"네, 괜찮습니다. 마담. 대리 기사 부르면 됩니다."

"알래스카에도 대리 기사가 있어요?"

"People drink a lot here too. (여기서도 사람들은 술을 많이 마시니까요.) 리토가 합니다."

리토는 밤에 대리 기사를 해서 화원 운영비를 충당한다고 했다.

핌이 뒷좌석 문을 열어줘 자리에 앉자 조수석에 낯익은 뒤통수가 보였다. 고담이었다.

"핌이 절 보러 왔거든요."

고담이 돌아보지 않고 말했다.

"마담, 제가 보약 좀 지었습니다. 요즘 기가 약해졌어요."

핌이 운전석에 앉아 시동을 걸며 말을 받았다.

"오른쪽이더군요."

이지는 고담의 뒤통수에 대고 말했다.

"역시 그렇군요."

고담이 특유의 담담한 말투로 대꾸하며 창 쪽으로 고개를 돌렸다. 이지는 고담의 시선이 머물 만한 곳을 바라보았다. 그사이 봉고는 출발했고, 창 너머로 끝없이 이어진 바다와 밤인데도 환한 하늘이 펼쳐졌다.

"Madam, Do you have a ghost in your right arm?" (마담, 오른팔에 유령이 붙었다면서요?)

핌이 운전대를 잡은 채 해맑게 물었다.

"Yes, did your Dr. say that?" (네, 당신의 의사가 그러던가요?)

"제가 이야기한 게 아니라, 리토가 한 겁니다. 리토 귀에 들어가면 앵커리지까지 이야기가 퍼진다고 생각하면 돼요."

호머에서 이지는 흥미로운 이방인인 모양이었다. 이지는 대수롭지 않게 시선을 창 너머로 돌렸다. 미세하지만 어제보다 어두워진 하늘이었다. 백야가 밀려가고 있었다.

펍에 들어서자마자 벽 한 면에 걸어놓은 미국 국기가 보였다. 내부에는 압도적으로 백인이 많았다. 손님들은 와인이나 맥주를 주문하고 각자의 자리로 돌아가 사람들과 어울렸다. 스피커에서는 올드 팝이 흘러나왔다. 알래스카에 온 이후, 영어를 사용한다는 거 외에는 미국 같다고 잘 느껴지지 않았는데 이지에게 이 펍은 마치 작은 미국처럼 보였다.

고담이 자리 잡은 곳에 이지가 따라 앉았다.

"뭐 드시겠습니까?"

핌이 유쾌하게 물었다. 고담은 '흑맥주 아무거나'라고 했고, 이지도 같은 걸 주문했다. 핌이 주문하러 가자 고담이 입을 열었다.

"어떻게 생각하세요? 고아도 오른팔이 먹힌 것에 대해서."

"그걸 쓴 작가가 궁금해요. 필명을 써서 본명을 모르겠어요."

두 사람은 더 이상 아무 말도 하지 않았다. 묘하게도 고담 앞에서는 침묵이 어색하지 않았다. 이지는 그가 침묵의 시간을 묵묵히 기다리는 유의 사람이라는 걸 알 수 있었다. 이윽고 흑맥주가 도착했다.

"어쩌다 알래스카에 한의원을 차리셨어요?"

이지가 왼손으로 차가운 잔을 들며 물었다. 순간 핌이 고담의 눈치를 살피는 게 느껴졌는데, 정작 고담은 이 질문을 숱하게 받았는지 지루해 보였다.

"구구절절 설명하긴 어렵고, 치료해야 할 사람이 있었어요. 그래서 오게 됐죠."

"그래서 그 사람은 치료되었나요?"

이제 핌은 곤란한 표정을 지었다. 이지의 착각인지, 조명 탓인지 순간 고담의 눈동자가 슬프게 흔들리는 듯 보였다. 이지는 당황함에 괜히 흑맥주를 벌컥벌컥 들이켰다. 아하의 Take on me가 흘러나왔고, 핌이 벌떡 일어나더니 음악에 맞춰 방정맞게 춤을 추기 시작했다. 이어 이지에게 손을 내밀었다. 이제 그 화제에서 벗어나자는 몸부림 같았다.

"렛츠 댄스!"

이지는 손사래를 쳤다. 그랬더니 핌이 몸을 흔들며 개구쟁이처럼 말했다.

"마담은 술이 부족해요."

"난 환자니까."

옆에 있던 고담이 주머니에서 말린 담배를 꺼내 이지에게 건넸다. 받아 들자 강한 마리화나 향이 코를 찔렀다.

"해시예요."

"해시? 지난주에 주셨던 것과는 다른 건가요?"

"더 응축된 것일 뿐, 특별히 다르진 않아요."

이지는 해시를 입에 물고 주변을 보았다. 드문드문 테이블에서 마리화나를 피우는 사람들이 보였다. 고담은 실내에서는 금연이지만 이렇게 외진 곳에 있는 작은 펍에서, 특히 백야 때는 더 안 지켜진다고 했다.

끝없이 이어지는 낮을 상상하다 이지는 마감 없이 계속되는 리터칭 작업을 떠올렸다. 문득 끝맺음이 있다는 것이 귀하게 여겨졌다. 일에도, 시간에도, 통증에도.

"합법이 좋긴 좋네요. 바에서 이런 것도 펴보고."

고담과 이지, 핌은 해시 한 개비를 돌려서 피웠다. 깊이 들이마시고 숨을 멈췄다, 서서히 뱉어냈다. 점점 음악 소리가 커지더니 다음 트랙으로 돌아가 펫 샵 보이즈의 Always on my mind가 흘러나왔다. 이지는 일어나, 그 자리에서 뱅글뱅글 돌다 높이 뛰기 시작했다. 춤이라기보다는 굿판에서 펄쩍펄쩍 뛰는 무당 같았다. 이지는 자신을 삼켜버릴 듯이 크게 울리는 음악 소리에 몸을 맡겼고, 어느새 기억이 툭 끊겼다.

이지는 모텔 방에서 눈을 떴다. 햇살이 침대까지 환하게 비쳤다. 상황 파악을 하려고 뒤척이는데 무언가 이상했다. 위에는 옷이 만져졌는데, 아래는 팬티까지 벗겨져 있었다. 이지는 화들짝 놀라 이불을 끌어당겼는데도 주변은 고요했다. 사람은커녕 쥐 새끼도 보이지 않았다.

전날 무슨 일이 일어났는지 기억해보려 했지만, 꿈밖에는 떠오르지 않았다. 이지는 빙하 한가운데 누워 하늘에서 내리는 눈을 바라보았다. 그런데 갑자기 눈이 오물로 바뀌더니 이지를 덮쳤다. 그렇게 지저분한 꿈은 난생처음이었다.

몸을 일으켜 팬티와 바지를 찾아보았지만 어디에도 없었다. 결국 새 팬티와 바지를 갈아입고 프런트로 갔다. 캐롤라인이 이지를 보자마자 황급히 어디론가 전화를 걸었다. 그러더니 앉아서 기다리라고 했다. 이지가 뭔가 물으려고 할 때마다 캐롤라인은 기다리라는 말만 반복했다.

15분 정도 지나자 핌이 가지런히 개어진 바지와 팬티를 들고 나타났다. 분명 이지의 것이었다.

"핌. 설마……."

이지는 경악했다. 설마 핌과 잤단 말인가. 거의 소리를 지를 뻔했는데, 핌이 힘차게 '노노노!'를 연발했다.

"마담, 우리 사이에는 아무 일도 없었습니다."

"그런데 왜 내 팬티랑 바지가 핌의 손에……."

핌은 난감한 표정을 지으며 한참 머리를 긁적거리다 입을 뗐다.

"마담, 잘 주무셨나요?"

"핌! 어제 일이 하나도 기억이 안 나요. 말해줘요. 도대체 왜! 내 팬티가 핌 손에 있는지를!"

"마담, 실수하셨습니다."

"내가요? 무슨 실수요?"

핌이 겨우 입을 열었다.

"마담…… 오줌 싸셨습니다."

이지는 그 자리에서 정지해버렸다. 그동안 통증으로 숱한 날을 끔찍하게 보냈지만, 지금만큼은 아니었다.

"그럼. 누가…… 내 팬티랑 바지를……."

"아무래도, 마담. 고담이 더 능숙합니다."

"뭐가 능숙하다는 거예요? 핌!"

핌은 당황했는지 점차 한국말이 어눌해져갔다.

"마담, 모든 건 괜찮습니다. 방금 고담을 빨래방에서 만났습니다. 이 팬티와 바지를 잘 빨아서 건조했습니다."

이지는 전혀 괜찮지 않았다. 지구상에 자기 오줌을 치워

준 남자는 아빠뿐이었다. 눈물이 핑 돌았고 바닥으로 몸이 꺼지는 거 같았다.

"마담, 괜찮습니다. 똥이 아닙니다. 누구나 오줌을 쌉니다."

"그걸 누가 몰라요! 문제는 누가 치웠냐는 거예요! 왜 그걸 치운 거냐고요!"

이제 핌은 한국어에 한계가 왔는지 영어로 차분하게 대답했다. 지난밤, 이지는 펍에서 필름이 끊겼다. 쓰러졌고, 고담이 이지를 업었다. 그런데 그때 오줌을 쌌다. 해시가 이지의 방광을 자극했던 것이다. 고담은 그럼에도 그 특유의 담담함으로 이지를 봉고 뒷좌석에 태웠다. 그렇게 숙소에 도착했는데, 캐롤라인이 귀신같이 이 사태를 파악하고는 이대로 이지를 침대에 누일 수 없다고 했다. 오줌 냄새는 잘 빠지지 않기 때문이다. 그들은 벗긴 팬티와 바지를 바라보며, 누가 이걸 책임질 것인지 생각했고 잠시 뒤 고담이 솔선수범했다.

"Don't worry. I took off your underwear."(걱정하지 마. 니 팬티를 벗긴 건 나니까.)

프런트에서 캐롤라인이 툭 말을 던졌다.

"저는 이제 앵커리지로 돌아가야 합니다. 마담, You will be fine."(괜찮을 겁니다.)

이지는 차마 작별 인사조차 할 수 없었다. 서둘러 팬티와 바지를 챙겨 방으로 들어왔다.

몇 시간 동안 이지는 암막 커튼이 쳐진 어둠 속에서 숨을 죽이고 있었다. 숙취 탓인지, 해시 탓인지 두통에 시달렸다. 아스피린이라도 구할 수 있을까 싶어 프런트로 나왔다. 캐롤라인이 이지를 보자 녹차 가루와 쌍화탕 한 병을 건넸다. 거기에는 메모도 있었다.

뜨거운 물에 녹차 가루를 녹이십시오. 그다음 쌍화탕 한 병을 섞어요. 그걸 마시면 두통에 효과가 있을 겁니다.

지난밤 오줌을 치워준 남자치고는 참 다정하고 정갈한 글씨였다. 하지만 그 정갈함은 이지의 수치심을 자극할 뿐이었다. 이지는 다시 방으로 올라와 창문을 활짝 열었다. 한기가 훅 들어왔다. 백야가 걷히면서 며칠 사이 온도가 빠른 속도로 내려갔다. 아무리 낯선 남자 등에 오줌을 쌌어도, 알래스카까지 왔는데 시간을 죽이고 있을 수만은 없었다. 그리고 눈앞에 풀어야 할 질문이 있었다.

이지는 『시차 유령』의 맨 뒷장을 펼쳤다. 출판사 번호로 전화를 걸었다. 곧이어 친절한 목소리가 들렸다.

"안녕하세요. 『시차 유령』 동화 작가님에 대해서……."

이지는 머뭇거렸다. 그러고 보니 작가를 찾는 목적에 대해 어떻게 설명해야 할지 말문이 막혔다. 난 이미 이 작가가 쓴 동화 내용을 알고 있다? 유령이 고아의 왼팔이 아닌 오른팔을 삼킨 이유를 알고 싶다? 뭐라고 해야 할까, 고민하며 침묵이 길어지자 저편에서 '여보세요?'라고 되물었다.

"저 무스 작가님에게 궁금한 게 있어서요. 혹시 연락처를 알 수 있을까요?"

"아! 작가님, 인스타 하세요."

"네?"

"인스타그램이요. 책 프로필에 적힌 아이디가 인스타 주소예요. 거기로 디엠 보내시면 될 거 같아요."

"아, 예."

이지는 너무 쉬워서 당황했다.

"더 궁금하신 점 있을까요?"

"혹시 작가님 실명을 여쭤도 될까요?"

"죄송하지만 그것도 디엠으로 문의하시는 게 좋을 거 같아요. 저희가 개인 정보를 알려드릴 순 없어서요."

"아, 알겠습니다."

"혹시 인터뷰를 요청하실 거라면, 직접 뵙는 건 어려우실 거예요."

"왜죠?"

"주로 한국에 없으시거든요."

그렇게 통화는 끝났다.

이지는 동화책 맨 앞 장에서 @moose라고 적힌 아이디를 발견했다. 인스타그램에 검색해보니 전체 공개로 된 피드에 500여 장이 넘는 사진들이 업로드돼 있었다. 대개 풍경 위주의 사진들이었다. 작가 계정이라면 흔히 보일 법한 동화책과 관련된 내용도, 스스로를 드러내는 사진도 없었다. 사진만으로는 남자인지 여자인지도 알 수 없었다. 다양한 나라의 풍경이 보였는데 코멘트가 없어 그곳이 어디인지는 알 수 없었다. 전반적으로 남에게 보여주기보다는 기록용으로 인스타그램을 사용하는 거 같았다. 특이점으로는 권총 사진이 있다는 것.

동화 작가와 권총은 그다지 어울리는 조합은 아니라고 생각하며 이지는 왼손으로 팔로우를 눌렀다. 그리고 메모 앱을 열어 디엠으로 보낼 말을 몇 번이고 쓰다 지우길 반복했다. 장황한 문장부터 단도직입적인 문장까지. 결국 그 중간쯤의 말로 정리가 되었다.

안녕하세요. 저는 서울에 사는 김이지라고 합니다. 나이는 38살입니다. 이렇게 구체적으로 나이를 밝히는 이유는

(이상하게 들리실지도 모르지만.) 작가님이 쓴『시차 유령』을 읽었습니다. 저는 이 동화를 어린 시절 들은 적이 있어요.

혹시 저희가 만난 적이 있을까요?

이지는 디엠을 보내고부터 연신 안절부절못했다. 계속 디엠 창을 열었다 닫으며 올지 모를 답장을 기다렸다. 뭔가를 하고 싶었다. 문득 '달리기를 해서 땀을 빼라'던 고담의 말이 떠올랐다. 캐리어에서 두꺼운 패딩을 꺼내 입고 밖으로 나갔다.

이지는 해변가 모래사장을 달리기 시작했다. 30분쯤 달렸을 때 캐롤라인과 마주쳤다.

"You look like an Innuit, a real Innuit." (너 이누이트보다 더 이누이트 같다.)

상대적으로 캐롤라인의 옷차림은 가벼워 보였다.

"Is it cold?" (안 추워?)

"It's not freezing cold." (얼어 죽을 날씨는 아니지.)

"Isn't it?" (그런가.)

"It's Anchorage here at the end of summer." (여긴 앵커리지 잖아. 여름의 끝이고.)

앵커리지는 알래스카가 아니라는 말이었다. 더 북쪽으로 가야 진짜 알래스카가 있다는 말. 이제 이지는 익숙했다.

"Well, Homer is the place where an Innuit can shop for a can of salmon." (여기 호머는 이누이트들이 마트 가서 연어 통조림 사고 그런 동네지.)

이지가 제법 알래스카 사람처럼 말하자 캐롤라인이 재미있다는 듯이 웃었다.

"I am going to the party tonight. Are you coming?" (나 오늘 밤에 파티 갈 건데, 너도 갈래?)

이지는 오줌 묻은 팬티를 대표로 벗겨준 캐롤라인의 제안을 쉽게 거절할 수는 없었다.

"Sure." (물론.)

"OK. Then I will pick you up at 10." (그럼 10시에 데리러 갈게.)

캐롤라인은 쿠바 모텔 쪽으로 걸어갔고, 이지는 그로부터 30분을 더 달렸다. 몸인지 바다인지, 어디에서 나는지 모를 소금 냄새가 바람에 날렸다.

캐롤라인이 10시에 숙소 방문을 두드렸을 때, 이지는 이누이트가 옆집 이글루에 놀러 가는 복장으로 서 있었다. 파티장은 걸어서 15분 거리라고 했다. 이지는 캐롤라인을 따라 걸었다. 캐롤라인은 이미 붕 떠 있는 표정으로 '나는 좋은 여행 중이야'를 반복해서 말했다. 캐롤라인의 발걸음이 멈춘 곳은 리토의 화원이었다. 이지는 황당했다.

"You said we are going to have a party?"(너 파티에 간다고 하지 않았어?)

이지가 항의하듯 물었지만 캐롤라인은 '렛츠 고'를 연발하며 1층으로 들어갔다.

화원은 어느새 파티장으로 변해 있었다. 색색의 화려한 조명 아래로 제법 많은 사람들이 춤을 추거나 술을 마셔댔다. 중앙에 배치된 긴 테이블에는 맥주와 보드카, 와인 같은 각종 주류와 간단한 핑거 푸드가 놓여 있었다. 한쪽 구석에 놓인 조악하게 만든 간이 부스 안에서 리토가 디제잉을 하고 있었다. 리토가 알래스카에서 대리 기사로 부업을 하는 건 이런 파티를 꽤 자주 열기 때문이었다.

캐롤라인은 춤을 추며 외투를 벗었다. 그 안에는 착 달라붙은 아슬아슬한 빨간 원피스를 입고 있었는데, 자세히 보니 슬립이었다. 길이가 짧아 캐롤라인이 움직일 때마다 허벅지 위로 스타킹에 부착한 가터벨트가 아슬아슬하게 보였다.

이지는 그제야 주위를 살폈다. 파티에 참석한 사람들은 모두 겉옷 안에 잠옷을 입고 있었다. 야하거나 아니거나 그 차이일 뿐이었다. 말로만 들어본 파자마 파티였다.

황당하게 서 있는 이지 쪽으로 거대한 스머프가 걸어왔

다. 위아래로 파란색 파자마를 입은 고담이었다. 오줌 사건 이후 첫 대면이었다.

"왜 진료 안 와요?"

숨을 곳이 없어서 이지는 그대로 얼었다. 고담이 손을 내밀었다.

"맥 좀 짚읍시다."

이지가 왼손을 내밀자, 고담이 맥을 짚었다.

"맥박이 전보다는 힘이 있네요."

"여긴 무슨 파티죠?"

"리토를 위한 성공 파티입니다."

리토가 마리화나를 수컷에서 암컷으로 바꾸는 데 성공해 축하하는 자리라고 했다. 이지는 간이 부스에서 광란의 디제잉을 하는 리토를 바라보았다. 여러모로 희귀한 재주가 많은 사람이라고 생각했다.

시간이 갈수록 화원은 붐볐고, 이지는 인파 속에 오른팔이 치일까 움츠러들었다.

"저는 아무래도."

"오른팔이 위험하죠? 같이 가요."

"괜찮아요. 그래도 아직은 백야예요."

"백야가 대낮이라는 건 아닙니다."

고담이 앞장서고 이지가 따라나섰다. 고요하고 느릿한 발걸음으로 해안가를 따라 쿠바 모텔을 향해 걸었다. 옅게 파도 소리가 들려왔다. 둘 사이에 어색한 침묵이 흘렀고, 이지가 떠오르는 아무 말이나 던져 고요한 흐름을 깼다.

"미국에서는 그런 말이 있다죠. 범죄자는 멕시코 아니면 알래스카로 도망친다고."

"미드를 많이 보셨군요. 뭐…… 미국인이 남극으로 가진 않겠죠."

"그럼 선생님은 왜 북쪽으로 오셨어요? 미국인도 아니면서."

"글쎄요. 불러서 온 건 아니죠."

"누군 불러서 오나요?"

"리토는 그렇게 왔죠."

고담은 리토야말로 알래스카의 부름으로 온 사람이라고 했다.

리토는 도쿄 전력에서 일하는 공무원이었다. 일본 대지진 때 쓰나미로 집이 쓸려갔다. 그는 출근했고 아내는 집에 있었다. 그렇게 아내만 쓸려갔다. 바다에 휩쓸려 시체조차 찾지 못했다. 리토는 자신에게 왜 이런 일이 일어났는지 이해할 수 없었다. 그래서 죽으려고 했다. 그런데 우연히 인터넷에 떠도는 사진을 보게 되었다. 알래스카 바다에 떠다니는 집 명패를. 명패에는 리토와 리쿠라고 선명히 적혀 있었다. 당시 해류가 북쪽을 향해 흘렀다. 그 순간, 리토는 아내가 자신을 알래스카로 부르고 있다고 확신했다.

리쿠는 평소 '우에무라 나오미'를 존경했다. 그는 70, 80년대 에베레스트산과 킬리만자로산 등 세계 5대륙 최고봉을 등정하고, 개가 끄는 썰매로 북극권 12,000km를 홀로 주파했다고 추정되는 전설적인 탐험가다. 그는 개 썰매를 타고 가던 중 10kg 무전기를 버리고, 개들을 먹일 식량을 끝까지 싣고 간 일화로도 유명하다. 그 여정에서 그는 실종되었다. 그 후 아무도 그를 찾지 못했다.

리쿠는 평소 북극에 가면 눈바람 속에서 우에무라 나오미의 혼령을 만나게 될 거 같다,는 말을 자주 했었다. 이제 리토는 알래스카의 눈바람 속에 리쿠의 혼령이 떠돌고 있다고 믿었다. 리토는 매년 겨울이 오고 눈보라가 칠 때면 고담에게 물었다.

"고담 상은 10kg의 무전기를 버릴 수 있는 용기가 있스므니까?"

고담은 리토가 눈보라 속으로 뛰어 들어갈까 봐 겁이 났다. 그래서 달래듯 이렇게 대답했다.

"리토, 무전기를 버릴 바에는 네가 살을 빼는 게 더 효율적이지 않을까."

하지만 리토는 아직도 다이어트에 성공하지 못했다는 결말로 이야기는 씁쓸하게 마무리되었고, 두 사람은 어느새 쿠바 모텔 앞에 도착했다. 이지는 마음속에서 계속 떠오르던 질문을 조심스레 내뱉었다.

"치료해야 할 사람이 있어서 알래스카에 왔다고 했잖아요. 누구예요?"

"아내요."

"아…… 그렇군요."

"내일은 진료 나오세요."

고담은 이지를 입구에 세워 두고 돌아섰다.

이제 혼자인 숙소도 익숙하다고 생각했는데, 이상하게도 그에게 아내가 있다는 이야기를 듣자 외로운 느낌이 들었다. 이지는 재빨리 다른 생각을 하려고 노력했다.

그러자 이지의 머릿속에서, 눈만 가득한 땅에 개 썰매를 타고 달리는 우에무라 나오미가 떠올랐다. 점점 개들이 지쳐가고 식량과 무전기의 무게가 버거워진다. 우에무라 나오미는 10kg의 무게가 나가는 무전기와 식량 중 무엇을 버릴지 고민한다. 무전기를 버리고 길을 잃으면 아무도 그를 찾을 수 없을 것이다. 결국 그는 무전기를 버린다.

그가 진짜 무전기를 던져버렸는지 알 수는 없지만, 그래도 한 번쯤은 저 인간 세상 어딘가로 무전을 시도하지 않았을까 이지는 생각했다. 영영 돌아갈 수 없는 세상일지라도 마지막으로 누군가의 목소리를 듣고 싶어 하진 않았을까.

문득 이지는 허공 속에 떠도는 아무에게나 무전을 쳐서 말하고 싶었다.

'나 여기 있습니다.'

7.

이지는 알람 소리에 핸드폰을 켰다. 아직 오전이었고, 화면에 디엠이 보였다.

— 내 이름은 박사유예요. 기억나세요?

이지의 기억에는 전혀 없는 이름이었다.

— 죄송합니다. 저희가 만난 적이 있을까요?

이지는 마리화나를 하나 말아 물고는 밖으로 나왔다. 저쪽에서 말줄임표가 나타났다 사라지기를 반복했다. 뭔가 망설이는 거 같았다. 그리고 끝내 전송된 메시지는 의아한 내용이었다.

　　― 왜 이제야 날 찾는 거죠?

　　― 날 알아요?

이지가 빠르게 대답했다.

　　― 오른팔은 이제 괜찮은가요?

순간 온몸에 소름이 돋았다. 박사유라는 사람은 이지의 오른팔에 대해 알고 있었다. 어쩌면 이지보다 더 자세히.

　　― 언제부터 내 오른팔에 대해 알고 있었죠?

　　― 당신이 아주 어리다고 생각하던 때부터.

저쪽은 아주 오래전부터 알고 있었다.

　　― 당신 누구예요?

— 역시 잊었군요. 그럴 줄 알았어요.

— 만날 수 있을까요?

— 괜찮아요. 부디 잊어요. 당신이라도.

괜찮아요. 잊어요. 그 대답에 이지는 잠시 얼어붙었다. 무엇이 괜찮고, 무엇을 잊으라는 것인지 도통 알 수 없었다.

그 후로 몇 번이나 다시 디엠을 보냈지만, '읽지 않음'으로 표시될 뿐이었다. 답답해 미쳐버릴 거 같았다. 이지는 최대한 오래전 기억까지 더듬거리며 자기 삶 속에서 '박사유'라는 이름이 있었는지 기억해보려고 애썼다. 하지만 아무리 생각해도 떠오르는 것이 없었다. 박사유는 흔한 이름이 아니다. 만약 만났다면, 어딘가 기억이 남아 있을 것이다. 이지는 고민 끝에 박 여사에게 장문의 문자를 보냈다.

나는 여전히 알래스카에 있고 아주 급한 일이 생겼다. 사정을 설명하긴 어렵지만 초중고 그리고 대학교 졸업 앨범의 뒷면에 나와 있는 연락처 페이지를 찍어 보내달라고. 아니 유치원 졸업 앨범까지도 부탁한다고, 추가했다.

평소 과묵한 딸이 타국에서, 그것도 알래스카에서 갑작스레 너무 급하다고 하니 박 여사는 걱정이 됐다. 이지는 가족들에게 복합통증증후군에 대해 이야기하지 않았다. 보험도 되지 않는 병명을 말해서 불안만 키우고 싶지 않았다. 그래서 알래스카도 출장차 왔다고만 전했을 뿐이었다.

한국에서 박 여사는 유치원을 포함한 모든 졸업 앨범을 꺼내 먼지를 털고, 마지막 장에 있는 전교생 연락처 페이지를 찍어 이지에게 보냈다. 순서는 뒤죽박죽이었지만, 모든 페이지가 다 있었다. 이지는 사진을 확대해 박사유라는 이름을 찾았지만 없었다. 몇 번을 확인해도 결과는 같았다. 도대체 박사유란 이름은 이지의 인생 어디쯤에서 찾아봐야 하는 걸까.

이지는 무력하게 박사유의 인스타그램만 들여다보았다. 정말 온갖 곳을 돌아다니는 사람이었다. 간혹 어떤 사진에는 눈만 가득한 풍경이 담겨 있었다.

이지는 예약 없이 알래스카 한의원으로 직행했다. 이 상황에 대해 고담과 이야기를 나누고 싶었다. 무작정 긴 대기 줄을 기다렸다.

막 진료를 마친 흑인 손님이 100달러짜리 지폐를 여러 장 돈 통에 넣고 갔다. 보약이라도 지은 걸까. 이지는 손님들을 유심히 살폈다. 이후로도 과하게 진료비를 내고 가는 사람들이 있었고, 동네 주민으로 보이는 백인 꼬마가 들어와 진료도 받지 않고 동전을 넣고 가기도 했다. 이 한의원의 진료비 지불 방식은 확실히 다른 곳과는 달라 보였다. 이지는 자리에서 일어나 You pay here이라고 적힌 돈 통 뒷면을 보았다. The Alaska Searching—Party Donation이라고 적혀 있었다. 이지는 그제야 이게 기부함이라는 걸 알고 의아했다.

그때 진료실에서 고담이 이지를 불렀다. 이지는 돈 통을 내려놓고 서둘러 진료실 안으로 들어갔다. 그리고 바로 본론부터 꺼냈다.

"『시차 유령』을 쓴 작가가 제 오른팔에 대해 알고 있어요. 하지만 저는 전혀 기억이 안 나요."

다급하게 말을 토해내는 이지를 고담은 잠자코 바라보았다. 그 작가의 이름이 박사유라는 것, 인스타그램 디엠으로 짤막하게 대화를 나눈 것, 하지만 더 이상의 대화가 이루어지지 않아 답답하다는 것. 덧붙여 박사유는 자신에게 어떤 말도 해주지 않을 것 같다고 말했다. 마치 누군지도 모르는 사람이 친 덫에 걸려 미스터리를 풀어야 하는데, 그 혹은 그녀가 어디에 있는지도 알 수가 없는 상황이라고. 혼란스러워하는 이지의 말끝에 고담이 담담하고 명료하게 대답했다.

"그렇다면 고래에게 물어봅시다."

"네? 지금 제가 생각하는 그 고래를 말하는 건가요?"

"네, 포유류 고래 말입니다."

"고래한테 뭘 물어본다는 건지."

이지는 이제껏 고담의 말에 황당한 적이 많았지만, 이번 만큼은 정말 표정 관리가 어려웠다. 고래라니!

"그 사람, 박사유? 이지 씨를 어릴 때부터 알았다고 했잖 아요. 그렇다면 이지 씨 기억에도 그 사람이 있다는 거겠 죠."

논리는 맞지만 그게 고래와 무슨 상관인지, 이지는 황당 할 뿐이었다.

"고래에게 이지 씨 기억을 물어봅시다."

고담은 토요일이라 진료가 이르게 끝나니, 곧 비숍 해변 에서 보자고 했다. 해변을 걷다 보면 파란색 2인용 카약이 보일 거라고. 이지는 말문이 막혔지만, 가지 않을 거라고 말 할 이유도 없었다. 지금은 고래가 아닌 무엇에게라도 매달 려 묻고 싶은 심정이었다. 이지는 서둘러 한의원을 나섰다.

이지는 숙소 프런트로 가서 캐롤라인에게 혹시 랩이 있냐 고 물었다. 바다에 나간다면 오른팔과 오른손을 감쌀 방수 용품이 필요하다고, 그러면서 고담이 고래에게 기억을 묻는 다는데 진짜 고래를 말하는 게 맞냐고 재차 물었다.

"Yes, the whale is real." (진짜 고래 맞아.)

"Is this a metaphorical expression?" (메타포적인 표현이 아니고?)

캐롤라인은 랩 한 통을 통째로 건네며 강하게 강조했다.

"Nope!" (아니야!)

이지는 방으로 돌아와 오른팔과 오른손에 여러 겹 랩을 감쌌다. 조금 더 빨리 알았다면, 멀미를 예방해 몇 끼쯤은 굶었을 것이다.

비숍 해변을 거닐다 보니 파란색 2인용 카약이 보였다. 카약은 바다와 보호색으로 보일 만큼 파랬다. 이지가 카약 끄트머리에 걸터앉았다. 갑자기 이걸 타고 바다에 나간다는 게 막막하게 느껴졌다. 고래라니, 여기까지 와서 이러고 있는 스스로가 바보처럼 느껴졌다. 이제라도 그만둘까 하는데, 저 멀리서 2m가량의 나무로 된 패들을 양손에 하나씩 들고 고담이 걸어왔다.

"저 근데 뱃멀미가 있어요."

그러자 고담이 보조 가방에서 검은 봉지를 내밀었다.

"그럴 줄 알고 제가 챙겨왔습니다. 카약이 심하게 흔들릴 수도 있어요. 저도 가끔 토합니다. 때에 따라서."

"혹시 카약 타고 가다가 죽은 사람은 없겠죠?"

"있겠죠? 타세요."

고담이 대수롭지 않게 말했다. 이지가 마땅찮은 듯 조심조심 올라타 앉자 고담은 카약을 힘껏 파도 쪽으로 밀어내고는 자신도 재빠르게 탑승했다. 고담이 노를 젓는 대로 카약은 점점 망망대해로 나아갔다. 바닷물이 튈 때마다 이지는 오른팔을 더 몸 가까이로 움츠렸다. 고담은 이지가 다친 새처럼 몸을 웅크릴 때마다 조용히 노를 잡은 손에 힘을 풀었다. 노를 젓지 않을 때에도 카약은 파도를 따라 유유히 흘러갔다.

마치 고담은 카약과 하나가 된 듯 움직였다. 두 사람은 북쪽으로 보이는 설산을 향해 계속 나아갔지만, 눈앞에 펼쳐진 설산의 거대함에 정확한 방향을 가늠할 수는 없었다.

육지에서 얼마나 멀어졌을까. 카약은 어느새 조각난 빙하들이 모여 있는 지점까지 나아갔다. 얼음산에서 떨어져 나온 다양한 크기의 빙하 조각들이 바다를 유영하고 있었다. 짙은 파란색 바다 위에서 본 빙하는 하얀색이라기보다는 옥색에 가까웠다. 이지는 어린 시절 할머니가 끼고 있던 커다란 옥반지를 떠올렸다. 이곳까지 도달하자 알래스카의 여름은 완전히 끝난 것처럼 온전한 한기가 그들을 에워쌌다. 시린 공기에 더욱 움츠린 이지를 보자, 고담이 긴장을 풀어주려는 듯 말했다.

"고래들은 영혼을 공유해요. A라는 고래에게 일이 생기면 고래 공동체는 그걸 감지합니다. B라는 고래가 새로운 이야기를 알게 되면, 역시 모두가 공유하게 되죠."

"진짜요?"

"글쎄요. 어디서 들었어요."

이지가 싱겁다는 듯 되물었다.

"어디서요?"

"이누이트 친구한테. 다른 이야기도 들었는데."

"아니요. 괜찮아요."

"들어보면 유용할 텐데."

고담은 은근히 끈질긴 구석이 있었다.

"해보세요. 그럼."

"그 친구네 부족이 어떻게 그 비밀을 알게 됐냐는 거죠."

"어떻게?"

"그 부족은 예부터 고래를 잡아 고래고기를 먹고는 남은 뼈로 무덤을 만들었어요. 고래 무덤이라고 부르죠. 그 무덤 안에서 잠을 자면 고래 꿈을 꾼대요. 그들의 비밀이 담긴 꿈을. 그래서 그 비밀이 인간 부족에게 전승된 거죠."

"고래 무덤이 어디 있어요?"

"트랩 라인 너머에 인적 없는 곳에 있다고 해요."

"본 적 있어요?"

"있죠."

"거기 뭐가 있나요?"

"눈?"

"그게 다예요?"

"북극에 빙하가 녹으면 눈 속에 숨어 있던 유령들도 다 깨어나요."

"빙하가 녹으면 고대 바이러스가 깨어난다는 은유적 표현인가요?"

"아뇨, 바이러스는 바이러스대로 영혼은 영혼대로."

이지에게는 어려운 말이었다.

"기후 위기는 또 다른 의미로 영혼의 위기이기도 하죠."

"누구의 영혼?"

"모든 인류의 영혼이."

"굉장히 거창하고 스케일이 큰 게, 북극답네요."

고담의 북극 허풍이 이지는 싱거울 뿐이었다.

그리고 어느덧 무풍지대를 만났다. 바람이 완전히 사라지고 물결은 고요했다. 카약의 속도가 떨어졌고, 고담은 열심히 패들을 저어 납작한 빙하 옆에 카약을 멈췄다. 그리고 가방에서 아이젠을 꺼내 이지에게 건넸다.

"신발 밑창에 껴요."

이지는 의아했지만 고담이 하라는 대로 착용했다.

"이제 빙하 위로 먼저 올라가세요. 카약 균형은 내가 잡고 있을 테니까."

그제야 이지는 빙하 옆에 카약을 주차한 이유를 눈치채고 경악했다.

"지금 저 위에 올라가라고요?"

"네."

이지는 균형을 잡기 위해 서서히 몸을 움직이는 고담을 쳐다보다 할 수 없이 평평한 빙하 위에 한쪽 발을 내디뎠다. 발아래로 파도의 움직임이 그대로 느껴지는 것 같아 두 다리가 휘청였다. 겨우 나머지 발까지 빙하 위로 옮겨오자 이어 고담이 패들 하나를 들고 능숙하게 이지 옆으로 올랐다. 그러더니 빙하 끄트머리에 엎드려 패들을 바닷속에 반쯤 담그고는 어정쩡하게 서 있는 이지에게 말했다.

"이쪽으로 와요. 기어서."

이지는 천천히 다리를 구부려 개구리처럼 엎드렸다. 빙하에 닿은 오른팔과 손에 통증이 일었다. 이지는 오른팔을 든 채 왼손으로 기어서 고담 옆으로 갔다. 이지가 가까이 오자 고담은 물 위에 나와 있는 패들에 귀를 가져다 댔다.

"선생님, 이제 어쩌려고요? 그리고 왜 패들에 귀를 대고 있는 거예요?"

"쉿! 여기서 기다립시다."

"뭐를?"

"쉿!"

이지의 말이 끝나기도 전에 고담은 조용히 하라는 손짓을 보냈다. 이지는 영문을 모르는 채로 입을 다물었다. 고담이 패들에 입을 가까이 대고, 휘이익― 익― 휘이익― 특유의 리드미컬한 휘파람을 불다가 멈추고는, 이어 알 수 없는 언어로 말을 하기 시작했다. 패들을 매개 삼아 바다에 소리를 전달하는 것이었다. 그러고는 이지에게도 패들에 귀를 대고 했다.

이지의 귀가 차가운 나무 패들에 닿자 쉬이―익 바람 소리 같은 것이 들렸다. 눈을 감고 집중하자 바람 소리는 곧 우우우우이이익― 우우― 우웅― 나무 관 안에서 울리는 소리로 변했다. 무엇을 위해 이런 위험천만한 일을 하는 건지 이지는 슬슬 신경질이 나 저절로 미간이 구겨졌다.

"저 갈래요. 선생님."

"집중해요."

"이게 뭐 하는 짓인가요? 빙하 위에서 배 깔고. 바람 소리만 들리잖아요."

"잠시만, 차분히. 아직 고래가 말을 하지 않았어요."

"이 패들에서 고래 말이 들린다고요?"

이지는 의심쩍었지만 자기 말에도 아랑곳 않고 집중하는 고담의 표정에 다시 한번 패들에 귀를 대고 눈을 감았다. 위 윙윙— 소리에 진동이 느껴졌다. 고래의 진동이 패들에 닿은 것이다. 어느 순간 그 진동은 이지의 귀로, 나아가 뇌로 진입해 해마 속 어딘가를 쾅! 하고 울려버렸다. 그때였다. 낯선 남자의 목소리가 이지의 귓속을 선명하게 파고들었다.

"I love your ghost."

이지는 소스라치게 놀라며 언제부터인지 자신이 들고 있던 패들을 놓치고 말았다.

"어, 미안해요."

당황한 이지에 비해 고담은 담담했다. 주머니에서 핸드폰을 꺼내더니 어디론가 전화를 걸었다.

"나 지금 빙하 위에 있는데 패들을 떨어트렸어. 응. 이지상과 있어. 흠, 어느 빙하냐면 딱 설명하긴 어렵네. 비숍 해변에서 카약까지 직선으로 오면 될 것 같아. 음, 빙하가 많은 그곳. 여기까지 좀 와줘. 오케이? 아리가또 고자이마스."

통화를 마친 고담은 따라 하라는 듯이 이지를 한 번 보더니 빙하의 중심부로 기어가 앉았다. 이지도 오른팔을 들고 기어갔다. 고담과 이지는 빙하 중앙에서 미세한 흔들거림을 느끼며 양반다리를 하고 마주 앉았다.

"이제 기다리면 됩니다."

고담이 가방에서 팩소주 두 개를 꺼내 이지에게 하나 건넸다.

"미안합니다."

이지가 소주를 받아 들며 다시 사과했다.

"괜찮아요, 마셔요. 몸이 좀 녹을 겁니다. 여기선 이게 위스키보다 더 귀합니다. 앵커리지 한인 마트에 가도 10달러는 줘야 이 한 팩을 사요. 요즘은 더 줄 수도 있겠네요. 인플레가 심해서."

"에? 그렇게 비싸다고요?"

"그게 알래스카에서 소주의 가치죠."

이지가 조심스럽게 뚜껑 껍질을 벗겨내고 한 모금 들이켰다. 목구멍에서 뜨거운 것이 부드럽게 넘어갔다.

"새우탕이 그립네요."

고담이 혼잣말처럼 중얼거렸다.

"저는 튀김우동을 더 좋아해요."

"새우탕과 튀김우동이 비교가 된다고 봅니까? 새우탕보다 우월한 컵라면은 없습니다."

"튀김우동에 고춧가루 넣고 달걀 넣어봐요. 엄청나요."

이지가 군침을 삼키면서 힘주어 말했다.

"아니면 작은 사이즈로 둘 다 먹으면 되지 않을까요."

"그럼 맛이 중탕되죠. 그 라면이 그 라면이 된다고요."

"그렇네요."

새우탕과 튀김우동 사이 가벼운 논쟁이 끝나자, 고담이 본격적으로 물었다.

"아까 뭐에 놀란 거예요?"

"아…… 처음에는 진동을 느꼈어요. 그런데 다음에, 사람 소리가 들렸어요. 남잔데…… 모르겠어요. 남자라는 거밖에는."

"들어본 목소리예요?"

어려운 질문이었다. 그런 거 같기도 하고, 아닌 거 같기도 했다. 이지는 아리송한 표정으로 팩소주만 들이켰다. 그 목소리를 들었을 때의 느낌은 선명하게 기억났다. 마치 잊고 있던 악마가 돌아온 것처럼 소름이 끼쳤다. 그래서 재빨리 화제를 돌려 그 목소리를 지우고 싶었다.

"그 이야기 좀 해주세요. 아내하고 알래스카까지 오게 된."

"Short version(짧은 버전)이 있고, Long version(긴 버전)이 있어요. 어느 쪽?"

"긴 버전으로?"

"좀 구구절절합니다."

"구구절절하지 않은 사연이 있나요?"

"서울에서 한의원을 운영했어요. 10년 전쯤 아내의 아토피가 심하게 재발했어요. 어릴 때 사라졌다가 결혼 후 다시 발현된 거죠. 쓸 수 있는 피부과 약은 다 써보고, 임상 중인 약까지 구해 써봤지만 부작용만 커졌어요. 약을 끊자니 가려움에 한숨도 못 잘 정도여서 아내는 직장도 그만두고, 집에만 있었죠. 정상적인 생활은 어려워졌어요. 원인을 알아보려 노력했습니다. 그러다 한국 기후가 맞지 않다는 결론에 도달했죠. 피부병을 풍토병으로 보는 관점도 있어요. 그래서 아내의 체질에 따라 추운 나라를 다녀보기로 했어요. 그러다 알래스카로 일주일 정도 여행을 왔는데 아토피가 나아지는 걸 보았습니다. 우리는 너무 기뻤어요. 바로 한국 생활을 접고 알래스카로 왔습니다. 앵커리지 한인 사회에 있는 작은 상가를 임대해 한의원도 다시 시작했어요. 아내는 놀라울 정도로 나아졌습니다. 3달도 채 안 돼서 완전히 사라졌어요. 아토피가. 돌아보면 그때가 가장……."

그리고 고담은 한동안 말이 없었다.

"가장 행복했다고요?"

고담은 고개를 돌려 허공을 응시했다.

"가장 착각 속에 살았을 때죠."

"왜요?"

"그때부터."

It's beginning to hurt(아프기 시작했어요.)라고 고담이 들릴 듯 말 듯 읊조리는데 바람이 다시 거칠게 불어왔다. 빙하 어딘가에서 균열이 이는 소리가 고담의 말소리에 섞여 들었다. 그렇게 수만 세기 동안 얼어 있던 것이 깨지고 녹아가는 사이 고담의 말은 서서히 흩어졌다. 저기 빙하 어딘가로.

"이지 씨, 맥점을 정확히 짚으면 상상했던 것보다 더 아플 수도 있습니다."

"진단이 명확히 내려지면 좋은 거 아닌가요?"

"그걸 받아들일 수 있느냐 없느냐는 온전히 환자의 몫이거든요. 그러니까 그 진실이 너무 아파서 정면으로 받아들이지 못할 수도 있어요."

이지는 아무리 그 진실이 아프더라도 신체적 통증보다는 덜할 거라고 생각했다. 그때 멀리서 '닥터!' 하고 부르는 소리가 들렸다. 리토가 카약을 몰고 빙하 쪽으로 다가오며 손을 흔들었다.

"Hey! Moody evening kayaking!"(기분 좋은 저녁 카약!)

리토가 카약을 빙하 옆에 주차했다.

"Nice parking!(주차 잘했어!) 리토, 이지 씨를 부탁해."

이지는 리토가 내민 손을 잡고 카약에 올라타면서도 시선은 고담을 향했다.

"선생님은요?"

"저는 좀 있다가 가려고요."

어느새 밤이 몰려오면서 파도가 거칠어졌다.

"괜찮겠어요? 빙하도 흔들림이 심한데."

"이지 상, 고담은 빙하 프로페셔널이므니다."

이지와 리토의 카약이 멀어지자, 고담은 가방에서 수중
청음기를 꺼냈다. 이어 7m가 넘는 전선을 물속에 넣은 뒤
장치를 가동하고 헤드폰을 썼다. 조금 기다리자 고래 소리
가 선명하게 들려왔다. 소리로 의사소통을 하는 고래의 휘
슬음이 삐유삐유 들리다, 이빨을 부딪치는지 뜨르륵뜨르륵
소리도 들렸다. 그러더니 고담의 질문에 화답이라도 하는
듯 고오오오— 하는 울림이 들렸다. 고담은 그 순간 녹음 버
튼을 눌렀다.

한편 이지는 'I love your ghost.'(나는 너의 유령을 사랑해.)라
고 말하던 목소리가 머릿속에서 떠나지 않아 한참을 침대에
서 뒤척였다. 분명 이지의 기억 어딘가 저장되어 있던 목소
리가 확실했다.

그때 고담에게서 문자가 도착했다. 음성 파일이었다. 장
장 2시간짜리였다. 이지가 육지로 돌아온 후에도 고담은 빙
하 위에 홀로 2시간을 더 있었던 것이다. 파일을 클릭하자

심연에서 들려오는 파도 소리와 낮은 음파가 뒤섞여 독특한 화음을 냈다. 고 오오— 음 퍼 어어— 음 퍼 어어— 소리는 서서히 확장되었고 이지는 더 깊은 심연 속으로 빨려 들어갔다.

문득 이지는 암막 커튼을 닫지 않았음에도 어두워졌다는 걸 느꼈다. 백야가 거의 물러가고 있었다. 이지의 정신은 숙소에 가득 찬 소리에 압도돼 빨려 들어가면서 더 어두운 곳으로 내려갔다. 심연 깊숙한 어딘가에서 아이들의 목소리가 무차별적으로 들려왔다.

— 그래도 드라큘라가 최고 멋져. 넌 그 복장이 뭐니.

— 비틀주스!

— 난 마시멜로야.

— 그게 뭐야.

— 고스트버스터즈에 나오잖아.

— 넌?

— 아담스 패밀리야, 웬즈데이.

— 우아. 그게 문방구에 있어?

— 없어. 엄마가 만들어줬어.

— 근데 쟤는 뭐야. 저런 유령이 있어?

— 나도 처음 봐. 넌 뭐야?

— 시차 유령.

— 시차 유령이 뭐야? 그런 유령이 어딨어?

— 맞아, 그런 유령은 없어. 처음 들어봐.

— 너희들은 당연히 모르지! 이지하고 내가 만들었으니까!

다시 그 남자의 목소리가 들려왔다. 아이 러브 유얼 고스트를 외치던 그 목소리가.

— Hey! Kids. Don't speak Korean here. English please! (너희들! 여기서 한국말 하지 마. 영어로 해!)

다시 나타난 그 목소리가 이지를 심연 밖으로 튀어나오게 했다. 눈을 뜨자 여전히 어둠 속이었고, 고래 소리는 더 이상 들리지 않았다. 몸을 일으켜 커피포트에 물을 넣고 끓였다. 뜨거운 물을 마시며 혼란을 정돈하려 했다. 이건 다름 아닌 '이지의 기억'이었다.

아이들의 목소리가 들렸다. 비틀주스, 드라큘라, 웬즈데이, 시차 유령까지 아이들은 모두 유령 분장에 대해 말하고 있었다. 이런 날이라면 핼러윈일 거다. 그리고 악마 같은 남자의 그 목소리. 한국말이 아니라 영어로 말하라던, 왜지?

이지가 어렸을 때 한국은 핼러윈을 챙기는 분위기가 아니었다. 이태원 술집이나 미군 부대에서 파티를 여는 정도였다. 그리고 그 발음은 어설픈 영어가 아니었다. 그렇다면 그 기억은 한국이 아닌 걸까. 하지만 아무리 머리를 헤집어봐도 외국에 나간 기억은 떠오르지 않았다. 혹 아주 어린 시절은 아닐까, 하는 생각에 다다르자 이걸 확인해줄 수 있는 한 사람이 떠올랐다.

이지는 18시간의 시차를 헤아려보다 재빨리 카톡으로 전화를 걸었다. 요란한 신호음 뒤로 '이지야' 하는 나른하고 반가운 목소리가 들렸다.

"엄마!"

"너 아직도 알래스카니?"

저쪽에서 박 여사가 비현실적으로 물었다.

"응."

"이왕 간 김에 오로라도 보고 와. 세계테마기행 보니까 어쩜 오로라가 그리 이쁘니, 화면으로도 이쁜데 실제로 보면 얼마나 좋겠어."

이지는 전화 너머로 들려오는 익숙한 목소리에 안도감을 느끼면서도 이야기가 길어질까 급하게 본론을 꺼냈다.

"엄마 근데 나 혹시 아기 때라든가, 외국에 나간 적 있어?"

"아니, 전혀."

"하기야 우리 집이 조기 교육 쪽일 리는 없지."

그 말에 박 여사가 억울하다는 듯 되받아쳤다.

"야, 야. 너 그런 서운한 말 말아. 내가 그 시절에 동네에서 가장 비싼 영어 유치원에 보냈다, 너. 부업 해가면서. 그래서 네가 지금 외국으로 출장도 가고 그러는 거야."

이지는 처음 들어본 소리였다.

"내가 영어 유치원을 다녔어? 나 병설 유치원 다녔잖아. 개나리반."

"그건 네가 졸업한 유치원이고, 너 원래 사립 다녔어."

"왜…… 옮겼어?"

"엄마도 네가 사립 유치원 졸업하길 바랐지. 그땐 영어 유치원이 흔하지도 않았을 때잖아. 거기 원어민 교사가 있어서 엄청 비싼 곳이었다."

"그러니까 내가 왜 거길 그만뒀냐고."

"네가 갑자기 팔이 아프다고 하는 거야. 병원에 가보니까 아무 이상이 없다고 하는데, 계속 그러는 거야. 그러더니 가기 싫다고 하더라고. 다른 애들은 영어를 다 잘해서 창피하다고. 어찌나 속상하던지. 그때."

"어느 팔이었어?"

"음…… 그래! 오른쪽, 너 그때 연필도 못 잡는다고 했었어."

핸드폰을 붙잡은 이지의 손이 후들거렸다. 이지가 그 모든 졸업 앨범에서도 박사유를 찾지 못했던 건, 졸업하지 못한 또 하나의 유치원이 있었기 때문이다.

"엄마 그 유치원 다닐 때 사진이 있을까?"

"없어."

박 여사가 딱 잘라 말했다.

"왜?"

"이것아, 네가 다 태워먹었잖아."

"내가?"

"그래, 네가 그 귀한 사립 유치원 사진들을 뒷마당에서 다 태웠잖아. 몇 장 있지도 않았는데."

"내가? 왜 그랬어?"

"내 배에서 나왔어도, 6살짜리가 불장난한 이유를 어찌 알겠니."

"그래도 다는 아닐 거 아니야? 엄마 정말 한 장도 없어?"

"어. 니가 싹 다 태웠다니까!"

"그 유치원 이름이 뭐였어?"

"잠깐만, 뭐였지. 그리니치였던 거 같은데."

그리니치라는 말을 듣는 순간 이지는 핸드폰을 바닥에 떨어트렸다. 찾아 헤매던 실체를 마주한 기분이었다. 허공에서 박 여사의 말이 울렸다.

"너 근데 왜 자꾸 옛날 일을 묻니. 여보세요, 여보세요!"

이지는 겨우 핸드폰을 집어 들었다. 괜히 박 여사까지 걱정시키고 싶지 않았다. 이지는 마음을 가다듬고 최대한 밝은 목소리로 대답했다.

"그냥! 엄마, 레트로 알지? 요즘 사진 쪽에서 그런 게 유행이라 이런저런 자료를 찾느라 생각이 났어."

"나도 레트로 알아. 그런데 무슨 알래스카까지 레트로를 한다니. 참."

"엄마, 고마워요. 다시 연락할게요."

이지는 박 여사에게 두려워하는 자신의 감정이 들통날까봐 황급히 전화를 끊었다. 그리고 핸드폰으로 그리니치 영어 유치원을 검색했다. 다양한 영어 유치원들이 나왔다. 다시 '1991년, 영어 유치원, 그리니치, 서울시, 구로구'를 연관 검색어에 넣었지만 결과는 비슷했다. 정확하게 과녁을 맞힐 만한 단어를 찾아야 했다.

그때 핼러윈이 떠올랐다. 원어민 교사가 있는 영어 유치원이라면 핼러윈 파티를 하지 않았을까. 이지는 '핼러윈'을 추가해서 검색했다. 몇몇 기사들이 추려졌지만 이지가 원하는 내용은 없었다. 단어들 사이를 헤매던 순간, 동화책이 떠올랐다.

『시차 유령』을 폈다. 이 안에 힌트가 있을지도 모른다는 생각이 들었다. 하지만 문장과 그림을 한 줄 한 줄 꼼꼼히 보아도 검색어에 들어갈 만한 단어는 보이지 않았다. 전체적으로 추상 명사만 있었다. 고아, 젠틀맨, 마녀, 유령, 고래 모두 상징성을 가진 캐릭터였다.

이지는 맨 앞 장을 폈다. 작은 글씨로 적혀 있어 그냥 지나쳤던 문장이 눈에 들어왔다.

— 알렉스 베런, 그에게 먹힌 아이들에게.

위치상으로는 헌사를 적는 자리지만, 이 경우에는 서늘한 느낌을 주었다. '알렉스 베런'에게는 경고를, '아이들'에게는 애도를 보내는 것처럼 보였다. 이지는 다시 검색어를 입력했다.

'1991년, 영어 유치원, 그리니치, 서울시, 구로구, 알렉스 베런' 그러자 관련 기사가 여러 개 쏟아졌다. 대체로 2년 전에 올라온 기사들이었다. 이지는 꼼꼼하게 기사들을 읽어나갔다.

그의 이름은 알렉스 베런, 나이는 57세로 미국 네바다주에 거주하는 남성이다. 그는 동네 아이들을 성추행하다가 잡혔는데, 경찰이 그의 핸드폰을 포렌식 하는 과정에서 다양한 국적의 아이들을 찍은 변태적인 사진들이 발견되었다. 그 사진들을 증거로 구속영장이 발부되고 정식 수사가 이루어져, 그의 집을 수색했더니 아동들을 성추행, 폭행한 다양한 사진과 테이프들이 나왔다. 미루어보아, 30년 전부터 세계 각국에서 영어 선생으로 일하면서 이런 범죄를 벌인 것으로 추정되었다.

30년 만에 인터폴이 가동되었다. 미국과 해당 나라의 경찰들이 공조해 세계 각국에 존재하는 피해자들을 발견했다. 그중에 대한민국도 포함되었다. 당시 알렉스 베런은 서울시 구로구에 있는 그리니치 영어 유치원에서 2년 정도 일했다. 한국 경찰은 그리니치 유치원을 다녔던 (이젠 성인이 된) 아이들 중에 '그런 일'을 당했다는 정황이 담긴 증언을 확보했다.

그런 일.

이지는 '그런 일'이란 말 앞에서 한동안 시선을 멈췄다가 계속 기사를 읽어 내려갔다.

2년 전, 이지가 사건 조사에서 제외된 것은 경찰이 그리니치 유치원의 졸업생 목록만 확인했기 때문이었다. 현재 알렉스 베런은 구속 직전에 도주해 아직도 잡히지 않았고 공개 수배 중이다.

그의 사진은 인터넷에서 어렵지 않게 찾아볼 수 있었다. 경찰은 그에게 당한 것으로 밝혀진 아이들만 100여 명이 넘으며 미수에 그친 사건 역시 조사 중에 있다고 공식 발표했다. 이 이야기는 이지의 통증처럼 현재 진행형이었다.

이지는 2년 전 당시 사건을 담당한 구로 경찰서에 전화를 걸었다. 그리고 '1991년 그리니치 유치원에서 있었던 알렉스 베런 사건'의 담당 형사를 물었다. 잠시 후, 경찰은 이명현 형사와 연결해주었다. 그는 이 사건의 총지휘자로 2년 전부터 지금까지 담당하고 있다고 했다.

"저도 피해자인 거 같습니다."

이 형사는 만날 수 있는지 물었지만, 이지는 지금 외국에 있다고 대답했다. 그럼 당시의 일을 기억나는 대로 말해줄 수 있냐고 형사는 재차 물었다. 그러자 망설이던 이지의 입술이 폭포처럼 말을 쏟아내기 시작했다.

그날은 그리니치 유치원에서 핼러윈 파티가 열렸다.

핼러윈 파티가 끝나고 아이들은 하나둘 집으로 갔고 그날따라 하원이 늦어진 캐스퍼와 시차 유령만 남았다. 그들은 빨리 이 유치원을 벗어나고 싶었다. 설명할 수는 없지만, 알렉스 베런이 자신들을 쳐다보는 눈빛이 불편했다. 그는 영어로만 말했기 때문에 무슨 말을 하는지 정확히 알 수는 없었지만, 성적이고 끈적끈적한 눈빛은 충분히 감지됐다. 그때 그가 아이들에게 다가왔다. 기다리는 동안 병원 놀이를 하자고 했다. 그는 누가 어린이인지 알 수 없게 졸랐다.

캐스퍼와 시차 유령은 어쩔 수 없이 알렉스 베런과 병원 놀이를 시작했다. 그는 정말 신나게 놀았다. 어느 순간 베런은 아이들의 가늘고 연약한 오른팔을 붙잡고는 피가 통하지 않을 만큼 세게 고무줄로 감았다. 그러더니 주사기를 꺼내 팔을 꽉 찔렀다. 주사기에 달린 바늘이 쑥 피부로 들어갔지만, 아무런 흔적도 남지 않았다. 그건 일반적으로 한의원에서 사용하는 침이었다. 미세하게 얇아서, 피부에 꽂아도 상처가 나지 않았다.

알렉스 베런은 평소 이런 유의 바늘을 가지고 다녔다. 티가 나지 않으면서도 아이들에게 고통을 주는 방법을 모색하다가 알게 된 것이었다.

그는 캐스퍼와 시차 유령의 팔을 번갈아가며 더 세게 찔렀다. 이건 더 이상 놀이가 아니라 고문이었다. 원하는 걸 주지 않는다면, 영원히 계속될 고문. 아이들이 그를 두렵게 바라보았다.

"주사 안 맞을래요."

"Does it hurt? Do you want an injection in your hip?"(아

파? 그럼 엉덩이에 맞을래?)

시차 유령이 알아듣지 못하자, 그가 캐스퍼를 향해 다그쳤다.

"You understand, don't you? Please translate for her." (넌 알아듣지? 통역해.)

떨리는 목소리로 캐스퍼가 통역했다.

"엉덩이에 맞을 거야?"

시차 유령은 오른팔이 너무 아파서 차라리 엉덩이에 맞고 싶었다. 시차 유령이 울면서 일어나 치마를 올리고 팬티를 내렸다. 그제야 그가 주사기를 내려놓고 혁대를 풀었다. 그 상황을 지켜보고 있던 캐스퍼는 두려움에 얼어버렸다. 그때 시차 유령이 캐스퍼에게 소리쳤다.

"빨리 가! 빨리 가라고!"

시차 유령의 다급한 목소리에도 캐스퍼는 한동안 몸을 움직일 수가 없었다. 정신을 차렸을 때 캐스퍼는 어느새 문을 열어젖히고 밖으로 뛰쳐나가는 중이었다. 이제 그곳에는 시차 유령과 알렉스 베런만 남았고, 기분 나쁜 고요 뒤로 문이 잠겼다. 캐스퍼는 닫힌 문을 보고 그대로 도망갔다. 영원히 뒤를 돌아보지 않을 것처럼.

수화기 너머로 이야기를 듣고 있던 이 형사가 이지와 거의 똑같은 증언을 한 사람이 있다며, 그 기억이 '거의' 맞을 거라고 확인해주었다.

"거의요?"

잠시 난감한 침묵이 흐르다가 이 형사가 입을 열었다.

"네, 결정적으로 다른 지점이 있긴 한데…… 거의 같다고 보면 됩니다."

"그 사람이 혹시 박사유인가요?"

이지는 직감적으로 물었다. 이 형사는 당사자 동의 없이는 신원을 밝힐 수가 없다고 대답했다.

시간이 새벽 1시를 넘었지만, 이지는 리토의 화원으로 달려갔다. 통증이 오는데 마리화나가 떨어졌다. 고담에게 받은 것만으로는 충분하지 않았다. 셔터가 반쯤 내려가 있지만, 내부에 불이 켜져 있었다. 셔터를 살짝 두드리니 리토가 그 아래로 빼꼼 얼굴을 내밀었다.

"이지 상, 굿 이브닝이뮵니다."

"저, 저한테 좀 팔아주세요."

"무얼?"

"마리화나요."

리토가 곤란한 표정을 지으며 고담이 처방한 거 외에는 어렵다고 했다.

"리토, 나는…… 아파서 그래요. 치료제가 필요해요. 이제 진통제도 없어요."

리토는 이지의 시선이 불안하게 흔들리는 걸 보았다.

"Natural(천연)은 오케이이옵니다. 하지만 remember!(기억해요!) 알래스카에는 겨울이 다가오면 미쳐버리는 사람이 많스옵니다. So high!(약에 취해서!) 말이옵니다."

"네, 걱정하지 마요."

"그리고 닥터에겐 절대 말하지 마셔야 하옵니다."

이지는 허리를 숙이고 안으로 들어갔다. 리토는 신속하게 마리화나를 말아서 이지에게 건넸다.

"이지 상, 아 유 오케이이옵니까?"

이지는 고개를 끄덕였지만 리토는 걱정스러웠다. 주위를 둘러보던 리토가 화분에서 탐스러워 보이는 버섯을 몇 개 잘랐다.

"그 버섯은 뭐예요?"

"매직 머시룸, 서비스이옵니다. 저는 sometimes(가끔) 피자에 올려 먹스옵니다."

이어 리토는 냉동실에서 피자를 한 판 꺼내 버섯을 잘게 찢어 올린 뒤 전자레인지에 돌렸다. 피자가 노릇노릇 구워지자 다시 상자에 넣어 이지에게 건넸다.

"When you are afraid, try this." (공포감이 들 때 시도해봐요.)

"감사해요, 리토. 돈은."

"아닙니다. 오늘은 프리젠또이뭅니다."

이지는 모텔 수영장 안으로 들어가 몸을 웅크리고는 마리화나에 불을 붙였다. 연기를 길게 내뿜고 피자를 한 조각 베어 먹었다.

'나는 시차 유령이야.'

이지는 머릿속으로 되뇌었다.

'나는 끔찍한 것을 경험한 시차 유령이야.'

다시 주문처럼 되뇌었다.

왜 알렉스 베런은 그 많은 아이 중에 이지와 사유를 노렸을까? 우연이었을까? 어쩌면 그건 시차 유령의 기원 때문이었다.

고스트버스터즈의 메인 음악이 흘러나왔고, 곳곳에 핼러윈 호박이 걸려 있다. 처녀 귀신, 드라큘라, 캐스퍼, 웬즈데이 등 다양한 분장을 한 아이들이 모여 있다. 그때 시차 유령으로 분장을 한 아이가 나타났다. 아이들이 시차 유령에게 몰려들었다.

"뭐야. 그 유령은?"

"그런 유령은 없어!"

아무도 시차 유령을 몰랐다. 그건 이지와 사유가 함께 만든 유령이었기 때문이다.

그리니치 유치원 한편에는 영국, 미국, 한국 시각을 표시하는 시계가 걸려 있었다. 세 개의 시계는 항상 다른 시간을 가리켰다. 이지와 사유는 궁금했다. 왜 시간이 다른 걸까? 누가 그 시간을 정한 걸까.

선생님에게 물으니, 영국 그리니치에서 젠틀맨들이 세계의 모든 시간을 정해버렸다고 했다. 이지와 사유는 놀라웠다. 시간은 절대 거짓말을 하지 않는다고 배웠는데, 어떻게 몇 명의 사람들이 전 세계 사람들의 시간을 정해버릴 수 있는 걸까. 엄마의 시간, 아빠의 시간, 이지의 시간, 할머니의 시간, 사유의 시간, 친구들의 시간까지 모두 다 젠틀맨들이 정해버렸다니! 이지와 사유에게 그들은 정말 강하고 무서운 존재로 느껴졌다.

선생님은 '시차'라는 건 자연스러운 거라고 했다. 하지만 이지에게 시차는 여전히 어렵고 아리송한 단어였다. 그리고 무서웠다. 왜 무서운지 모르게 무서웠다. 그래서 이지는 스케치북에 이해할 수 없는 공간인 시차를 그리고, 거기에 상상을 불어넣었다.

— 젠틀맨들은 정확하지 못했어. 그래서 유령을 만든 거야.

— 유령을 만들어서?

— 음, 시간을 제물로 바치는 거야.

— 왜?

— 그래야 유령이 배가 고프지 않아. 원래 그 유령은 시차 때문에 생긴 작게 부서진 시간을 먹어야 하거든.

— 그럼 시차 유령이네.

이지와 사유는 친구들 중에 오직 그들만이 시차라는 단어를 안다는 것에 자부심과 동지애를 느꼈다. 이야기는 점점 부풀려졌고, 스케치북은 둘이 그린 그림으로 채워졌다. 시간이 갈수록 시차 유령은 조금씩 더 어둡고 잔인해졌다.

— 시차 유령은 어떻게 생겼지?

그들은 알렉스 베런을 보았다. 유령이 있다면 저렇게 생겼을 거라고 생각했다. 이지와 사유는 정확한 단어로 설명할 수는 없지만, 그리니치 유치원에 흐르는 기묘하고 끈적끈적한 공기를 느끼고 있었다. 그건 언젠가 우리도 공격을 당할지 모른다는 불안감으로 다가왔다. 알렉스 베런이 여자아이의 치마 속으로 손을 넣는 걸 보았다거나, 영어 발음이 좋다면서 남자아이의 볼에 입을 맞췄다거나 그런 상황을 볼 때마다 다 표현할 수는 없지만, 유령이 점점 강해져서 누군가 한 명은 반드시 제물이 될 거라는 암시 같은 것이 깔려 있었다. 그래서 알렉스 베런은 시차 유령의 모델이 되었다. 그는 항상 검은 양복과 검은 넥타이, 검은 구두에 중절모를 쓰고 출근했다.

어느 날, 알렉스 베런은 이지와 사유의 스케치북을 보게되었다. 그는 시차 유령을 가리키며 물었다.

"Who is this guy?" (이 남자는 누구지?)

이지와 사유는 고개를 돌렸다.

"Tell me, Who is this guy?" (말해봐, 이 남자는 누구냐고?)

알렉스 베런이 재차 물었다.

"Not guy. Ghost." (남자가 아니에요. 유령이에요.)

사유의 대답에 알렉스 베런은 코웃음을 쳤다.

"So do you think that I am a ghost." (그래서 너는 내가 유령이라고 생각한다는 거지.)

이지도 사유도, 알렉스 베런의 말을 어렴풋이 알아들었지만, 뭐라고 대답해야 할지 몰라 그냥 고개만 끄덕였다. 이상하게도 그는 기분 나쁘게 키득키득 웃었다. 그는 이지와 사유가 자신과 놀고 싶어 하는 거 같다고 여겼다. 스케치북에 그린 '시차 유령'은 자신을 재창작한 것이며 그건 사랑의 표시라고 망상했다.

"So do you like me a lot?" (그래서 내가 많이 좋은 거야?)

이지와 사유는 이번에도 그저 고개를 끄덕이고 말았다. 알렉스 베런은 두 볼에 홍조를 띠면서 좋아서 어쩔 줄 몰라했다.

"I love that ghost. Because it's our own ghost."(난 그 유령을
사랑해. 우리만의 유령이니까.)

잠시 후, 시차 유령이 이지 앞에 나타났다.

"언제부터 날 따라다녔지."

말을 걸어보아도 시차 유령은 대답이 없었다. 어차피 눈,
코, 입이 없었다.

"네가 내 시간도 먹은 거야. 나한테 무슨 일이 있었는지
이제 다 기억났어!"

"언니!"

그때 소녀의 목소리가 들려왔다. 중절모 안에서 들리는
소리였다. 이지가 시차 유령에게 다가가 중절모 속을 보니,
그 안에 소녀의 얼굴이 보였다.

"언니 나 여기서 꺼내줘요!"

이지가 중절모 안으로 손을 집어넣자, 오른팔이 휙 빨려
들어갔다. 놀란 이지가 뒤로 물러나며 바닥에 털썩 주저앉
았다. 시차 유령이 물구나무를 서자, 중절모에서 잘린 오른
팔이 떨어져 나왔다.

공포에 질린 이지의 발악이 계속됐다. 소리를 듣고 나온
캐롤라인은 수영장 타일에 널브러진 피자 조각들을 보았다.

자세히 살펴보니 피자 위에 익숙한 버섯의 잔해가 눈에 띄었다. 캐롤라인은 이지가 bad trip(나쁜 여행) 중이라는 걸 눈치챘다.

"Wake up!"(일어나!)

따귀를 때려봐도 이지의 눈에만 보이는 나쁜 여행은 끝날 기미가 보이지 않았고, 이지는 점점 더 공포에 질려가고 있었다. 모텔 투숙객들이 하나둘 구경을 나왔다.

캐롤라인이 수도꼭지를 돌리고 호스를 들어 이지에게 물을 뿌렸다. 그러자 시차 유령도 물에 젖어 이지의 시선에서 서서히 사라졌다.

"이, 이제 갔어."

이지는 혀가 꼬인 채로 중얼거리다 그대로 꼬꾸라져서 몸을 둥글게 말았다. 캐롤라인이 이지를 툭툭 쳐봐도 미동이 없었다. 구경거리가 끝나자 투숙객들은 안으로 들어갔다.

잠시 후, 이지가 눈을 떴을 때 고담이 화난 표정으로 수영장 바닥에 앉아 있었다.

"선생님이 여긴…… 왜?"

이지는 여전히 얼떨떨한 상태로 몸을 일으켰다. 불과 몇 시간 사이 호머에 어떤 동양 여자가 수영장 바닥에서 매직 머시룸을 먹고 쇼를 했다는 소문이 쫙 퍼졌다고 한다.

"매직 머시룸을 먹다뇨? 제가 뭘…… 먹어요?"

가물가물한 말투로 이지가 물었다.

"매직 머시룸은 천연 환각제예요. 지속력은 짧지만, 시공간이 뒤틀리는 경험을 합니다. 이 사람 순진한 거야? 멍청한 거야? 왜 버섯 앞에 매직이라고 붙었겠어요. 리토가 팔았어요?"

"저는 피자를 먹었어요."

"리토가 팔았냐고요?"

"제가 아파서요."

"마리화나를 처방할 땐 저에게만 적정량을 받으시라고 했을 텐데요."

"그게 어떻게 된 거냐면요."

이지는 어디서부터 설명해야 할지 갈피를 잡지 못했다.

"한국으로 돌아가세요."

고담이 냉랭하게 대답하고 일어났다.

"네?"

이지가 고담을 따라 수영장 밖으로 나왔다. 이어 고담은 뒤도 돌아보지 않고 모텔을 나와 곧장 리토의 화원으로 직행했다. 리토는 장미에 주사기로 액체를 주입하고 있었다.

"이지 씨에게 약을 줬어?"

"오 마이 갓또. 스미마센!"

리토가 사색이 되어 뒤쫓아 온 이지를 발견했다.

"리토 잘못이 아니에요!"

"고담 센세에게 뒤져부려스급니다."

"저한테 뭐라고 하세요. 왜 리토한테……."

"내 환자에게 약을 팔아? 이 새끼는 처음이 아닙니다."

고담의 단정한 말투에 새끼라는 말이 나오는 것을 보아 둘에게도 사연이 있는 듯했다.

"It's immoral!" (부도덕한 거야!)

"Dr. Why do you feign morality?" (닥터. 왜 도덕적인 척입니까?)

"You need a moral compass. You don't give the chemical to other people." (넌 좀 도덕적일 필요가 있어. 다른 사람한테 함부로 약 좀 주지 마.)

"I want to help Izy's fear." (난 이지의 두려움을 돕고 싶었어.)

"No, You only give drugs to those you are attracted to." (아니, 넌 원래 마음에 드는 사람한테 약 주는 버릇이 있잖아.)

"Why do you talk like that? (무슨 말을 그렇게 해?) 그래. 나는 마음에 드는 사람에게 이것드을 공유하고 시프급니다."

리토가 항의하듯 말하자 고담이 멱살을 잡았다.

"뭐라고?"

이지는 리토가 자신을 '마음에 드는 사람'으로 규정하고 있다는 것에 1초 정도 놀랐다. 둘이 대치하자, 이지가 고담을 향해 크게 외쳤다.

"그만하세요. 제가 제발 팔아달라고 했습니다. 제가요!"

"왜요?"

"내 오른팔이 왜 그런지 알았어요."

"매직 머시룸을 먹고요?"

"아니, 아니요! 그걸 알아서 맨정신으로 있을 수가 없었어요."

"뭘 알았는데요?"

"……견딜 수가 없었다고요."

이지는 입을 열었다가 다물기를 반복하다 그만 다리에 힘이 풀려 바닥에 주저앉았다. 한동안 멍하게 있던 이지가 갑자기 화분에서 버섯을 뽑아, 한가득 입에 넣고는 우적우적 씹었다.

고담과 리토는 삽시간에 일어난 광경에 경악하며 이지의 입에서 버섯을 뽑아내려고 했는데, 버섯은 마치 단단한 흙에 박힌 무처럼 요지부동이었다.

"오 마이 갓또!"

"삼키면 안 됩니다!"

"이봐요. 멈추고 뱉으라고요! 뱉어요!"

이지는 두 볼 가득 버섯을 물고는 그렁그렁 눈물이 고인 채로 원통하게 소리쳤다. 쌍!

이지가 화장실에서 버섯을 다 게워내는 동안, 고담이 밖에서 말했다.

"등 두드려줘요?"

"괜찮아요. 여기 와서 선생님에게 더러운 꼴만 보이네요."

"좀 걸을까요?"

그들은 말없이 비숍 해변을 걸었다. 이지는 고담에게 자신의 기억을 털어놨다. 그리니치 유치원과 알렉스 베런 그리고 핼러윈에 있었던 일을. 고담은 아무 말도 하지 않았다. 어떤 위로도 하지 않았고, 마치 이지의 이야기를 파도 소리처럼 들었다.

그렇게 걷다 보니, 해변에 정박한 흉물스럽게 녹슨 화물선과 마주했다. 화물선은 이미 오래전부터 육지에 방치되어 있어 이곳 사람들은 유령선이라 불렀다. 한때 남극과 북극을 오가던 쇄빙선으로, 해빙을 깨면서 전진할 수 있을 만큼 배의 앞부분과 양옆이 단단해 보였다. 어떤 얼음 조각에 부딪혀도 견딜 수 있을 것처럼. 하지만 이제 쇄빙선은 다시 남극으로 가기에는 너무 늙어버렸고, 북극에서 무덤 자리를 찾아 멈췄다. 가까이서 보니 불이 꺼져 있는 꼬마전구 수십여 개가 달려 있었다.

"핼러윈 때 저기서 파티를 열어요."

핼. 러. 윈. 그 단어를 듣자 다시 알렉스 베런이 떠올랐고, 구역질 같은 게 일었다. 이지는 걸음을 멈추고 물었다.

"원인을 알았다면 치료될 수 있는 걸까요?"

"그 원인을 똑바로 봤나요?"

"똑바로 보다?"

"맥점을 정확히 짚었냐는 거죠."

"그런 거 같아요."

하지만 이지는 그 정확함에 대한 확신이 없었다. 고담이 유령선 계단을 올랐고, 이지가 뒤따랐다. 유령선에는 아직도 지워지지 않는 소금 냄새가 진동했다.

"여기서 멈추고 돌아갈까 해요. 치료."

"한국으로요?"

"네. 이제 이유를 알아버리니 오히려 고칠 방법이 없을 거 같다는 생각이 들어요."

"내가 아까 한국으로 돌아가라고 해서 그런 거예요? 그 건."

"아니, 그게 아니라. 이미 일어난 불행을 고칠 수 있을까 요?"

고담은 가만히 그 말을 곱씹었다. 고담 역시 할 수 없다는 쪽이지만, 절박한 환자에게 없다고 말할 수는 없었다. 그래서 그냥 입을 다무는 쪽을 선택했다. 이지는 무언의 대답을 눈치채고 말했다.

"선생님도 없다는 쪽이잖아요. 깨지면 그냥 깨진 채로 사는 수밖에 없다는 거잖아요."

"그러게요."

"싱겁네요."

"왜요?"

"그래도 뭔가 설득되는 멋진 말을 듣고 싶었는데."

"미안하게도, 그런 말은 없어요."

"선생님이 미안할 건 없죠."

"그 작가도 알아요? 이지 씨의 불행에 대해?"

"경찰이 나와 거의 똑같은 증언을 했다고 했어요. 나는 그 증언을 한 사람이 사유라고 확신해요. 그렇다면 알겠죠. 우리가 똑같은 불행으로 묶여 있다는 사실을."

"말할 건가요?"

이지는 핸드폰을 만지작거렸다. 망설여졌다.

"그런데 왜 '거의'일까요?"

"네?"

"거의라는 건 어떤 부분에서는 증언이 달랐다는 거잖아요."

그렇다. 비슷하지만 어딘가는 확실히 달랐다는 의미다. 이지가 불편하게 망설여지는 감정의 원인은 거기에 있었다. 혹시 더 끔찍한 것을 기억하게 될까 봐. 하지만 이보다 더 끔찍한 것은 없을 거라는 생각이 들기도 했다.

"그냥 직접 물어보지 그래요. 그게 아니라면 물꼬라도 터 보면 어때요?"

고담은 이렇게 말하고는 슬쩍 뒤를 돌아 저만치로 걸어 갔다. 이지는 핸드폰을 열어 박사유의 인스타그램에 접속했 다. 그리고 디엠 창을 열었다. 절실하게 한 글자 한 글자를 꾹꾹 눌러 적었다.

— 기억이 났습니다. 이명현 형사님과 통화를 했고, 증언 을 남겼습니다. 이제 대화할 수 있을까요?

이 정도면 물꼬를 트는 데 충분할 거 같았다. 이지는 메시 지를 전송했다.

8.

모텔 밖에서 어수선한 소리가 들렸다. 창 너머로 다급히 어디론가 향하는 투숙객들이 보였다. 이지도 밖으로 나가 그들을 따라갔다. 도착한 곳은 리토의 화원이었다. 화단 바닥에는 깨진 토분이 지저분하게 흐트러져 있었다. 리토가 당구 큐대를 들고 발광하는 미스터 김을 말리고 있었다. 그 앞에 선 캐롤라인은 이미 맞았는지 입술 주변으로 피가 보였다. 고담이 미스터 김을 막아 세웠다.

"왜 이러세요!"

"넌 알고 있었지?"

이 질문에 고담이 담담히 끄덕이자, 미스터 김이 폭발하듯 소리쳤다.

"쪽팔려서 원. 고개를 들고 살 수가 없어! 광어 낚시하러 간 사이에. 이런 일이 시작됐냐고! 쌍년들이 붙어먹어?"

쌍년. 이지는 이 상황을 해석하기 위해 안간힘을 썼다. 미스터 김은 캐롤라인에게 삿대질하며 말했다.

"부끄러운 줄 알아! 씨발!"

그때 화원 안쪽에 숨어 있던 미시즈 정이 튀어나오며 외쳤다.

"욕하지 마세요!"

"뭐! 쌍년아. 일단 저년부터 죽일 거야!"

미스터 김이 발광하며 캐롤라인 쪽으로 다가서자, 미시즈 정이 캐롤라인에게 달려들어 버럭 안겼다.

"죽일 거면 날 죽여! 여보! 이제 제발 그만해!"

"가세요. 아니면 경찰 부르겠습니다."

고담이 두 여자에게 위협적으로 다가가는 미스터 김을 막아 세우며 말했다.

"뭐 니가 경찰을 불러? 나 미국 시민권자야. 너야말로 깜빵 가볼래?"

미스터 김은 고담의 얼굴에 삿대질을 하고도 분이 안 풀리는지 이어 입을 열었다.

"니가 또 이상한 치료한 거지? 그런 거잖아. 앵커리지에 발을 디디지 못하게 해야 했는데, 그러니까 니 와이프가 나가 뒈진 거잖아. 니가 죽인 거잖아."

미스터 김은 고담을 최대치로 자극하는 거 같았다. 그런데 고담은 그 자리에서 아무 말 없이 눈을 감더니 난데없이 가부좌를 틀고 앉았다. 그 모습에 미스터 김은 더 화를 냈다.

"니가 간다야? 뭐야? 왜 이 와중에 명상을 하고 난리야!"

이지가 미스터 김 앞에 섰다.

"아저씨 그만하고 가시라고요!"

"아, 이 아가씨도 여기 붙어먹으셨어?"

미스터 김이 이지에게 다그치듯 말했다.

"그만해요! 붙어먹긴 뭘 붙어먹어요?"

미시즈 정이 미스터 김을 말리며 말했다.

"야! 너 이혼 소송에서 다 털릴 줄 알아! 땡전 한 푼도 없어. 두고 봐."

미스터 김은 미시즈 정에게 침을 뱉고 나서야 돌아섰다.

화단을 쓸고 닦으며 이지는 미시즈 정에게 그간의 이야기를 들었다. 알래스카 한의원이 앵커리지에 있을 당시, 미시즈 정은 거식증에 걸려 몇 년을 고생 중이던 차에 한의원을 찾았다. 그때 고담은 집을 한번 보고 싶다고 말했다.

집에 들어온 고담이 물었다.

"남편분과 아무 대화가 없으신가요?"

"왜 그걸 물으시죠?"

"이 집, 이 방들 다 공기가 멈춰 있는 거 같네요. 이런 곳에 계시니까 거식증에 걸리죠."

미시즈 정은 약을 처방하러 갔다가 가장 은밀한 부분을 들킨 거 같았다. 섹스를 하지 않는 것보다 대화를 하지 않는다는 게 더 부끄럽게 느껴졌다. 미스터 김과 미시즈 정은 둘만 있을 때는 아무 말도 하지 않았다. 어쩌다 이런 문제에 대해 이야기라도 꺼내면 싸움과 폭언이 시작되었다. 폭력 아니면 침묵의 관계. 미시즈 정은 자신이 마치 알래스카라는 그림 속에 살고 있는 거 같았다.

고담의 처방은 대화를 해서 집이란 공간에 공기를 흐르게 하라는 거였다. 하지만 집 안에서는 불가능했다. 미스터 김이 돌처럼 그 자리에 있었다. 미시즈 정은 한의원에서 불감증 치료를 받으러 온 캐롤라인과 자주 마주쳤다. 캐롤라인은 자신과는 전혀 다른, 상상해 보지 않은 인생을 사는 여자로 보였다. 하지만 막상 말을 터보니 공통점이 많았다. 동갑이었고, 기타를 친다는 것, 인도 여행을 다녀왔다는 것(미시즈 정은 불교 성지 순례로 간 것이었는데, 미스터 김을 만난 후 기독교로 개종했다.) 외에도 이야기할 주제는 넘쳐났다.

미시즈 정은 그녀에게 호감을 느꼈고, 한의원에 다녀온다는 핑계로 캐롤라인을 만나는 날이 늘어갔다. 그러는 사이 점점 음식이 맛있어졌고, 미시즈 정의 몸무게는 건강하게 돌아왔다. 그 감정이 친구 정도가 아니라는 걸 먼저 눈치챈 사람은 캐롤라인이었다. 캐롤라인은 섹스에 관해서는 남부럽지 않은 여러 실험을 해왔다. 그래서 미시즈 정에게도 실험 차원에서 같이 자고 싶다고 제안했는데 돌아온 건 따귀였다. 하지만 본능적으로 몸부터 끌린 쪽은 오히려 미시즈 정이었다.

그 무렵 알래스카 한의원은 앵커리지 한인 커뮤니티에서 고담의 아내와 관련된 사건으로 질타를 받으며 호머로 옮기게 되었고, 캐롤라인도 그 무렵 호머로 이사를 갔다. 미시즈 정은 캐롤라인이 그리웠다. 함께 기타를 치며 노래를 부르던 것과 캐롤라인이 모는 오토바이 뒷자리에 앉아 함께 바람을 맞던 일들이 자꾸만 떠올랐다. 미시즈 정은 무작정 호머에 있는 캐롤라인의 집으로 달려갔다.

"그때부터 두 집 살림하게 된 거죠."

미시즈 정이 이지에게 말하며 웃었다. 그동안 이지는 호머에서 고담 외에는 한국인을 본 적이 없었는데, 이제야 그 소문이 이해가 되었다.

"그래서 호머에 한인은 단 2명뿐이라는 소문이 돈 거군요."

"아무래도 캐롤라인네 빌라 주민들과 마주치다 보니."

"그럼 남편분, 괜찮으시겠어요?"

"괜찮아요. 두 집 살림하면서 이혼할 때 필요한 것들 잘 준비해놨어요. 우리 캐롤이랑 나랑 잘 살아야 하잖아요."

미시즈 정은 작고 여리여리한 외모 속에 꼼꼼하고 치밀한 면을 감추고 있었다. 그녀는 이혼 소송을 위해 오랜 시간 정보를 모았다. 미스터 김의 폭언과 강압적인 부부 관계, 장기간 앵커리지 스트립 바에서 만난 내연녀와의 관계 등을 사진과 함께 스크랩해놓았다. 하지만 미스터 김도 막강한 변호인을 꾸리는 만큼 기나긴 소송전이 될 것으로 보였다. 그래도 미시즈 정은 티 없이 밝았다. 캐롤라인도 방금 내연녀의 남편에게 얻어맞았다고 상상할 수 없을 만큼 활기찼다.

"이지 씨, 나 이제야 제대로 살아가는 거 같아요. 캐롤이 만난 후로 모든 게 제대로 자리를 찾아가는 거 같아요. 그냥 다 자연스러워요. 내가 하는 말, 내가 추는 춤, 내가 하는 모든 행동이 다 나 같아요. 처음으로!"

이지는 그들을 보는 것만으로도 저절로 미소가 나왔다. 덕분에 그간 긴장되었던 마음이 녹는 거 같았다.

"핼러윈 때 약혼식을 올리려고요. 올 수 있어요?"

미시즈 정이 팸플릿을 한 장 건네며 이지에게 말했다.

"Izy, You must come!" (이지 넌 꼭 와야지!)

캐롤라인도 들떠서 외쳤다. 이지는 알겠다고 대답을 하려다 팸플릿의 조악함에 그만 사색이 되었다. 유령선과 핼러윈 호박 배경 뒤로 흰 드레스를 입은 미시즈 정과 캐롤라인이 손을 잡고 환하게 웃고 있었다. 이미지들이 모두 따로 놀아 마치 사이비 교단의 홍보물 같았다.

"음······ 키치하군요. 이거 혹시 복사 끝난 건가요?"

"일단 몇 장만 예비로 해봤어요."

"누끼를 엉망으로 땄네요."

"사실 제가 똥손이라 포토샵을 잘 못해요. 우리 캐롤이도 컴맹이고."

미시즈 정의 말에 캐롤라인이 머리를 긁적거렸다.

"요즘은 인공지능도 보정 잘해요."

"네?"

이번에는 미시즈 정이 어떻게 인공지능이 보정을 하는지 모르겠다는 해맑은 표정을 지었다. 이지는 그래도 자신의 왼손이 미시즈 정의 똥손보다는 포토샵을 하는 데 나을 거 같았다.

"보정을 다시 하는 게 좋겠어요. 그래도 약혼식인데."

"어머! 이지 씨, 그래 줄 수 있어요?"

"원본 사진이랑 포토샵 깔린 컴퓨터가 있나요?"

"아 저희도 여기 화원에 있는 컴퓨터 썼어요."

이지는 언뜻 화원 구석에서 본 27인치 아이맥이 떠올랐다.

"가죠."

이지가 왼손으로 마우스를 움직여 모니터 화면에 사진을 띄우고, 다시 태블릿 펜을 잡았다. 캐롤라인과 미시즈 정은 원본 사진이 변하는 과정을 신기하게 바라보았다. 두 사람이 몇 번이나 감탄사를 연발하자 리토도 구경을 왔다. 리토도 모니터를 보고는 깜짝 놀랐다. 포토샵을 하는데 과장되지 않고 오히려 자연스러워졌다.

"Ask Izy to do that, too. Rito." (이지한테 그것도 부탁해. 리토.)

"What?" (뭐?)

"That."(그거.)

리토가 주변을 둘러보더니 마우스에서 'Eunha' 폴더를 열었다. 모니터 화면으로 사진 속 '은하'의 얼굴이 가득 찼다. 얼굴선은 고왔고, 이목구비도 또렷했다. 볼과 턱, 이마 쪽에 흉터가 있었는데 아토피를 앓아오면서 생긴 것으로 보였다.

"이지 상, 상처를 지워주실 수 있스믑니까?"

이지는 자신의 오른팔과 손에 난 자잘한 상처들이 떠올랐다. 그것은 지워야 하는 것일까, 부끄러운 것일까.

"왜 이 사진을 리터칭을 하려고 하죠?"

리토, 미시즈 정, 캐롤라인이 번갈아가며 서로를 바라보았다. 누군가 대표로 말해야 했다. 미시즈 정이 나섰다.

"영정 사진이 없어요."

"네?"

"언젠가 고담이 서칭 데이에서 돌아오면 장례를 치러줘야 할 거 아닙니까. 은하의 장례를 치르지 못한 게 몇 년이니까."

"그런데 선생님이 원하지 않으면."

"살아 있지는 않을 거 아니에요. 물론 시신이라도 찾아야겠지만."

이지는 다시 왼손으로 펜을 들었다. 가장 그녀다운 얼굴이 무엇일까 상상했다. 사진 속 상처를 지우개처럼 지우고 싶지는 않았다. 그것도 그녀의 일부라고 느껴졌다. 상처 안에 가려진 그녀의 마음을 얼굴에 복원해보고 싶었다. 하지만 잘되지는 않았다.

그때 인기척이 느껴졌다. 고담이 뒤에 서 있었다. 모니터 화면에 가득 찬 은하의 사진을 바라보았다.

"뭐 하는 거예요? 지금?"

"닥터. 아까 고마웠어요."

미시즈 정이 괜히 딴 길로 새보려 했지만 통하지 않았다.

"뭐 하시는 거냐고요. 이지 씨."

"제가 부탁했어요."

"왜 미시즈 정이 그런 걸 부탁하죠."

"We all asked for it." (우리 모두 부탁한 거예요.)

리토가 우물쭈물 말했다.

"왜요?"

"올해는 장례식을 할 수 있어야죠. 그래야 고담 선생님이 새로 시작하고요."

미시즈 정이 또박또박 대답했다. 마음속으로 오래 이 말을 품고 있던 사람처럼.

"그건 내가 결정합니다."

"Stubborn!" (고집쟁이!)

캐롤라인이 빈정거리듯 말했다.

"저, 선생님, 은하는 선생님 아내이기도 하지만 우리의 친구기도 했어요."

"미시즈 정…… 이건 선 넘은 겁니다."

캐롤라인이 다시 나서서 고담에게 공격적으로 말했다.

"Aren't you the only one who's in trauma?"(트라우마에 빠져 있는 건 닥터잖아.)

"Caroline, don't talk like that."(캐롤라인 그렇게 말하지 마.)

이번에는 리토가 고담을 방어하듯 말했다. 그때 고담이 컴퓨터와 연결된 콘센트를 뽑아버렸다. 일순간에 화면이 꺼졌다.

"Would you please be quiet?"(제발 좀 조용히 할래요?)

고담의 외침에 다들 입을 다물었다. 이지는 꺼진 모니터에 비치는 고담의 모습을 한참 동안 바라보았다.

◆

다음 날, 바로 답장이 왔다. 그 답장은 이지를 완벽한 절망으로 몰아넣었다. 드디어 정확하게 맥점이 짚어졌다.

― 안녕, 캐스퍼.

이지의 심장 박동이 빨라졌다. 기억이 재조합되면서 해상도가 높아져 선명해졌다. 캐스퍼는 오른팔을 찔렸고, 시차 유령은 캐스퍼에게 나가라고 소리쳤다. 그렇게 도망친 캐스퍼는 영영 그리니치 유치원을 떠났다. 그곳에 시차 유령과 알렉스 베런만 남겨둔 채, 바깥으로 떨어져 나왔다. 그는 시차 유령으로 분장한 사유에게 말했다.

"I love your ghost. You made it because you love me. Right? So I'll love you too." (나는 네 유령이 마음에 들어. 날 사랑하니까 만든 거잖아. 그렇지? 그러니까 나도 너를 사랑해줄게.)

이지는 피해자가 아니라 도망자였다.

사유의 답장에 한 줄이 더 추가되어 있었다.

— 내가 너를 용서했다고 생각하니?

9.

이지는 알래스카까지 왔지만 다시 도망치고 싶었다. 박사유의 고통에 비하면 오른팔에서 느껴지는 통증은 아주 미약하게 여겨졌다. 이지가 아무 대답이 없자, 사유에게서 연이어 디엠이 왔다.

— 너는 나에게 용서를 구할 필요 없어.

— 나는 우리가 만든 시차 유령을 찾아서 죽일 거야.

— 거의 다 왔어.

— 이 동화는 내 손으로 끝낼 거야.

그리고 마지막으로 '죽기 전에 듣기'라는 이름으로 된 3분 12초짜리 녹음 파일이 도착했다. 이지는 그 파일을 열려고 몇 번이나 손가락을 가져갔다가 끝내 포기했다. 차마 용기가 나지 않았다.

대신 사유의 인스타그램 속 사진들을 다시 보았다. 해외라 짐작할 수 있는 사진과 드문드문 등장하는 총기류와 사막의 사격 연습장. 순식간에 퍼즐이 풀렸다. 사유는 놀이동산에 놀러 간 게 아니라 진짜 총으로, 진짜 사격 연습을 하는 중이었다.

이지는 혹시 사유가 있는 곳이 트랩 라인 너머가 아닐까 생각했다. 사진만으로도 오지 특유의 분위기가 느껴졌다. 트랩 라인 너머, 동물을 잡기 위한 덫조차 사라지는 지점. 거기서 사유가 홀로 눈보라 속을 헤매는 모습이 이지의 머릿속을 가득 채웠다.

2년 전, 인터폴이 움직이고 미국이 한국에 수사 협조를 했을 때부터였다. 사유는 알렉스 베런을 직접 찾아서 죽이겠다고 마음먹었다. 끌어다 쓸 수 있는 돈을 다 끌어모았다. 이명현 형사가 미국 경찰의 협조를 받을 수 있는 길을 열어주었다. 그렇게 한국을 떠났다.

미국에 도착해 가장 먼저 한 일은 네바다주 경찰국에 찾아가 최초로 인터폴을 가동한 니나 시몬 경찰을 만난 거였다. 다부진 체격에 경력이 많은 흑인 형사였다. 사유는 자신이 알렉스 베런에게 당한 일을 모두 이야기했다. 니나 시몬의 입장에서는 알렉스 베런이 잡힌 후, 법정에서 사유의 증언이 필요했다. 이 사건의 첫 피해자였기 때문이다.

니나 시몬은 박사유를 만난 후부터 이 사건의 시작점을 한국의 그리니치 유치원으로 바꿔 새로 지도를 그려나갔다. 이 사건은 결코 지엽적으로 흘러가서는 안 되었다. 국제적 범죄 사건으로 확대시켜 아동 범죄자가 자유롭게 국경을 넘나드는 것을 막는 법안 통과로까지 이어져야 했다.

니나 시몬은 인터폴을 가동한 결말이 단순히 알렉스 베런이 최고 형벌을 판결받는 것에 그치지 않고, 국제적으로 아동을 보호하는 법안의 실행에까지 이르러야 희생자들에 대한 애도가 될 수 있다고 판단했다.

경찰 내부에서는 이미 알렉스 베런이 국경을 넘어 도주한 것은 아닌지 하는 불안한 목소리가 흘러나왔다. 니나 시몬은 사유를 만날 때마다 새로운 소식을 말해주었다. 미국 경찰이 이 사건에 적극적으로 움직이고 있다는 걸 먼 타국에서 온 동양 친구에게 전달하고 싶은 마음이었다. 하지만 니나 시몬은 사유가 불법적인 경로로 소총과 총알을 구입해 사격장에서 총 쏘는 법을 배우고 있다는 사실은 알지 못했다. 사유는 더 이상 유약한 동양 여자가 아니었다. 점점 더 거대한 무스가 되어가고 있었다.

이지는 어쩌면 사유가 가까운 곳에 있는 게 아닐까 생각했다. 그래서 무작정 밖으로 뛰어나와 넋이 나간 사람처럼 해변을 걸었다. 지나가는 낯선 동양 여자라도 마주치면 유심히 살폈다. 몇 명을 스쳤지만, 사유 같은 사람은 없었다. 그렇게 이지는 한참 동안 해변을 헤맸다. 걸음을 멈추자 한기가 몸을 덮쳤다. 어느새 백야는 끝났고 파도는 거칠었다.

오른팔에 붙은 유령을 떼려고 알래스카까지 왔지만, 자신이 그 유령보다 못하게 느껴졌다. 그 순간 이지는 바닷속으로 한 걸음씩 걸어 들어갔고, 높은 파도가 훅 덮쳤다. 이지의 몸이 거친 포말과 함께 파도에 휩쓸려 뒹굴었다. 철썩— 처얼썩— 파도가 칠 때마다 이지는 육지로부터 더 멀어졌지만 저항하지 않았다.

그때 누군가 이지의 몸을 한 손으로 잡아끌어 훅 던졌다. 모래사장에 쓰러진 이지는 그제야 소금물을 연신 뱉어냈다. 헉헉거리며 바다에서 자신을 꺼내준 사람을 올려다봤다.

남자는 수영복 팬티 한 장만 입고 있었다. 짙은 갈색 피부와 단단한 몸에는 각종 문신이 보였고, 다리에는 칼에 깊게 베인 흔적이 있었다. 전체적으로 위협적인 분위기를 풍겼다. 이지가 호머에 온 이래 처음 마주친 사람이었다. 그는 아무 말도 하지 않고, 그 상태로 돌아서 가버렸다.

이지는 그 상태로 숙소에 돌아가 나흘 동안 한 발자국도 나가지 않았다. 오른팔은 주둥이가 뾰쪽한 벌레가 살을 뚫고 뼛속까지 들어가는 것처럼 아팠다. 그런데도 이 통증은 박사유의 것에 비하면 마땅히 당해야 하는 것처럼 느껴졌다. 이리 뒹굴고 저리 뒹굴어도 누군가에게 도움을 요청할 수는 없었다. 도움을 받을 자격이 없는 사람처럼 느껴졌다. 그 나흘 동안 캐롤라인이 몇 번 밥을 가져다주었고, 고담이 문 앞에 와 말을 걸었다.

똑똑똑.

"납니다. 고담이요. 캐롤라인이 문을 부수고 들어가자고 하네요."

"……매번 민폐만 끼치네요."

"무슨 일이에요?"

고담이 문 너머로 고요히 묻자, 이지는 문고리를 잡고 머뭇거리며 대답했다.

"나는 캐스퍼였어요."

"그게 무슨 소리예요?"

"내가 도망자라고요."

문 너머에서 긴 탄식 같은 게 미세하게 들렸다.

"그래요. 캐롤라인에게는 더 기다리라고 할게요."

이틀, 사흘이 지나고 다시 고담이 문을 두드렸다. 문틈으로 쏙 종이가 들어왔다. 이지는 좀비처럼 침대에서 몸을 일으켜, 바닥에 놓인 메모를 집어 들었다.

이지 씨, 나와요. 밥이 돌아왔어요. 복합통증증후군이 치료된 그 사람이요. 언제 다시 떠날지 몰라요. 바로 와요. 기회를 놓치고 싶지 않다면.

짧은 순간, 이지는 자신에게 치료가 어떤 의미인지 떠올려보았다. 저 깊은 곳 어딘가에 치료를 원하지 않는 웅크린 이지가 있었다. 도망자는 고통받아 마땅하다고 절규하고 있었다. 이런 생각에 닿자, 이지는 문을 열었다. 막 돌아서서 복도를 걷던 고담이 문 열리는 소리에 걸음을 멈추고 돌아보았다. 고담 앞에 초췌한 얼굴로 절망하고 있는 여자가 보였다. 고담은 예전에도 이런 눈빛을 본 적이 있었다. 트랩 라인 너머로 가 끝내 돌아오지 않은 자신의 아내에게서.

이지가 또박또박 말했다.

"선생님 저…… 이제 치료받지 않을 겁니다. 그러니 이런 수고 안 하셔도 돼요. 그동안 감사했습니다."

"그럼 어쩌려고요?"

고담이 차분히 물었다. 이지는 대답 대신 다시 고개인사를 하고 문을 닫았다. 닫힌 문 앞에 고담은 한참을 서 있었다. 하지만 끝내 어떤 말도 찾아내지 못하고, 머뭇거리다 돌아섰다.

핸드폰을 들어 인스타그램 디엠을 열었다. 사유가 보내온 '죽기 전에 듣기'라는 녹음 파일을 열었다.

― 안녕. 캐스퍼.

사유는 그 아픈 이름을 또렷하게 반복했다.

— 다시 경고할게. 죽기 전에 들어야 할 거야.

이지는 끝까지 듣기로 했다.

— 나는 너에게 복수하고 싶어. 도망간 건 괜찮아. 우린 너무 연약하고 어렸으니까. 사실 나도 인터폴이 가동돼 경찰이 날 찾아온 그때까지는 너를 원망하지 않았어. 알렉스 베런을 직접 찾아가야겠다는 생각도 못 했어. 그런데 경찰이 나한테 너무 많은 걸 말해버렸어.

우리가 왜 이 일의 시작인지 알게 되었어.

나는 지금부터 너에게 그걸 말하고 복수할 거야. 잘 들어. 김이지.

경찰에게 '박사유'는 중요한 인물이었다. 여러 조사와 증언들 그리고 결정적으로 알렉스 베런의 자택에서 나온 난잡한 메모들을 검증한 결과, 알렉스 베런의 첫 번째 피해자가 박사유였음이 밝혀졌기 때문이다.

증언에 따르면 알렉스 베런은 굉장히 소심한 인물로 측근들조차 그가 소아성애자라고 상상하지 못했다. 그런 그가 자신의 취향을 스스럼없이 표현하게 된 것은 원어민 선생으로 그리니치 유치원에 근무하면서부터였다. 처음으로 시도한 성범죄에서 성공하자, 그는 나라를 옮겨 다니며 여러 아동을 건드렸다. 범죄의 수위는 점점 기괴하고 높아졌다. 이방인이라는 건 이 나라에서 저 나라로 법망을 피하기 좋은 조건이었다.

만약 그날 알렉스 베런이 성범죄에 성공하지 못했거나 아니면 그 사실이 발각되어 추방과 동시에 미국 감옥에 갔다면, 다음 사건을 저지를 수 있었을까. 미국에서 아동 성범죄자는 중형 이상에 처한다고 한다.

그 사실을 알고 사유는 더 괴로웠다. 만약 자신이 신고했다면, 그다음 아이들은 당하지 않았을지도 모른다는 생각의 굴레에 빠졌다.

— 내 불행이 너무 컸으니까, 어떻게 해야 할지 몰랐어. 그다음 날부터 너는 유치원에 오지 않았지. 유일한 목격자가 도망쳤는데 어떻게 신고를 하겠어. 그럼에도.

당하지 않을 방법은 몰랐지만, 적어도 알릴 수는 없었을까. 경찰이 그랬어. 태국 방콕에 사는 애는 자살했대. 살아남지 못한 거지. 그 고통이 나에게도 느껴져서 잠이 오지 않았어. 그때부터는 뭐라도 해야 했어. 뭐라도!

시차 유령은 우리가 함께 만든 합작품이야.

그 많은 애들의 시간까지 다 먹힌 거니까.

오른팔에 붙은 건 '만약에'라는 유령이었다. '만약에 도망치지 않았더라면, 당하지 않았을 아이들의 시간 그리고 사유의 시간'이라는 유령.

It's beginning to hurt. 이지는 옥빛의 빙하 위에서 고담이 지나가듯 말했던 게 떠올랐다. 통증을 치유한다는 건 동시에 '아프기 시작하는 일'이기도 했다. 알지 못했더라면 치유할 수도 없지만, 이미 알아버렸다는 건 또 다른 아픔으로 이동한다는 의미였다.

다시 나흘이 지났다. 방 안에서 웅크리고 있던 이지를 꺼낸 사람은 캐롤라인이었다. 그녀는 이지에게 약혼식에 꼭 참석해달라고 했다.

이지는 두 사람의 약혼식 장면을 상상했다. 해맑은 미시즈 정과 당당한 캐롤라인의 얼굴이 떠오르자 몸을 움직여야겠다 싶었다. 그러자 입을 옷이 고민이었다. 등산복을 입고 갈 수는 없었다. 호머의 세컨핸드숍이라도 가야 하나 머릿속으로 궁리를 하는데 누군가 문을 두드렸다.

"It's me!" (나야!)

캐롤라인이었다. 이지가 문을 열자 다짜고짜 붉은 리본이 달린 선물 상자를 내밀었다.

"Open it!" (열어봐!)

상자를 받아 든 이지보다 캐롤라인이 더 흥분되어 보였다. 이지가 리본을 풀고 상자를 열자 가지런히 접힌 붉은색 실크 미니 드레스와 검은색 하이힐이 보였다.

"What's this?" (이게 뭐야?)

"Thank you for our pamphlet work, so Mrs. Jeong and I prepared it together." (우리 팸플릿 일도 고맙고 해서, 나랑 미시즈 정이 같이 준비한 거야.)

이지는 입이 다물어지지 않았다. 인생에서 이런 드레스는 입어본 적이 없었다. 캐롤라인이 당장 입어보라고 재촉하는 바람에 이지는 얼떨떨한 채로 드레스를 집어 들었다.

드레스는 마치 맞춘 옷처럼 딱 맞았다. 캐롤라인이 요리조리 이지를 살펴보더니, 가방에서 가터벨트와 스타킹을 꺼내 내밀었다. 이지는 하라는 대로 스타킹을 허벅지까지 끌어올리고 가터벨트로 고정했다. 이어 캐롤라인은 이지의 가슴팍에 손을 넣어서 어깨 살부터 마사지해 끌어 내리더니 브래지어 안쪽으로 살을 몰아넣었다. 캐롤라인의 원래 직업이 마사지사라 그런지 손놀림이 전문적이었다. 가슴골이 깊어지니 꽤 풍만해 보였다.

"Sit down. I'll put on makeup for you." (앉아봐. 내가 화장해
줄게.)

이지가 의자에 앉자 캐롤라인이 챙겨 온 화장 용품을 테
이블에 깔아놓았다. 이지는 복합통증증후군이 생긴 후로 화
장을 해본 적이 없었다. 아니, 할 수가 없었다. 왼손으로 리
터칭을 할 수는 있어도, 아이라인을 그릴 기술은 없었다. 이
지는 평소에도 얼굴에 색을 더하는 걸 꺼렸다. 자신의 보호
색이라 여겨온 무채색이 사라져버릴 거 같았다. 지금 캐롤
라인이 그 보호색을 깨버리려고 했다. 기초를 다지고, 파우
더를 바르고, 볼터치를 하는 손이 정교했다.

"I'm going to do a strong smokey today that you've never
experienced in your life." (오늘 네 인생에서 경험해보지 못한 강한
스모키를 하겠어.)

눈 화장이 끝나고, 빨간 립스틱으로 마무리를 했다. 캐롤
라인이 흡족하게 말했다.

"You've been hiding your sexiness. Look at the mirror." (너
섹시함을 숨기고 살았구나. 거울 좀 봐봐.)

캐롤라인이 자신의 손거울을 이지에게 들어 보였다. 이렇
게 강한 색을 얼굴에 입힌 건 처음이었다. 거울 속에는 완전
히 다른 사람이 있었다.

"You were completely hidden. You lived in hiding this color." (넌 완전히 감춰져 있었어. 이런 색을 숨기고 살았던 거야.)

캐롤라인은 타인에게 감춰진 무언가를 끄집어내는 능력이 있었다.

"Which one?" (어떤 거?)

"It's like a hot light. You're hiding something like that. Which means you want it the most unconsciously." (화끈한 빛 같은 거야. 넌 그런 걸 감추고 있어. 그 말은 무의식적으로는 네가 그걸 가장 원하고 있다는 거지.)

이지는 화끈한 빛이라는 말이 어색했다.

"Sometimes. Have you ever thought you'd like to sleep with anyone in a racy outfit?" (가끔은 말이야. 엄청 야하게 입고 아무하고나 자고 싶다고 생각해본 적 없어?)

"It's my first time wearing such a racy outfit." (나는 이렇게 야하게 입어본 게 오늘 처음이라.)

"Then think of it like that today." (그럼 오늘 한번 그렇게 생각 해봐.)

"It's your engagement." (네 약혼식이잖아.)

"Don't be an excuse." (핑계 대지 마.)

이지가 아무 말이 없자 캐롤라인이 돌아갈 채비를 하며 덧붙였다.

"I know that complicated and unworkable things push your head. But nothing's going to work out. you are here to fix your damn right arm, but it keeps getting messed up." (복잡하고 안 풀리는 일들이 네 머리를 짓누르는 거 알아. 하지만 아무것도 해결이 안 되잖아. 빌어먹을 네 오른팔을 고치려고 왔는데, 일이 자꾸 엉망이 되고 있네.)

캐롤라인은 마치 이지의 마음을 그대로 읽어서 말하는 거 같았다.

"You can't live every day like that, but you have to live today, right? Isn't it?" (매일을 그렇게 살 순 없겠지만, 그래도 오늘을 살아야지? 안 그래?)

"Yes." (맞아.)

이지는 오늘만은 잠시라도, 캐스퍼의 기억을 잊어봐야겠다고 다짐했다.

유령선은 파티장으로 변해 있었다. 곳곳에 핼러윈 호박이 놓여 있고, 천장에는 하얀 침대보를 뒤집어쓴 유령 모형이 보였다. 테이블에는 김이 모락모락 나는 따뜻한 와인이 있었다. 사람들은 흡혈귀, 좀비, 미라, 늑대 인간, 브라우니 등 각양각색의 핼러윈 복장을 하고는 격렬하게 춤을 췄다. 쿵쾅거리는 비트에 맞춰 이지도 몸을 흔들어보다가, 이내 멈쳤다. 자꾸 그리니치 유치원의 핼러윈이 떠올랐다. 얼굴을 모르는 유령들에게 압박을 당하는 기분이 들어 이지는 조명 아래를 가만히 서성였다. 그때 마이클 잭슨이 Billie Jean을 부를 때 입었던 반짝이가 달린 남방에 검은 양복을 입은 남자가 다가왔다. 고담이었다.

"귀신 분장이 아니네요."

"이지 씨도."

"약혼식과 핼러윈 사이의 복장이랄까요. Billie Jean? 마이클 잭슨은 유령이 아니잖아요."

이지의 물음에 고담이 대답했다.

"추모하는 마음으로. 매년 입어요."

고담에게 마이클 잭슨은 우상이었다. 이지도 그의 음악을 좋아했다.

"이왕 핼러윈은 Thriller가 더 어울릴 거 같은데."

"빨간 가죽 점퍼에 빨간 스키니진을 아무나 입을 순 없잖아요."

"그런데 우리 되게 옛날 사람 같네요."

"옛날 사람이죠."

"차라리 더 옛날 사람이었으면 좋겠어요. 그럼 마이클 잭슨 Billie Jean 공연도 보고."

"그러게요. 살이 빠졌네요. 더."

고담은 방 안에서 지내는 동안 이지가 계속 굶었다는 걸 알 수 있었다.

"네."

이지는 대수롭지 않다는 듯 말끝만 흐렸다. 그때 리토가 문워크를 하며 이지와 고담 사이로 비집고 끼어들었다.

"댄스, 댄스, 댄스!"

리토는 어설픈 문워크로 이지 주위를 뱅글뱅글 돌았다. 이지는 그 모습에 살짝 웃음이 나왔는데 뒤편으로 홀로 서 있는 낯익은 유령이 보였다.

헐렁한 검은 양복과 검은 구두 그리고 거꾸로 된 중절모 가면을 쓴 모습이었다. 그건 바로 시차 유령이었다. 이지는 눈을 세게 비볐다. 스모키 화장이 눈가에 길게 번졌다. 다시 봐도 시차 유령은 분명히 거기 있었다. 이 세상에 시차 유령을 아는 사람은 셋이었다. 이지, 사유, 알렉스 베런.

이지는 홀린 듯 고담과 리토 사이를 지나쳐 시차 유령 앞에 섰다. 키가 170cm 정도 되는 남성이었다. 거꾸로 된 중절모 가면 안에 가려진 얼굴은 알 수 없었지만, 가면에 뚫린 구멍 속 눈동자는 파랬다. 그는 왜 자신에게 다가오냐는 듯 고개를 갸우뚱하며 이지를 보았다. 그는 혼백이 아니었다. 사악한 인간의 기운이 느껴졌다. 하지만 허투루 행동해서는 안 됐다. 가면 너머를 보려면.

"Are you here alone?" (혼자 왔어요?)

"Yes, I am." (그래요.)

"Do you live near here?" (이 근처에 사나요?)

"I don't know." (글쎄요.)

상대는 이지의 영어가 어색한 걸 느꼈다.

"Which country are you from?" (어느 나라에서 왔죠?)

흔하고 간단한 질문에 이지는 오래 망설이다 대답했다.

"Korea." (한국이요.)

남자가 중절모 가면 아랫부분을 살짝 들고는 식은 와인을 들이키며 말했다.

"A wonderful country. Idols are good, too." (멋진 국가죠. 아이돌들도 좋아요.)

"Have you ever been there?" (가본 적 있나요?)

"I don't know." (글쎄요.)

남자의 대답에 이지는 가슴 언저리가 서늘해졌다. 입술이 떨렸지만 이지는 질문을 멈추지 않았다.

"What kind of ghost is that outfit?" (그 복장은 어떤 귀신이죠?)

"My Halloween costume?" (내 핼러윈 복장이요?)

"Yes." (네.)

"You don't know because it's not famous." (유명하지 않아서 모를 겁니다.)

"Isn't it a cartoon or movie character?" (만화나 영화 캐릭터가 아닌가요?)

"No, it's not." (아닙니다.)

"It's impressive. What a mask with a fedora. What's the name of the ghost?" (인상적입니다. 중절모 가면이라니. 유령 이름이 뭔가요?)

"I don't really want to talk about name." (별로 이름 이야기는 하고 싶지 않네요.)

그때 모든 조명이 꺼졌고 아무것도 보이지 않았다. 이어 팡파르가 울리며 다시 불이 켜졌다. 눈앞의 남자는 사라졌다. 무대 위로 하얀 드레스를 입은 캐롤라인과 미시즈 정이 와인 잔을 들고 서 있었다. 사람들은 모두 두 사람을 바라보며 환호를 보냈지만, 이지는 인파를 헤치고 그 남자를 찾으려 했다. 하지만 어디에도 중절모 차림의 사람은 보이지 않았다. 이지는 밖으로 뛰어나갔다.

이지는 하이힐을 벗고 칠흑 같은 비숍 해변을 달렸다. 하지만 아무리 달려도 들리는 건 파도 소리뿐이었다.

"이지 씨!"

이지가 돌아본 곳에는 고담이 서 있었다. 그는 이지에게 어떤 질문도 하지 않았다. 고담도 보았다. 거꾸로 된 중절모 가면을 쓴 남자를.

"이지 씨······."

"봤죠? 가까이 있는 거 같아요."

하지만 고담은 확신이 가지 않았다. 중절모를 거꾸로 쓴 가면이 아주 특이하다고 볼 수는 없었다. 그리고 하필 이런 타이밍에 이지가 아름답게 보여서 당황스러웠다. 맨발로 서 있는 이지의 빨간 미니 드레스가 아슬아슬하게 바닷바람에 날렸다. 고담은 순간 머릿속이 블랙아웃이 온 것처럼 까맣게 되었다. 이지에게 다가가 그녀를 안심시켜야 한다고 생각하면서도 고담은 더 가까이 가는 순간, 그들 사이에 자리한 보이지 않던 경계가 무너질 것 같아 움직일 수 없었다.

그런데도 드레스가 걸쳐진 어깨선이나 아이라인이 강조된 눈매, 붉은 입술이나 목선, 긴 생머리를 넘기는 얇은 손목 같은 것들이 이 밤이 지난 후에도 오래도록 고담의 기억에 각인될 것 같았다.

"선생님! 뭐라고 말이라도 해보세요!"

이지가 되물으며 고담의 정신을 깨웠다.

"그게······."

"선생님이 보기에는 그냥 우연이라는 건가요?"

고담이 대답 대신 끄덕였다. 이지는 실망스러웠다.

"전 느껴요. 이건 우연이 아니라고. 이게 바로 이유라고요."

알래스카의 부름에는 이유가 있다고 했다. 이지는 이제 그 부름에 답할 때가 됐다고 느꼈다. 부름을 받았을 땐 혼자 가야 한다. 부름이란 것은 아주 개인적인 이유에서 시작되기 때문이다. 언제부터인지는 모르겠으나 이지는 오래전부터 그렇게 생각하고 있었다. 그래서 고담을 지나쳐 홀로 해변을 걸어갔다. 고담은 그런 이지의 뒷모습을 보면서도 끝내 따라가지 못했다. 혹여라도 위태로운 이지의 뒷모습을 안아버릴까 봐 두려웠다.

숙소로 돌아온 이지는 바로 사유의 인스타그램에 접속했다. 알렉스 베런이 알래스카에 있을지도 모른다면, 사유에게도 알려야 하지 않을까 싶었다. 이지는 핼러윈 파티에서 시차 유령 가면을 쓴 남자를 만났다는 이야기를 쓰다가 결국 삭제했다. 가면 속 얼굴이 아직 확실하지 않았다. 더욱이 여긴 알래스카다. 확실하지 않은 기대감으로 사유를 여기까지 오게 할 수는 없다. 이지는 먼저 자신이 가면 속 얼굴을 확인하고 싶었다. 하지만 사라진 시차 유령을 어디서 찾을 수 있을까.

이지는 무력하게 사유의 인스타그램 피드를 바라보다 문득 사진들 사이에 일관성이 있다는 걸 알게 되었다. 사진을 확대해서 보니 낙서가 보였다. 중절모를 거꾸로 쓴 졸라맨. 장소는 다른데 규칙적으로 이런 낙서가 보였다. 해시태그는 '거꾸로된중절모'였다.

해시태그를 클릭하니, 310개의 사진이 검색되었다. 그중 210개는 사유가 올린 사진이었다. 나머지는 각기 다른 나라의 사람들이 이 낙서를 발견하고 촬영해 올린 것이었다. 낙서는 무슨 의미인 걸까?

이지의 시선이 창 너머 수영장을 향했다. 이지는 며칠 전, 매직 머시룸을 먹고 환각 상태에서 시차 유령을 만났다. 바로 저 물 빠진 수영장 안에서. 왜 저기였을까. 이지의 뇌 속 뉴런들이 저절로 그 이미지를 만들어낸 것일까. 이지는 밖으로 나가 마당에 있는 수영장으로 향했다.

수영장 벽면을 둘러보았다. 스프레이 페인트로 그려진 여러 낙서들이 보였다. 그 가운데 중절모를 거꾸로 쓴 졸라맨 그림이 있었다. 이지는 순간 여기서 시차 유령 환각을 본 것이 바로, 이 그림 때문이라는 생각이 들었다. 알 수 없는 확신이었다. 이지는 뒤로 주춤했다. 그리고 그 그림을 찍어 캐롤라인에게 보냈다.

잠시 후 캐롤라인에게 전화가 왔다. 지금 막 약혼 여행을 떠나려 한다고 했다. 이지는 사진으로 보낸 그 낙서를 누가 그린 건지 아냐고 물었다. 다급한 이지의 목소리에 캐롤라인은 잠시 당황스러웠지만, 차근차근 답해주었다.

작년 10월부터 올해 4월까지 모텔에서 장기 투숙을 하던 고객이 있었다. 그는 어느 날 수만 달러에 달하는 외상값을 남기고 도망쳤다. 장기 투숙으로 신분증을 받아놓긴 했지만, 알고 보니 훔친 신분증이어서 결국 지금까지 남자의 정체는 모른다고 했다.

그 일로 쿠바 모텔 주인은 캐롤라인에게 화를 냈다. 그 남자를 잡아 오지 않으면, 외상값을 캐롤라인의 급여에서 빼겠다고 했다. 결국 캐롤라인은 이 상황을 호머 경찰에게 알렸고, 남자에 대한 수배가 내려졌다. 주기적으로 경찰서를 방문해 수사의 진척을 물었는데, 마지막으로 목격되었다고 알려진 장소는 호머에서 강이 흐르다 바다와 만나는 지점이라고 했다. 거긴 트랩 라인이다.

트랩 라인은 주로 사냥을 해서 먹고사는 수렵 채집인들이 덫을 놓고 동물을 기다리는 곳이다. 야생과 문명의 마지막 경계선이다.

"그 사람 지금 어디에 있는지 알아요?"

"그게 왜 궁금한 거야?"

전화 너머에서 캐롤라인이 의아하게 되묻는 목소리가 들렸다.

"아…… 지금 호머 경찰이 찾고 있다는 거구나. 고마워. 캐롤라인."

캐롤라인은 어쩐지 이지의 다음 동선이 걱정되었지만, 꼬치꼬치 묻기에는 상황이 바빴다.

"알았어. 약혼 여행 다녀와서 보자."

이지는 숙소로 돌아와 빨간 미니 드레스를 벗고 두꺼운 등산복으로 갈아입었다. 그리고 핸드폰으로 근처 경찰서를 검색했다. 걸어서 400m 정도 거리에 경찰서가 있었다.

이지는 숙소를 나와 구글 지도가 가리키는 화살표를 따라 걸었다. 경찰서는 마을 보안관실처럼 작았다. 안으로 들어가니 경찰 둘이 나란히 야간 근무를 서고 있었다. 늦은 밤, 동양 여자의 방문에 경찰은 의아한 표정이었다.

이지는 구글 번역기를 동원해 호머 하구 쪽 트랩 라인에 인간이 덫을 놓지 않은 곳이 있다면 알려달라고 했다. 경찰 둘이 지도를 보며 두 군데를 짚었다. 그 지역을 오래 탐방해 본 사람만이 아는 정보였다.

경찰은 이지가 왜 이걸 궁금해하는지 의문이었다. 혹시 도움이 필요하면 말하라고 했지만, 이지는 괜찮다고 대답

했다. 이지는 경찰이 캐롤라인의 신고로 목격담을 모으고
는 있지만, 사건을 진지하게 보지는 않는다고 느꼈다. 단순
히 모텔 외상값을 갚지 않은 동네 잡범이라 생각하는 듯했
다. 그게 아니라면 이렇듯 훤히 동네를 꿰뚫고 있는 토박이
경찰들이 그 남자를 아직까지 잡지 못했을 리가 없다. 이지
는 마냥 경찰을 기다리고 있을 수만은 없었다. 최대한 빨리
그가 알렉스 베런인지 아닌지를 확인해야 했다. 이지는 경
찰이 짚어준 장소 두 곳을 모두 구글 지도에 저장했다. 차로
1시간 20분 정도 걸리는 거리였다.

이지는 경찰서에서 나와 도로 건너편에 있는 주유소를 보
았다. 그 안에 작은 마트가 있는 걸 확인하고는 재빨리 횡단
보도를 건넜다.

마트로 들어선 이지는 구석구석을 살폈다. 그리고 무기가
될 만한 것은 모두 바구니에 집어넣었다. 그래 봤자 커터 칼,
곰 스프레이, 조명탄 정도였지만 이지는 소중한 것을 꼭 쥐
듯 가방끈을 질끈 붙잡고 밖으로 나왔다. 그리고 마트 앞에
서 택시를 잡았다.

구글 지도에 찍힌 장소를 말하자, 택시 운전사는 백미러
너머로 의아한 눈빛을 보냈다. 그 눈동자에는 '이런 시간에
왜 동양 여자가 혼자 트랩 라인 입구에 가려는 걸까' 하는
생각이 선명히 드러났다. 이지는 그 시선을 개의치 않았다.

택시는 어두운 도로를 달렸고 라디오에서는 눈 예보가 들렸다. 백야가 지나면서부터 알래스카 날씨는 밤과 낮의 경계가 뚜렷해지고, 날씨는 점점 변화무쌍해졌다. 차창 너머로 눈발이 거세게 흩날렸다.

택시는 하구에 멈췄다. 어지럽게 우거진 수풀 사이로 눈발은 점점 더 거세졌다. 이지에게 이런 강도의 눈발은 처음이었다. 이지가 내리자마자 택시는 눈보라를 피해야 한다는 듯 황급히 출발했다. 이지는 홀로 어두운 수풀 사이로 들어갔다.

다행이라면 이지가 가는 곳이 트랩 라인 너머가 아니라는 거였다. 그 장소들이 구글 지도에 검색된다는 건 트랩 라인 안쪽이라는 얘기였다. 다만 그곳은 사람이 다니지 않아 길이 정비되어 있지 않았다. 걸을 때마다 이지의 바지가 수풀에 엉키고 긁혔다. 가도 가도 허리까지 오는 높이의 수풀만 보였다. 눈발에 앞이 잘 보이지 않아 이지는 뒤늦게 고글을 챙기지 않은 걸 후회했다.

더 깊은 곳으로 걸어가자 곳곳에 덫이 보였다. 자칫 덫에 걸린다면 영영 빠져나올 수 없을지도 모른다. 순간 이지는 발이 덩굴에 걸려 바닥으로 쓰러졌다. 겨우 몸을 일으켰지만 얼굴 여기저기가 수풀에 베어 피가 흘렀고, 오른팔에서는 지독한 통증이 시작되었다. 이지는 재빨리 신발에 엉킨 덩굴을 커터 칼로 잘라냈다. 그리고 다시 걸었다. 차가운 입김이 나왔고, 몸의 감각이 서서히 느껴지지 않았다. 따뜻한 것이 절실하게 필요했다.

그때 멀찍이서 미세한 불빛이 보였다. 그쪽으로 가까이 걸어가자 텐트에서 새어 나오는 불빛이었다. 인기척도 느껴졌다. 구글 지도 속 화살표는 아직 더 가야 한다고 가리켰다.

저쪽도 인기척을 느꼈는지 텐트가 열리고 사람이 나왔다. 그는 낡은 노스페이스 점퍼와 찢어진 청바지에 긴 장화를 신은 장신의 늙은 백인 사내였다. 그 복장으로 보아, 수렵 채집인은 아닌 거 같았다. 그는 이지를 또렷하게 쳐다봤다.

"I lost……."

길을 잃었다,고 말을 하려다가 이지는 멈췄다. 추위에 입술이 얼어붙은 것도 있지만, 정말 길을 잃었는지 확신할 수 없었기 때문이다. 사방에 눈보라가 치는 이곳에서는 길이 보이지 않았다는 말이 더 정확했다. 사내는 무심하게 텐트 안으로 들어오라고 손짓했다. 텐트 속 불빛이 따뜻하게 느껴져 이지는 빨려 들어가듯 안으로 들어가버렸다.

미군용 터널형 텐트였다. 작은 비닐하우스처럼 보이는 내부에는 이동식 간이침대와 작은 난로, 생수통 그리고 라디오가 보였는데 거친 메탈 음악이 흘러나오고 있었다. 이 사내는 거주지를 매주 혹은 매일 옮기는 유목민은 아니었다. 유목민에게서 느껴지는 육체의 단단함이 없었다. 어떤 이유에서인지 트랩 라인으로 피신한 거 같다고, 이지는 생각했다.

이지의 머릿속은 방어 태세를 취했지만 몸은 끌리듯 난로 앞에 섰다. 난로에서 뿜어져 나오는 뜨거운 열기를 모조리 흡수하기 위해서 몸을 최대한 가깝게 수그렸다. 남자는 이지를 빤히 내려다보았다. 그는 마스크에 모자까지 깊게 눌러쓰고 있었지만, 이지를 바라보는 눈빛만은 분명하게 느껴졌다. 그건 인간이라기보다는 동물을 바라보는 듯한 눈동자였다.

이지는 남자의 눈동자를 피해 텐트 구석구석을 살피다 간이침대 밑에 놓인 소총을 발견했다. 순간적으로 당황했지만 놀라지 않으려 애를 썼다. 여긴 알래스카다. 누구든 총 한 자루쯤 가지고 다닐 수 있는 것이다. 이지는 평정심을 유지하기 위해 미세하게 떨리는 심호흡을 가다듬었다.

"Why are you here?" (왜 여기에 왔지?)

"It's long story. And you?" (긴 이야기입니다. 당신은요?)

"I am a runaways." (나는 도망자지.)

"From what?" (무엇으로부터?)

"People?" (사람들?)

"Police?" (경찰?)

이지가 농담조로 물었지만 사내는 무표정했다. 다시 불편한 침묵이 흘렀다. 텐트 벽에는 혼잡한 낙서가 보였다. 주로 섹스를 연상케 하는 야한 그림들이었다. 엉덩이, 혀, 잘린 하트, 남성의 성기, 입술. 그러다 어떤 낙서에서 시선이 멈췄다. 손바닥만 한 조악한 그림이었다. 중절모를 거꾸로 쓴 졸라맨이었다. 그 순간 이지는 얼어붙은 듯 온몸이 굳었다.

저 남자는 시차 유령을 아는 걸까? 이건 우연일 뿐일까? 이지는 머릿속을 어지럽게 교차하는 의문에 혼란스러웠다. 하지만 정신을 차려야 했다. 이 공간이 위험하다는 건 분명했기 때문이다. 이지는 겨우 손을 움직여 허리춤에 위치한 주머니 안쪽으로 살며시 손을 넣었다. 사내는 이지의 어색한 움직임이 무엇을 말하는지 단번에 읽어냈다.

"Where are you from?"(어디서 왔지?)

"Korea."(한국.)

밖에서 불어오는 강풍에 텐트가 요란하게 흔들렸다. 그러자 사내는 소리가 잘 들리지 않는다며, 느릿느릿 이지에게로 가까이 다가와 낮은 목소리로 말했다.

"Welcome to United State."(미국에 온 걸 환영해.)

그 순간, 이지는 강풍이 치는 소리 속에서 알렉스 베런의 목소리를 겹쳐 들었다. 곧장 커터 칼로 사내의 얼굴을 휙 그어버렸다. 볼에서 피가 나는데도 사내는 주춤하는 내색 없이 히죽히죽 웃었다. 이지는 재빨리 텐트 입구를 찾아 열었지만, 이중으로 겹쳐진 탓에 다음 지퍼가 나타났다. 여유롭게 소총을 든 사내는 이미 이지 옆에 서 있었다.

"Can I help you?" (내가 도와줄까?)

사내의 질문에 이지는 아무 말 없이 천천히 다음 지퍼를 열었다. 사내는 가만히 서서 이지의 옆모습을 뚫어져라 볼 뿐이었다. 지퍼가 열렸고 이지는 밖으로 뛰어나갔다. 사내도 이지를 뒤쫓았다. 사내의 표정은 사냥감을 가지고 놀다가 곧이어 잡을 것처럼 즐거워 보였다.

이지는 전력을 다해 눈보라를 뚫고 달렸다. 뒤에서 눈을 밟고 걸어오는 소리가 들렸다. 눈이 이지의 무릎까지 쌓여 걸으면 걸을수록 속도가 느려졌다. 어느 순간 발소리가 사라졌다. 이지가 불길한 마음에 뒤를 돌아보자 바로 코앞까지 네발로 걸어온 흔적이 보였다. 네 발자국. 동물인가, 숨을 헐떡이는데 서서히 눈 속에서 사내의 모습이 드러났다. 사내는 웅크리고 있던 몸을 일으켜 이지를 바라보았다. 네발로 기어 이지를 따라온 그의 손에는 소총이 들려 있었다.

사내가 길게 팔을 뻗어 이지의 코앞에 총구를 겨눴다. 그리고 강압적인 눈짓으로 칼을 내리라는 신호를 보냈다. 이지는 자기도 모르게 커터 칼을 눈 위로 떨어트렸다. 온몸이 떨리면서도 살려달라는 말 대신 전혀 다른 질문이 나왔다.

"What's your name?" (이름이 뭐지?)

사내는 이 상황에서 이지가 이름을 묻는 게 어이가 없어 해죽해죽 웃더니, 여유롭게 대답했다.

"Call me, honey." (자기라고 불러.)

느끼한 그의 말투에 이지는 역겨웠다.

"What's your full name!" (이름이 뭐냐고!)

"Whatever." (뭐든.)

이지는 꼭 저 사람의 이름을 알아야겠다는 생각이 들었고, 몸을 낮춰 총구를 피한 후 주머니에서 곰 스프레이를 꺼냈다. 하지만 스프레이는 나오지 않았다. 통 속 액체는 이미 얼어 있었다. 사내는 눈앞에서 사냥감이 발버둥 치는 모습을 재미있다는 듯이 혀를 날름거리며 바라보았다. 이지는 스프레이 통을 사내의 얼굴 쪽으로 힘껏 던졌다.

남자의 시야가 분산되는 사이 이지는 온 힘을 다해서 그의 몸을 밀쳤다. 그래 봤자 사내는 아주 잠깐 중심을 잃었을 뿐이지만, 이지가 노린 건 바로 소총이었다. 이지는 빨갛게 얼어붙은 사내의 손을 살갗이 찢어질 정도로 세게 물었다. 손에서 피가 터지면서 소총이 눈밭에 떨어졌다. 이지가 재빨리 소총을 쥐고는 사내에게 겨눴다.

강한 눈발에 시야조차 확보하기 어려웠고, 난생처음 잡아본 소총에 이지의 손은 계속해서 떨렸다. 핏자국은 눈이 쌓이며 금방 사라졌다. 사내는 이지의 총 잡는 폼만 봐도, 처음이라는 걸 알 수 있었다. 하지만 총은 장전된 상태였다. 장전된 총은 어린아이가 들어도 쏠 수 있다는 사실을 사내는 잘 알고 있었다.

"Tell me! What's your full name!" (말해! 네 이름!)

이지가 고함치듯 되물었다. 이제 사내는 궁금해졌다. 저 동양 여자는 왜 그토록 내 이름이 궁금한 걸까. 트랩 라인에서 찾는 사람이라도 있는 걸까. 사내가 뚜벅뚜벅 다가오자 이지는 힘껏 방아쇠를 당겼다. 탕! 이지의 몸이 반동으로 흔들리면서 총구는 허공을 향했다. 한 발이 나갔다.

"Fuck!" (제길!)

사내는 총알이 사라지는 게 아까웠다. 트랩 라인에서 총 알은 식량과도 같았다. 잡히기만 하면 저 동양 여자를 죽여버리겠다고 다짐하며 이지에게 다가갔다.

"My name is Murky." (내 이름은 머키.)

이지는 그가 알렉스 베런이라고 말하길 바랐다. 사내의 얼굴을 자세히 살피니, 몽타주 속 알렉스 베런과는 미묘하게 달랐다. 중절모를 거꾸로 쓴 졸라맨 낙서는 특별할 게 없을지도 몰랐다. 이지의 눈동자에 실망감과 허탈함이 뒤섞였고, 그 순간 사내는 몸을 날려 이지를 덮쳤다.

탕!

이지가 다시 한번 방아쇠를 당겼지만, 총알은 빗나갔다. 눈발이 거세지더니 순식간에 주변이 하얀 장막으로 가려졌다. 이지는 순간적으로 천국에 온 건가, 착각했다. 하지만 몸이 마비될 듯한 추위는 그대로였다. 백시 현상이었다. 이지는 사방으로 고개를 돌려보았지만, 온통 하얗게만 보일 뿐이었다.

탕! 탕! 탕!

이지는 공포감에 휩싸여 온통 하얀색으로 뒤덮인 세상에 총을 쏴댔다. 총소리가 사그라들자 주위는 여전히 고요했다. 사내는 이지의 총에 맞은 걸까, 아니면 그도 백시 현상에 갇혀 있는 걸까? 사내 쪽에서는 아무런 움직임도 느껴지지 않고, 소리도 들리지 않았다. 이지는 몸을 돌렸다. 그리고 하얀 배경 속으로 그저 비틀비틀 걸었다.

얼마나 걸었을까. 순식간에 허벅지까지 쌓인 눈에 다리가 얼어 마비된 듯 아무 감각도 느껴지지 않았다. 더 이상 걸을 수가 없어, 이지는 눈 속으로 털썩 쓰러졌다. 이지의 몸은 빠른 속도로 눈 속에 파묻혔다. 이지는 엉뚱하게도 블랙홀이 떠올랐다. 시간과 공간이 붕괴된 채 몸의 최소 입자까지 모두 블랙홀에 빨려 들어가, 그 끝을 뚫고 마침내 다른 차원의 시간으로 넘어가는 순간을. 지금이 그런 순간처럼 느껴졌다. 그 끝에는 무엇이 있을까.

이지의 시야에 하얀 장막이 걷히더니 이윽고 시차 유령이 나타났다. 거꾸로 뒤집힌 중절모 얼굴이 조롱하는 듯 이지를 바라보았다. 이제 시차 유령은 이지에게 남은 최후의 시간까지 먹으러 여기에 당도한 것인가? 이지는 무감각한 팔을 들어 시차 유령을 향해 방아쇠를 당겼다.

타앙!

착각이었다. 총알은 시차 유령이 아니라 이지의 오른팔 살갗을 찢고 날아갔다. 뜨거운 피가 쏟아지면서 열기가 느껴졌다. 이지는 이제야 몸이 따뜻해진다고 생각했다. 이지가 할 수 있는 건 기어가는 것뿐이었다. 눈 속에서 꿈틀거리며 기는 지렁이처럼 이지는 시차 유령이 서 있던 곳을 향해 안간힘을 쓰며 나아갔다.

이지가 기어가는 길마다 피가 흘렀다. 겨우 몸을 일으켜 앉았다. 하지만 더는 움직일 수 없었다. 어딘가에서 찰칵, 셔터 누르는 소리가 났다. 이지는 귀를 의심하며 주변을 둘러

보는데 다시 소리가 들렸다.

찰칵―

분명 셔터 누르는 소리였다. 이지는 이 소리를 안다. 사진기를 감싼 손바닥의 촉감을 기억한다. 이지는 그 소리에 귀를 기울였다. 여러 번 미세하게 들렸다. 하지만 아무리 주위를 둘러봐도 사람은 보이지 않았다. 이지가 먼저 소리쳤다.

"나 여기 있습니다!"

누군가 들을 때까지 계속 소리쳤다. 시야가 점점 흐릿해지는데 수풀을 헤치며 달려오는 발소리가 들렸다. 그제야 이지는 툭, 눈 속으로 머리를 박고 꼬꾸라졌다.

이지는 트랩 라인 부근에서 무스를 잡기 위해 덫을 놓고 기다리던 사냥꾼에게 발견되었다. 이지가 눈을 떴을 때 바닥에 구급약품 상자가 보였고, 사냥꾼으로 추정되는 사람이 이지의 오른팔에 흐르는 피를 지혈하고 있었다.

이지가 겨우 고개를 돌리자 옆으로 또 다른 사람이 누워 있었다. 다리에 피를 흘리고 있는 사람은 바로 트랩 라인에서 만났던 사내였다. 백시 현상 속에서 이지가 쏘았던 총에 사내가 맞은 듯했다.

경찰차가 도착했다. 경찰은 다급히 남자의 손가락 지문을 확인하고, 디지털 몽타주 속 얼굴과 대조하는 작업을 했다. 20여 분 만에 범죄자 확인이 끝났다. 사내의 손목에 수갑이 채워졌다. 이어 그는 들것에 실려 나갔다.

곧이어 응급차가 도착했고 의료진이 내렸다. 그들은 서둘러 이지의 상태를 살피더니 오른팔에 마취제를 놓았다. 이지는 핏속으로 뜨거운 액체가 들어오는 것을 느끼며 다시 눈을 감았다.

10.

호머 병원에서 수술이 진행되었다. 수술이 끝나고 이지는 오른팔에 두꺼운 붕대를 감은 채 1인실로 옮겨졌다. 이지는 침대에 누워 천장을 바라보면서도 가장 먼저 수술비와 병실 비용이 걱정되었다. 미국 의료비는 천문학적이라고 들었던 말이 떠올라 머릿속으로 여기저기 끌어다 쓸 수 있는 대출들을 떠올렸다.

간호사가 들어와 오른팔 수술이 진행된 과정과 퇴원 일정에 대해 이야기해줬다. 의학 용어가 섞여 있어 이지는 애플 워치를 이용해 듬성듬성 알아들었는데, 병원비는 여행자 보험을 사용할 수 있다고 했다. 만약 보험을 들어놓았다면. 이지는 그제야 한시름을 놓았다.

총알이 피부 살갗을 스치고 지나갔고, 총 열 바늘을 꿰맸다. 녹는 실을 사용해 상처가 아물면서 함께 녹을 거라고 했다. 타박상이 있지만 부러진 곳은 없었다. 초기에 소독을 잘해서 총알의 독성이 살 안쪽까지 파고들어 가지는 않았다고 했다. 이지는 1인실이 아닌 곳으로 옮겨달라고 했는데 간호사는 어깨를 으쓱하며 나갔다. 그리고 배턴터치하듯 병실 밖에서 대기하고 있던 고담이 경찰과 함께 들어왔다. 경찰은 이지의 가방에서 여권과 라이터를 발견했다.

라이터에는 앵커리지 'Kim's 당구장'이라고 적혀 있었다. 당구장은 Kim's 민박의 미스터 김이 운영하는 곳이었다. 당구장에 연락이 갔고, 그 소식이 핌에게까지 전달되었고, 다시 핌이 고담에게 연락을 했다. 그 즉시 고담은 호머 병원으로 차를 몰고 왔다.

고담은 잔뜩 화가 난 얼굴이었는데 이지는 그를 보자마자 안도감이 들었다.

"선생님."

"오른팔에 총상을 입었다면서요."

"총알이 박힌 건 아니고요."

"누가 쏜 거예요?"

고담이 물었다.

"내가요."

이지가 대답했다.

"스스로 오른팔에 총을 쐈다고요?"

고담이 어이없다는 듯 되물었다.

"정확히는 시차 유령에게 쏜 거였는데……."

마취가 덜 깼는지 이지는 횡설수설하면서도 고담에게 꼭 전하고 싶은 말이 떠올랐다.

"고마워요. 여기까지 와줘서."

이지는 말을 하면서도 거기에 담긴 진심이 날아갈까 봐 조마조마했다.

"어쩔 수 없죠. 내가 보호자인데."

"보호자?"

이지는 의아하게 되물었다. 고담이 그렇게 생각하고 있는 줄은 꿈에도 몰랐다.

"그럼요. 날 찾아서 연고도 없고, 아는 사람 한 명 없는 알 래스카까지 온 환자인데 보호자죠. 어쩔 수 없는 보호자."

"내가 민폐를 많이 끼쳤네요."

"알래스카가 부른 거니까 받아들여야죠."

"알래스카가 떠맡긴 것처럼 말하네요."

"고통이 너무 커서 정신이 나간 채로 쏴버린 거 아닙니까. 그리고 그 총 말입니다. 여기 경찰분들이 질문을 할 겁니다."

고담이 뒤를 돌아 경찰에게 이제 질문을 해도 되겠다는 손짓을 보냈다. 경찰이 이야기를 시작하자 자연스럽게 고담이 통역을 했다.

"당신은 왜 머키의 총을 가지고 있었죠?"

이지가 만났던 그 남자의 이름은 정말 머키였다.

"그가 저를 위협했습니다. 저는 저를 방어했을 뿐입니다. 갑자기 모든 게 하얗게 보였어요. 아무것도 보이지 않으니 마구 쐈던 거죠. 그때 그 남자에게도 백시 현상이 나타난 거 같아요. 피하지 못하고 맞은 걸 보니."

이지는 최대한 당시 상황을 떠올리려 했다. 머키가 자신에게 다가왔고, 도망쳤고, 그가 덮치려는 순간 장전되어 있던 총이 발사되었다고 설명했다. 경찰도 머키의 부상 정도로 대략 당시의 상황을 예상하고 있었다. 그리고 머키의 태블릿과 핸드폰에서 아동을 성폭행한 동영상이 나왔다는 것도 말해줬다.

머키는 아직 병원에 있었다. 총알을 빼내는 수술만 끝나면, 다음 날 교도소로 이송될 예정이라고 했다. 이지는 머키를 만나고 싶다고 경찰에게 요청했다.

908호실에는 무장 경찰 둘이 보초를 서고 있었다. 보호자이면서 통역자로 고담이 이지와 동행하기로 했다. 경찰이 이지와 고담의 몸을 수색했다. 이상이 없는 것을 확인하고서야 문을 열어주었다.

안으로 들어가자 침대 봉에 양손 모두 수갑이 채워진 머키가 보였다. 그는 바로 이지를 알아봤다. 경찰의 말대로 머키는 다리에 총상을 입어 허벅지 쪽에 붕대를 감은 채 누워 있었다. 마스크도 모자도 없는 머키의 얼굴은 생각보다 더 나이 들어 보였다.

고담은 이지에게 위협을 가했던 그 얼굴에 즉각 주먹을 날리고 싶었지만, 차분한 이지의 옆모습을 보고는 꾹 참았다. 한정된 시간의 면회로 제한된 질문만 할 수 있었다. 감정이 섞이면 안 된다. 한 단어도 낭비가 있으면 안 되었다. 고담은 마음을 가라앉히고 두 사람의 목소리에 집중했다. 머키가 먼저 물었다.

"왜 내 이름이 궁금했지?"

"찾고 있는 사람이 있어요. 알렉스 베런."

머키는 아무 말도 하지 않았다. 분명 숨기는 것이 있었다.

"그날 유령선에 왜 시차 유령 가면을 쓰고 왔죠?"

그 질문에 머키는 의아하게 이지를 바라봤다.

"난 거기에 간 적이 없어."

머키는 분명히 말했다.

"당신이 쿠바 모텔 수영장에 거꾸로 쓴 중절모 낙서를 그렸죠?"

머키는 이번에는 한참을 고민하다, 그렇다고 고개를 끄덕였다.

"그 낙서의 이름이 뭐죠?"

"시차 유령이라고 하더군."

머키의 대답에 이지는 바르르 몸을 떨었다.

"그런데 당신이 그날 유령선에 있던 그 가면 속 남자가 아니라고?"

"그건 아마······."

머키는 대답 대신 답답함에 한숨을 쉬었다.

"그만하지, 이제."

이지는 그만할 수 없었다.

"경찰이 당신 태블릿에서 아동을 성폭행한 영상을 발견했어요."

고담은 그대로 머키에게 통역했다. 그러자 그동안 평온하던 그의 눈동자가 심하게 요동쳤다.

"양이 상당하다고 하던데요."

이지가 그를 더 자극했다.

"내가 찍은 게 아니야."

머키는 억울하다는 듯 대답했다.

"어디지? 그 유령선이?"

이번엔 머키가 물었다.

"호머 비숍 해변에 정박해 있는 유령선입니다."

"비숍 해변…… 거기까지…… 설마 했는데, 아직도 거래를 하는 모양이군."

머키는 혼잣말로 중얼거렸다.

"뭘 거래한다는 거죠?"

"됐어. 이미 난 끝장이야."

이지는 머키의 코앞까지 다가가 무섭게 얼굴을 구겼다. 고담조차 이제껏 처음 본 얼굴이었다.

"선생님 지금부터 이 남자한테 똑똑히 전해줘요. 내 말."

고담은 끄덕였다.

"머키, 거래는 뭐고, 시차 유령 가면은 또 뭐지? 넌 분명히 뭔가를 알고 있어. 확실히 말하는 게 좋을 거야. 넌 그때 텐트 속에서 나에게 무슨 짓을 하려고 했지? 왜 계속 나를 뒤쫓은 거야? 이 질문에 대한 확실한 대답이 없다면 넌 평생 감옥에서 썩게 될 거야. 너의 태블릿 속 영상들이 증거가 되겠지."

"내가 만든 게 아니라고! 그 영상!"

머키는 소리쳤다. 그리고 이어 고개를 숙이며 말했다.

"난 그냥…… 그냥…… 보는 사람일 뿐이야."

머키는 물탱크 청소 업체에서 일하는 베테랑 청소부였다. 주로 해양 박물관에서 일했다. 그는 항상 얼굴의 반을 가리고 다녔다. 어릴 적 큰 화상을 입은 흉터 때문이었다. 동료들은 그를 수줍고 조용하며 상냥한 사람으로 기억했다.

머키는 어느 날 네바다주에서 수배 중인 알렉스 베런에 대한 뉴스를 접했다. 오랜 시간 자신이 거래를 해오던 남자로 가면을 벗은 모습은 처음 보았다. 유약하게 마른 얼굴과 기이할 만큼 좁은 턱, 지나치게 아래로 처진 눈꼬리에 매부리코를 가진 파란 눈의 백인 남자.

머키는 알렉스 베런이 만든 추악한 영상의 열혈 구매자였다. 알렉스 베런은 신원이 확실한 소수의 사람들과 직접 만나 거액을 받고 거래했다. 텔레그램까지 경찰이 잠입하는 요즘 같은 때에는 고전적인 방식이 더 안전하다고 보았다. 알렉스 베런은 도망자 신세가 되자, 가장 소심하고 오래된 고객을 찾아갔다. 그가 바로 머키였다.

알렉스 베런은 평소처럼 머키에게 텔레그램으로 연락을 했다. 그동안 알렉스 베런이 보낸 메시지에는 장소와 시간만 적혀 있었고, 그 외에 다른 내용은 없었다. 거래는 주로 핼러윈에 이루어졌다. 그들은 가면을 쓰고 만났는데 중절모를 뒤집어쓴 모양의 가면이었다. 그 가면은 구매자와 판매자라는 신호이자 그들만의 사인이었다.

그때 머키는 국제적인 수배자가 된 알렉스 베런을 더 이상 만나고 싶지 않았다. 하지만 그가 가진 물건은 언제나 최고였고, 신상이었다.

지정된 장소로 가자 알렉스 베런은 가장 최근 영상을 줄 테니, 자신을 머키의 집에 초대해달라고 했다. 즉 숨겨달라는 것이었다. 머키는 그 대가로 알렉스 베런이 제공할 영상들을 떠올리며 고개를 끄덕였다.

그들은 항구에 정박된 색색의 요트들을 등지고 육지 안쪽에 자리한 산속 오두막으로 향했다. 오두막 안은 방이라곤 없이 한가운데 난로만 놓여 있었다.

그렇게 둘의 기묘한 동거가 시작되었다.

어스름이 질 무렵이면 머키는 난로에 넣을 땔감을 가지러 창고로 향했다. 그 시간 창고에서는 언제나 두려움에 소리를 지르는 어린 목소리가 흘러나왔다. 태블릿 속 목소리가 커질수록 머키는 더 빠르게 흥분되었다.

여느 날과 같이 창고에서의 시간을 즐기고 있는데, 구석에서 인기척이 느껴졌다. 머키가 행동을 멈추고 슬며시 뒤를 돌아보았다. 땔감 뒤에 숨어서 머키를 촬영하고 있는 알렉스 베런의 얼굴이 드러났다. 달빛에 비친 알렉스 베런의 얼굴에는 서슬 퍼런 미소가 희미하게 비쳤다.

머키는 치욕스러움에 몸을 떨었다. 알렉스 베런은 오늘이 처음이 아니라고 했다. 만에 하나 내가 있는 곳을 알리는 허튼짓이라도 하는 날에는 세상에 너의 본모습을 뿌려버릴 거라고 사납게 경고했다.

그렇게 머키의 노예 생활이 시작되었다. 신용카드 비밀번호부터 운전면허증, 여권, 집문서까지 머키의 모든 개인 정보가 알렉스 베런의 손에 들어갔다. 알렉스 베런은 항상 반쯤 얼굴을 가리고 다니며 머키 행세를 하고 다니기도 했다.

알렉스 베런은 경찰 수사를 대비해 오두막 주변에 덫을 설치하기 시작했다. 머키는 점점 숨통을 조여오는 생활이 두려워졌다. 그는 어느 늦은 밤 알렉스 베런의 눈을 피해 자신의 오두막에서 도망쳤다.

모든 이야기를 마치고 머키는 고개를 떨구었다. 이 이야기에 따르면, 이지가 유령선에서 보았던 시차 유령은 진짜 알렉스 베런일지도 몰랐다. 과감하게도 핼러윈을 맞아 또다시 거래를 하기 위해 나타난 것일지도. 그 말인즉, 그의 범죄는 지금도 현재 진행형이라는 것이었다.

이지와 고담이 병실로 돌아오니 간호사가 대기하고 있었다. 이지에게 마약 치료를 위한 자조 모임에 나갈 것을 권고했다. 혈액에서 진통성 마약 성분 수치가 많이 나왔다는 것이었다. 이제 와서 치료용이라고 말해봤자 소용이 없었다.

"알래스카까지 와서 마약 중독자로 오해를 받다니."

"자조 모임은 참여하는 게 좋습니다."

고담이 데운 사물탕을 이지에게 건넸다.

"마셔요. 허열에 좋습니다."

이지가 사물탕이 든 잔을 받아 들었다. 왼손에 따뜻한 기운이 감돌자 어수선한 마음이 조금은 가라앉는 것 같았다. 고담이 간이침대에 앉아 이지를 마주 보았다.

"경찰에게 알릴 건가요?"

고담의 질문에 이지는 잠시 생각에 잠겼다.

"경찰이 머키의 말을 믿을까요? 머키의 핸드폰에서 나온 영상이 알렉스 베런이 찍은 것이 맞는지 조사부터 시작하겠죠. 하지만 나는 지금 오두막에 가서 알렉스 베런의 얼굴을 확인해야 해요. 미국 전역에 수배 중인 사람이 운전을 할 수 있다는 건 눈치채면 바로 도망친다는 거예요."

이지의 말에 고담이 재차 물었다.

"왜 그렇게까지 경찰을 못 믿어요?"

이지가 차분히 대답했다.

"왜냐하면 이건 알래스카가 준 단 한 번의 기회고, 또 알래스카에서 알렉스 베런을 단번에 알아볼 수 있는 사람은 나 하나뿐이니까요."

결국 고담이 고개를 끄덕이며 말했다.

"그럼 지금 머키의 오두막으로 가죠."

11.

적막 속에서 차가 달렸다. 자동차가 휴게소 앞에 섰다. 이지가 의아하게 고담을 바라보았다.

"왜 멈춰요? 쉴 시간이 없어요."

"걱정하지 마요. 2시간이면 스워드에 도착해요."

"선생님은 가지 않아도 돼요. 여자 혼자, 뭐 그런 거라면 괜찮아요."

고담은 이지가 괜한 허세를 부린다는 걸 알았다.

"오해하시나 본데, 그 위치가 블랙 판드 근처라 약초 캐러 가야 하거든요."

"블랙 판드?"

"빙하가 녹아 만들어진 연못이라 그쪽에 좋은 약초들이 있어요. 어차피 가는 길이니까. 운전도 혼자 못 하고 영 귀찮아서 참."

"아, 미안해요."

이지가 겸연쩍게 대답했다.

"내리시죠. 휴게소에서 잠깐 커피라도 마시게. 잠도 좀 깨고."

고담이 운전석에서 내려 기지개를 켰다. 시간은 새벽 3시였다. 휴게소에는 이지와 고담뿐이었다. 고담이 자판기에서 커피 두 잔을 뽑아 왔다. 달달하고 따뜻한 커피를 마시자 잔뜩 긴장한 이지의 몸이 잠시나마 녹았다. 이지는 고담의 얼굴을 가만히 바라보았다.

"왜 그렇게 빤히 봐요?"

고담이 커피 쪽으로 시선을 내리며 물었다.

"아니…… 그냥 보게 되네요."

"왜요? 이게 마지막이라도 될 거 같아요?"

"그게 아니라……."

이지는 다음 할 말이 떠오르지 않았다. 지금 자신이 가려는 목적지와는 달리 휴게소 안은 고요했고, 고담과 마주 보고 있는 이 순간은 더없이 평온했다. 이게 고담이라는 사람 자체가 가진 힘인지, 아니면 언제부터인가 두 사람 사이에 흐르는 특별한 감정이 만들어낸 것인지 알 수 없었다.

"이제 일어날까요?"

먼저 침묵을 깬 건 고담이었다. 이지와 고담은 일어나 휴게소를 나왔다.

주차장으로 가자 어디선가 블랙핑크 노래가 크게 들려왔다. 가까이 가자 핌의 봉고였다. 운전석 창이 열리면서 핌이 얼굴을 빼꼼 내밀었다.

"마담!"

"왜, 핌이……."

봉고 뒷좌석 문이 열리더니 미시즈 정과 캐롤라인, 리토도 보였다.

"다들 왜……."

"내가 말했잖아요. 약초 캐러 간다고."

뒤따라 걸어오던 고담이 말했다.

"다 같이요?"

"네."

고담이 봉고 트렁크를 열었다. 낫과 쟁기, 방망이, 식칼도 보였다.

"낫이랑 쟁기? 아니 칼은 그렇다 치는데. 방망이는 뭔가요?"

이지가 황당하다는 듯 묻자 고담이 대수롭지 않게 대답했다.

"약초 캐다가 지루하면 야구도 하려고요."

미시즈 정은 허리춤에 권총을 차고 있었다.

"정, 그거 진짜 총이에요?"

"그럼요. 곰을 만날 수도 있고."

"약혼 여행은요? 벌써 다녀온 건 아닐 텐데……."

이지가 캐롤라인과 미시즈 정을 번갈아 보며 말했다.

"여기 찍고 가기로 했어요."

미시즈 정이 유쾌하게 대답했다.

"혹시 다들 나 따라오는 거예요?"

"무슨 소리예요! 약초 캐러 간다니까."

핌이 시동을 걸었다.

"나 따라오는 거 같은데."

"뭐. 가는 김에 이지 씨 가는 데 들를 수도 있고요."

"괜찮겠어요?"

"다른 건 모르겠고, 다 같이 가면 춥진 않을 겁니다."

이지는 풍선처럼 빵빵했던 긴장감이 픽 새어 실소가 터져 나왔다. 동시에 이들을 위험에 빠트리는 건 아닌지 걱정도 되었다. 이지의 걱정과 달리 사람들은 어디 소풍이라도 가는 것처럼 즐거워 보였다.

이지는 고담 차 조수석에 올라탔다. 차는 빠르게 스워드 하이웨이로 진입했다. 차 두 대는 어느새 거대한 숲 앞에 도착했다.

　모두 차에서 내리자 미시즈 정이 자신이 선두에 서겠다고 했다.

　"시민권자는 나밖에 없잖아. 나 총도 잘 쏴. 교회에서 사격장 열심히 다녔어요. 사냥도 많이 해봤고. 저쪽에서 위협하더라도 나는 정당방위라 괜찮아. 건강한 미국 시민이니까. 여러분은 영주권을 가졌거나 아니면 여행객 정도잖아. 그건 법 앞에서 위험하다고. 다들 나만 따라와요. 그런 새끼는 죽여버려야 해."

　"안 돼요. 미시즈 정. 혹여라도 그 사람 죽이면 안 됩니다."

　고담의 말에 미시즈 정이 왜냐고 반문했다.

　"모든 게 다 밝혀진 게 아닙니다. 다른 고객들이 더 있어요. 영상을 보고 즐겼던 역겨운 고객들이요. 그들이 몇 명이나 되고 어디 있는지는 알렉스 베런을 체포한 뒤에야 알 수 있어요."

　이지도 가만히 끄덕였다.

　"아, 빡쳐."

　미시즈 정은 화가 치밀어 오르는 걸 겨우 삼키는 표정이었다. 잠시 그들 사이에 적막이 흘렀고, 고담이 생각해둔 계획을 말했다.

"우리 목표는 이지 씨가 알렉스 베런을 확인하는 겁니다. 다음은 경찰에게 맡겨야 해요. 만약을 위해 리토가 차에서 대기하는 게 좋을 거 같아요. 만약 우리가 1시간 이내로 돌아오지 않으면 리토가 바로 경찰에 연락을 취해주세요. 이지 씨와 제가 선두에 설게요. 캐롤라인, 미시즈 정, 핌은 뒤에서 대기해줘요."

말을 끝낸 고담이 앞장서자 사람들이 차례로 숲속으로 들어갔다.

한참을 걷다 보니 칠흑같이 검고 거대한 물웅덩이가 나타났다. 그곳은 블랙 판드로 까만 연못 안에 희귀한 미생물들이 살았다. 주변에 독특한 이끼나 풀들이 자랐는데, 알래스카 원주민들은 오랜 세월 그 풀들을 약초로 써왔다. 고담은 그들에게 약초에 대한 지식을 전수받기도 했다.

"그 사람 잡고, 여기서 약초를 캘 겁니다."

고담이 진심을 담아 이지에게 말했다. 이지는 웅덩이라는 것을 알면서도 수심을 알기 어려울 만큼 새까만 그곳을 가만히 바라보았다. 잠시나마 고담 옆에서 한가롭게 약초를 캐는 자신을 상상했다. 이지는 감상에 젖어 들지 않으려고 고개를 젓고는 다시 걸음을 옮겼다.

블랙 판드를 지나 수풀을 헤치고 걷다 보니, 오두막이 나왔다. 트럭도 한 대 서 있었다. 집은 머키가 묘사한 그대로였다. 미시즈 정과 캐롤라인, 핌은 이쯤에서 대기하기로 하고, 이지와 고담이 오두막으로 걸어갔다.

"얼굴을 보면 알아볼 수 있겠어요?"

"네, 수백 번이고 봤어요. 그 새끼 몽타주를."

"먼저 문을 두드리고 뭐라고 할까요?"

"길을 잃었다?"

그때 이지가 한 걸음 디디는데 툭 하고 나뭇가지 밟는 소리가 났고, 머리 위로 거대한 그물이 떨어졌다. 덫이었다. 이어 문이 열리고 캡모자를 쓴 남자가 걸어 나왔다. 캡모자는 그물에 걸려 버둥거리는 이지와 고담을 보았다. 이지는 그물 속에서 중심을 잡고 캡모자의 얼굴을 보려 애썼다.

"I'm sorry. Why did you come here?"(죄송합니다. 왜 여기에 왔죠?)

"This is not even a trap line, what if you set a trap? It's illegal."(여긴 트랩 라인도 아닌데 덫을 놓으면 어떻게 하나요? 불법입니다.)

"It's a place where ordinary people don't go."(보통은 사람들이 안 다니는 곳이라서요.)

"Will you release the net?"(그물을 풀어주시겠습니까?)

캡모자가 고담의 질문에 생각하는 듯 허공을 보다가 이지

쪽을 바라보았다.

"I remembered! We met on Halloween, right?" (생각났다! 우리 핼러윈 파티에서 만났죠?)

"What kind of Halloween?" (어떤 핼러윈이요?)

이지가 묻자, 캡모자도 되물었다.

"You can tell me." (그쪽이 말해보시죠.)

"Greenwich Kindergarten?" (그리니치 유치원?)

이지가 또박또박 대답하자 그의 입꼬리가 미세하게 올라 갔다. 그 미소는 그리니치 유치원에서의 추억을 음미하는 듯 보였다. 이제 모든 게 확실해졌다. 잊히지 않는 파란 눈, 알렉스 베런이었다.

알렉스 베런이 주머니에 쥐고 있던 총을 꺼내려는 순간, 탕! 하고 조금 먼 곳에서 총소리가 들렸다. 미시즈 정이 선 수를 쳤다. 캐롤라인은 방망이를, 핌은 낫을 들고 달렸다. 알 렉스 베런이 그물 쪽으로 총구를 겨눴다. 더 움직이면 쏜다 는 신호였다. 미시즈 정과 캐롤라인, 핌이 동시에 주춤했다.

"Put the gun down. Other things." (총 내려. 다른 것들도.)

미시즈 정이 가장 먼저 총을 내렸고, 캐롤라인과 핌도 뒤 따라 연장을 내려놓았다.

"What are you guys? Avengers?" (너희들 뭐야? 어벤져스야?)

알렉스 베런이 비웃듯 말했다. 고담이 그물에 걸려 꼬인 손을 겨우 움직여 주머니에 든 핸드폰을 만졌다. 고담의 행동을 눈치챈 핌이 서서히 노래를 흥얼거리며 그루브를 타더니, 블랙핑크의 Pink Venom 춤을 추기 시작했다. 핌의 화려한 춤 솜씨에 알렉스 베런은 순간 얼이 빠졌고, 미시즈 정과 캐롤라인도 엉망진창으로 따라 췄다. 그사이 고담이 핸드폰 전원 버튼을 세 번 연속해서 눌렀고, 삐이이이익! 소리가 울려 퍼졌다.

"What the fuck!" (젠장!)

긴급 신호 알람이었다. 그 순간, 미시즈 정이 땅에 내려놨던 총을 들어 알렉스 베런의 팔을 향해 쐈다. 알렉스 베런이 들고 있던 총을 바닥에 떨어뜨리며 신음 소리를 냈다. 핌이 알렉스 베런의 등에 올라타 그를 제압하자, 캐롤라인은 재빨리 그물을 걷어내 이지와 고담의 탈출을 도왔다.

이지가 바닥에 놓인 낫을 들고, 바닥에 뒹구는 알렉스 베런을 내려다보았다. 이어 힘껏 낫을 들어 올렸다. 누구도 말리지 않고, 한 걸음 뒤로 물러날 뿐이었다.

"널 죽일 거야."

"No, no!" (안 돼!)

"니가 삼킨 애들 몫까지 갈기갈기 찢어서 죽일 거라고!"

이지의 눈앞에서 알렉스 베런이 공포에 떨었다. 이지는 흔들리는 그의 눈동자를 보며 치밀어 오르는 분노를 그대로 드러냈다. 그는 비굴하고 나약한 인간이었다. 공포를 모르는 인간이 아니었다. 이지는 그 사실을 어떻게 해석해야 할지 몰라 바닥으로 세차게 낫을 집어던졌다. 언젠가 그의 앞에서 두려움에 떨었을 아이들을 과연 무엇으로 구원할 수 있을지 이지는 눈앞이 아득해졌다.

사유. 박사유가 떠올랐다.

고담은 곧이라도 무너질 듯 떨리는 이지의 뒷모습을 놓칠세라 눈으로 좇았다. 저 멀리서 경찰차 소리가 들렸다. 고담이 조심히 이지의 어깨에 손을 올렸다.

"여기서부터는 경찰에게 맡깁시다."

이지는 블랙 판드 가장자리에 쭈그리고 앉아 호미로 야생식물을 뿌리째 뽑았다. 고담, 리토, 핌, 미시즈 정과 캐롤라인 모두 야무진 손으로 착착 해냈다. 이지의 얼굴에 송골송골 땀이 맺혔다. 이지는 지금 이 상황이 몇 시간 전 했던 상상인지 현실인지 구분이 가지 않았다. 문득 고담을 바라보았다.

"왜 내가 알렉스 베런을 죽이려고 할 때 말리지 않았어요? 정말 죽이려고 했는데?"

이지는 고담을 향해 말했지만, 실은 모두에게 묻고 있었다.

"못 죽일 거라고 생각했으니까요."

"왜요? 깜빵이라도 갈까 봐 겁난 줄 알았어요?"

"아니요."

"그럼 왜?"

고담이 정말 모르겠냐는 듯 대답했다.

"왜냐면 아까 낫을 오른손으로 들고 있었잖아요."

이지는 그제야 자신이 오른손으로 호미를 들고 있다는 걸 깨달았다.

"설마 1년 동안 아무것도 들지 못했다는 그 오른손으로 사람을 죽일 수 있을 거라고, 누가 생각하겠어요?"

이지는 호미를 든 자신의 오른손을 바라보았다. 당장에 통증이 올라오지는 않았다.

"약초 다 캐고 바로 한의원으로 갑시다."

한의원에서 고담은 위생 장갑을 끼고, 물컹하고 끈적한 풀을 이지의 오른쪽 어깨에서부터 팔목, 손가락 끝까지 발랐다. 블랙 판드에서 딴 약초로 만든 것이었다.

"그거 빙하 녹은 물이라면서요. 거기서 인류에 보고된 바 없는 바이러스가 나오고 그런 거 아니에요?"

"그럴 수도 있죠."

"예?"

"많이 좋아지셨나 봅니다. 따지는 거 보면."

고담의 말이 맞았다. 그전까지는 지리산 반야봉에 낀 이끼라도 가리지 않던 이지였는데.

"누가 들으면 찐야매 한의원이라고 할 거예요."

"찐?"

"진짜."

"이상하게 말을 축약하는군요. 이지 씨는."

"모르는 선생님이 이상한 거죠. 여기서 한드나 예능도 안봐요?"

고담은 뭐가 이상하다는 건지 잘 모르겠다는 듯 갸우뚱하며, 혼잣말로 찐을 몇 번이나 중얼거렸다.

"1시간 정도 있다가 씻어내면 됩니다."

시간은 벌써 새벽 2시였다. 스워드에서 호머로 와 고담과 이지만 알래스카 한의원으로 왔다.

"그리고 내일 한번 해보죠."

"뭘요?"

"손톱 깎는 거."

이지는 길고 이리저리 깨져 엉망인 오른쪽 손톱을 바라봤다. 잠시 고담이 그 손을 보고 있다는 생각에 부끄러웠다.

"깎을 수 있을까요?"

"해보죠. 낫도 들었잖아요. 그 손으로 약초도 캤어요."

"네."

"차로 태워드릴게요."

"코앞이에요."

"알래스카도 이제 10월입니다. 그리고 새벽이죠. 그대로 밖에 나가면 얼어버립니다."

고담이 약초가 발린 이지의 오른팔을 보며 말했다.

"네. 그럼 부탁드릴게요."

어느새 이곳에 온 지 3개월이 다 되어가고 있었다. 이제 곧 비자 만료일이었다. 떠나야 할 날이 얼마 남지 않았다.

이지는 오른쪽에 발린 약초가 어디에도 닿지 않게 조심히 조수석에 올라탔다. 시동을 걸고 쿠바 모텔 입구까지 도착하는 데는 채 5분도 걸리지 않았다.

"만약 복합통증증후군이 사라지면 가장 먼저 뭘 하고 싶어요?"

그동안 혹시라도 실망하게 될까 봐 의식적으로 피해왔던 질문이었다. 하지만 만약에라도 그렇게만 된다면, 이지는 그전과는 다른 삶을 살 거라고 확신했다. 이제까지는 자신의 어떤 잠재력을 믿을 용기도, 확신도 없었다. 하지만 이제는 바꾸고 싶었다. 이지는 이미 그 희망을 쟁취하기라도 한 듯 대답했다.

"선생님하고…… 튀김우동을 나눠 먹고 싶네요. 단 빙하 위 말고…… 방에서?"

운전대를 잡고 있던 고담의 손에 눈에 띄게 힘이 들어갔고, 한동안 무거운 침묵이 흘렀다. 하지만 이지는 무덤덤하게 고담의 뒤통수에 대고 말을 이었다.

"선생님이 좋아요. 날 좋아할 거라고 생각하지는 않아요. 그래도 그게 이뤄지지 않을 거라고 해도 상관없을 거 같아요. 왜냐면 난 당신 덕에 알래스카에서 새 삶을 덤으로 얻었으니까."

하지만 고담은 돌아보지 않았고, 이지는 문을 열고 그대로 나갔다. 이지가 모텔 입구로 들어가 보이지 않을 때까지 차는 출발하지 않고 그 자리에 있었다. 고담은 여러 번 심호흡을 한 후에야 겨우 시동을 걸고 출발했다.

다음 날, 알렉스 베런이 알래스카 스워드에서 검거된 일이 미국 전역에 대서특필되었다. 호머 지역 신문에서는 알래스카 한의원의 고담 한의사와 친구들이 범죄자를 잡았다는 소식을 보도했다. 그날 오후 한의원에는 돈 통에 돈을 넣고 간다거나 와인, 보드카, 그림, 편지, 마리화나, 꽃, 초콜릿 등을 선물하고 가는 사람들이 많았다. 그 덕에 리토의 화원도 수입이 짭짤했다.

이지는 오른손에 감긴 붕대를 스스로 풀었다. 꿰맨 상처는 아물었지만, 혹시 몰라 호머 병원에 가 검사를 받았다. 의사는 이제 다 나았다고 진단했다. 겉보기에 상처는 다 나았지만, 오른팔 속 세포들도 완전히 고통을 잊었을까 이지는 궁금했다.

병원에서는 지난번에 하지 못한 자조 모임에 참석해달라고 했다. 병원으로부터 여행자 보험에 제출할 서류를 잘 받아내려면, 하라는 대로 참여하는 게 좋아 보였다.

이지는 병원 꼭대기 층에 있는 세미나실로 올라갔다. 10명 남짓한 사람들이 원형으로 둘러앉아 있었다. 이지도 빈 의자에 앉았다. 원형 중앙에는 모임의 리더로 보이는 50대 백인 여성이 말을 하고 있었다. 가슴팍에 붙은 이름표에 마거릿이라고 적혀 있었다. 누구는 하염없이 손을 떨었고, 누구는 입에서 침이 저절로 흘렀고, 누구는 팔짱을 낀 채 잤다. 그렇다고 누구도 흔들어서 눈을 뜨라고 하거나 똑바로 앉으라는 둥 뭐라 하지 않았다. 사람들은 함께 있으면서도 각자의 침묵과 자세와 처지를 존중했다. 이지는 곧 마음이 편안해졌다. 테이블에 놓인 홍차와 비스킷도 맛있었다.

한 번만 눈도장을 찍으려고 했는데 이지는 일주일 내내 참여하게 되었다. 모임장인 마거릿의 나긋한 목소리는 이지를 편안하게 했다. 그들이 하는 다양한 이야기(모든 이야기가 다 들리진 않지만)를 들으며 앉아만 있어도 시간이 잘 갔다. 그러던 어느 날, 이지의 귀에 꽂히는 단어가 등장했다. '서칭 데이'였다.

"서칭 데이가 뭐죠?"

이지의 질문에 다들 의아한 표정이었다. 무언가를 찾는다는 이름으로 보아 축하하는 날은 아닌 거 같았다. 동네 사람들은 대체로 이 단어를 알고 있는 거 같았다. 마거릿은 서칭 데이에 대해 조곤조곤 설명했다. 이지는 잘 알아듣지 못하는 부분에서는 다시 이야기를 부탁한다고 요청했다.

서칭 데이는 알래스카 트랩 라인 너머를 수색하는 특정 시기를 말한다. 이 수색 단체는 매년 자원봉사자를 모집해 페어뱅크스에서 출발한다. 폭설과 바람이 무차별하게 폭격하는 겨울의 정점이 오기 전, 수색대는 '바디'를 찾아 떠난다. '바디'란, 트랩 라인 너머 깊숙한 곳에서 발견되지 못한 채 죽어 묻혀버린 여행자들이나 자연과의 사투로 죽은(주로 야생 동물의 습격이나 급격한 날씨의 변화로) 수렵 채집인의 시체를 말한다.

이지는 그제야 고담이 '아내의 바디'를 찾고 있다는 걸 눈치챘다.

"Do you know Godam?"(고담을 아나요?)

이지가 묻자, 사람들은 저마다 고담에 대한 정보를 하나씩 이야기해주었다. 마거릿은 그의 아내가 여기 멤버였다고 말해줬다. 그녀의 이름은 은하.

리토가 이지에게 매직 머시룸을 주었던 날 목소리를 높이던 고담이 떠올랐다. 은하가 여기 멤버였다는 건 마약 중독자라는 의미였다. 그들은 은하에 대한 추억을 하나둘 나눴다. 그러다 누군가 그녀는 이제 중독의 지옥에서는 벗어났겠군, 하며 농을 치기도 했다.

그녀는 친절한 사람이었고 동시에 어둠이었다. 그녀를 괴롭히던 지독한 아토피가 나으면서 이제 아무 일이 일어나지 않을 줄 알았다. 그런데 다른 곳에서 발병이 일어났다. 고담은 한국으로 돌아가 수술을 권했지만 은하는 거부했다. 4기면 이미 늦었다고 판단했다. 폐암이 혈관까지 침투해서 가래에 피가 섞여 나올 때쯤에는 통증이 커졌고, 직접 펜타닐 패치를 거래했다. 은하는 어느 날 스스로 트랩 라인을 넘어갔다.

"6 years ago. Eunha bought an anesthetic from a broker before she left the bush." (6년 전, 은하는 오지로 떠나기 전에 브로커에게 마취제를 구매했어요.)

"Why did she need it?" (왜 그게 필요하죠?)

"She wanted anesthetize herself slowly. Finally she became

feed." (스스로를 마취시켜서, 서서히 죽는 거죠. 결국 동물의 먹이가 되겠죠.)

이지는 슬픈 영어 듣기 평가에 참여 중인 거 같았다. 그들끼리의 대화가 이어졌다.

"I don't think Eunha went to the bush because of what Bob said. It's an excuse for Godam." (은하가 밥의 말을 듣고 떠났다는 건, 아무래도 핑계 같아. 고담을 위한.)

"Why?" (왜?)

이지가 대뜸 그들의 대화에 파고들어 물었다.

"To remain a fairy tale story?" (동화 같은 이야기를 남겨주기 위해서?)

12.

이지가 알래스카 한의원에 도착했을 때, 'Close'라는 푯말이 붙어 있었다. 문고리를 돌려보니 열렸다. 들어가니 한 남자가 보였고 고담이 약재 서랍을 정돈하고 있었다.

어딘지 남자의 모습이 낯이 익었다. 짙은 갈색 피부와 목에 보이는 문신들. 그는 바다에서 이지를 한 손으로 꺼냈던 남자였다. 이지는 그가 자신을 알아볼까 싶어 괜히 머쓱했다. 고담이 이지를 보더니 남자를 소개했다.

"아, 이지 씨. 인사해요. 밥이에요. 논문에 나왔던 치료된 친구요."

이지는 깜짝 놀라 남자를 바라보았다. 이지를 알래스카까지 오게 한 장본인이 눈앞에 있었다.

"Hello."(안녕하세요.)

이지의 인사에 밥은 고개만 내렸다 올렸다.

"밥은 말을 안 합니다. 부족의 고귀한 이야기를 전승받기로 해서 입을 열 수가 없어요."

"부족?"

"부족에서 이야기 후계자를 정하는데, 밥이 그 임무를 맡았어요."

이지는 어차피 전화 통화로는 어림없었겠다는 생각이 들면서, 정말 알래스카가 자신을 부른 것 같은 강한 느낌을 받았다. 고담이 대신 밥의 사연을 설명하는 동안에도 밥은 미동도 없이 가만히 앉아 있었다. 마치 산에서 홀로 도를 닦는 스님처럼 고요하게 호흡에 집중했다.

외적으로 밥은 40대로 보였지만, 이제 20대 초반이라고 했다. 한때 밥은 알래스카에 널린 목적 잃고 자본주의를 욕하는 흔한 10대였다. 이미 10대에 알코올과 각종 마약에 중독된 상태였고, 주로 또래 백인 애들의 돈을 빼앗다가 다리에 칼을 맞았다. 수술은 잘됐지만, 그 후 통증이 몰려왔다. 그렇게 밥은 17살에 복합통증증후군이라는 진단을 받았다.

"어떻게 고쳤나요?"

"Bob. I think you'd better answer it yourself from here."
(밥, 여기서부터는 직접 대답하는 게 좋을 거 같아.)

밥은 고담이 준 펜을 받아 들고는 종이에 자신의 치료 과정을 차분히 적기 시작했다. 악필에 필기체라 고담이 한국 말로 번역해주었다.

나는 수술 후 다리의 고통이 너무 심해서 알래스카에 있는 온갖 병원은 다 가봤다. 나는 백인이 운영하는 병원을 싫어하는데, 거기까지 갔을 정도였다. 제발 이 통증을 멈추게 해달라고. 하지만 어떤 병원도 통증을 치료하지 못했다. 그러다가 알래스카 한의원에 왔다.

닥터 고담은 자신이 줄곧 이누이트의 자연 치유를 공부하고 있으며, 그 능력을 긍정적으로 본다고 했다. 당시 나는 이누이트 의학을 무시하고 있던 터라 좀 당황했다. 나에게도 서양식 사고가 주입돼 있었으니까. 아무튼 닥터 고담과의 대화를 통해서 나는 내 부족의 치료법을 신뢰하게 되었다. 수소문 끝에 나는 트랩 라인 너머에 내 부족들이 살고 있다는 사실을 알게 되었다. 거기에는 10명이 채 안 되는 소수의 이누이트 부족들이 여전히 살고 있었다.

　나는 서칭 데이에 고담과 함께 트랩 라인을 넘어 그들을 만났다. 그들의 말에 따르면, 내 다리에 붙은 유령을 떼어내려면 맨몸으로 더 멀리 떠나야 한다고 했다. 그리고 그들은 덧붙여 말했다.

　직접 유령을 묻어두고 와야 한다.

　이지는 여기서부터 모호했다. 정확히 어디를 가야 한다는 것인가, 밥이 다시 펜을 들었다.

　고래 방귀 소리가 들리는 곳.

"정말 그렇게 썼어요?"

이지는 고담의 통역이 의심스러웠다.

"정말 그렇게 썼습니다."

"고래 방귀 소리가 들리는 곳이 뭐죠?"

"밥은 위치를 말하는 겁니다."

"위치?"

"밥은 그곳에서 유령을 만났다고 했습니다."

이지가 답답하게 밥을 보며 말했다.

"I've never been nor have I found it on Google Maps. Do

the Alaska Native have a special map?" (나는 살면서 구글 지도에 검색되지 않는 곳은 가본 적이 없어요. 혹시 부족의 지도 같은 게 있어요?)

밥이 골똘히 생각하더니 다시 글씨를 휘갈겼다.

백인 도둑놈들이 빼앗아 가둔 곳.

이 난해한 대답을 고담은 알아들었다.

"Bob, do you mean the PETT Museum?" (밥, PETT 박물관을 말하는 건가?)

밥이 끄덕였다. 이지는 호머 관광 안내 책자에서 본 적이 있었다. 알래스카 원주민들이 실제 사용했던 사냥 무기들부터 의식주에 쓰이는 것까지 전시된 곳이었다. 보통의 호머 관광객들이라면 한 번쯤 둘러봤을 곳이었다. 이지가 일어나 고담에게 말했다.

"가볼까요?"

고담이 운전하는 차를 타고 PETT 박물관에 도착했다. 입구에 들어서자 넓고 푸른 정원에 독특한 식물들이 군락을 이뤘고, 나무로 만든 집이 여러 채 모여 있었다. 각 집마다 섹션이 있었다. 첫 번째 섹션은 물고기, 두 번째 섹션은 화석, 세 번째 섹션은 알래스카 부족의 전통 풍속으로 나누어져 마치 알래스카 민속촌 같았다.

고담이 네 번째 섹션으로 발걸음을 옮겼고 이지도 따라 들어갔다. 들어서자마자 곰, 늑대, 북극여우 같은 박제된 야생 동물들이 보였다.

"이게 다 진짠가요?"

"네."

이지의 얼굴이 구겨졌다. 사냥 후 박제를 위해 내장을 꺼내고 그 속에 방부제를 끼워 넣는 모습이 떠올랐기 때문이다. 고담이 그 표정을 보고 부연 설명을 해주었다.

"다친 동물, 이미 죽은 동물만 여기 전시되었다고 들었어요."

"그렇다고, 굳이. 여기, 이렇게."

"야생 동물은 한 번 다치면 죽어요. 항생제가 없으니까. 점점 약해져서 먹잇감이 되죠. 마취제도 없는 곳이니까. 그 고통은 계속 가요."

"먹잇감이 되지 않는 곳으로 숨는다면요."

"다친 동물들이 더 깊은 곳으로 가기도 하죠. 오지 깊숙이."

"자연 치유라도 하는 걸까요?"

조금 더 걷자 이누이트 부족의 사진이 나타났다. 얼핏 보아도 밥과 닮았다. 유리 상자 안에 오래된 지도책이 전시되어 있었다. 지도책을 보니 알래스카 전체에 비하면 호머는 새끼손가락 한 마디에 불과했다.

드넓은 디날리 국립공원 그리고 이름 없는 땅. 하지만 그 이름 없는 땅에도 이누이트는 이름을 붙였다. 그들은 땅 곳곳에 전령이 있다고 생각했다. 대표적으로 세인트일라이어스산맥은 정령이 깃든 집으로 숭배되었다.

전시된 지도책 옆에 모니터가 있었다. 지도책을 아카이빙해 옮겨 놓은 것이다. 이지가 모니터를 터치하자 부족이 붙인 지명이 영어로 해석되어 흘러나왔다.

하얀 새가 바람 타는 곳, 독수리가 날다가 뒤로 자빠지는 곳, 엄마가 안 부르면 아빠가 부르는 곳, 궁둥이가 뜨겁게 달려오는 곳, 너는 없고 나도 없는 곳, 눈 손님이 달 잡아먹는 곳, 바람 두 개 안개 세 개.

그런 곳들이 이어지다가 '고래 방귀 소리 나는 곳'이 보였다. 그 글자를 터치하자, 디날리 국립공원 입구 쪽에서 연결된 길이 나왔다. 물론 지도로 보는 것보다는 먼 거리겠지만, 갈 수 있는 좌표가 존재한다는 것만으로도 이지는 심장이 세게 요동쳤다. 밥은 거기서 어떤 경험을 하고 돌아왔다. 이지는 그것을 상상해보려 애썼지만 머릿속에는 차가운 눈보라만 떠올랐다.

"코코아나 한잔할까요."

고담의 목소리에 이지는 눈보라만 가득한 생각 속에서 겨우 빠져나왔다.

박물관 마당에 배치된 자판기 앞에 섰다. 고담이 모락모락 김이 피어오르는 코코아 두 잔을 뽑아, 한 잔을 이지에게 건넸다. 이지가 사유의 인스타그램에 올라와 있는 '눈만 있는 땅' 사진을 고담에게 보여줬다.

"이 땅이 알래스카 트랩 라인 너머일까요?"

고담이 보고는 고개를 저었다.

"트랩 라인 너머부터는 그곳이 그린란드인지 캐나다, 핀란드, 러시아의 무르만스크인지 알 수 없어요. 북극권은 사진만으로는 어디인지 가늠하기 어렵죠."

"그래요?"

"겨울왕국이 어딘지 알아요?"

"몰라요."

"트랩 라인 너머는 어떤 국가라는 느낌이 전혀 없어요. 오지에서 국가라는 게 의미가 있겠습니까?"

"그래도 어떤 부족들은 그 땅에 자신들만의 이름을 지어 불렀겠죠."

"그랬겠죠. 가장 먼저 온 이들이 지은 이름으로."

고담은 대수롭지 않게 대답하는 척했지만, 이제 올 것이 왔다는 걸 느꼈다. 알래스카가 어느 때보다 강하게 이지를 부르고 있다.

사실 고담은 밥이 다시 호머에 돌아와도, 이지에게 소개하지 않으려 했다. 밥의 이야기가 이지를 트랩 라인 너머로 이끌 수 있다는 걸 알았기 때문이다. 하지만 이지는 그 시점에 더 깊은 절망에 빠져 있었다. 하는 수 없이 고담은 수렁에서 이지를 빼내기 위해서라도 밥의 이야기를 전달할 필요가 있다고 판단했다.

항상 이런 식이었다. 고담은 원하지 않았지만, 알래스카의 매개자가 되었다. 은하가 그랬고, 밥도 그랬고, 이젠 이지가 그렇다. 마치 자신이 알래스카와 알래스카에게 부름을 받은 사람을 이어주는 무당 같았다. 언제나 휩쓸리다 정신을 차려보면, 상대방은 '트랩 라인을 넘겠다'라는 결론에 도달해 있었다.

"선생님, 저 가겠습니다. 트랩 라인 너머로요."

"어딜요?"

"고래가 방귀 뀌는 곳."

"나는 이지 씨가 이제 회복되고 있다고 생각해요. 트랩 라인을 넘는다는 건 돌아오지 못할 수 있다는 이야기이기도 해요."

알렉스 베런을 잡았고, 오른팔도 회복되고 있다고 생각했다. 그런데도 이지는 이것이 완전한 회복은 아니라고 느꼈다. 시차 유령이 아직도 오른팔에 매달려 있다고. 고담은 마지막으로 이지를 설득하고 싶었다.

"이지 씨, 트랩 라인 너머는 모든 게 가능해 보여요. 들리는 이야기로는. 그래서 낭만적으로 보이죠? 하지만 현실은 극악하죠. 거기에 별별 신비한 이야기들이 있죠. 하지만 혹독한 환경에서 일어나는 혼란스러운 정신 반응이 만들어낸 이야기일 뿐이에요. 사실 자연은 인간이 무엇을 보고 느끼고 깨닫든지 아무 관심도 없어요."

"웃기지 마요. 본인도 믿으면서, 마법 같은 걸."

이지는 기묘하리만큼 정확하게 고담의 마음을 읽었다. 그리고 그가 진짜 마음과는 반대로 말하고 있다는 걸 단박에 알아차렸다.

"이성적인 척 말하는 거 이제 통하지 않아요. 무슨 다큐멘터리예요?"

"역시 설산 하이킹이나 하고 오면 어떨까요,라고 말해도 가겠죠?"

"네."

고담이 가만히 고개를 끄덕거렸다. 이지는 막연히 고담이 당신을 이해한다고 말해주는 것 같았다.

"그럼 지금 침방에 가야겠네요."

"침방이요?"

"한의원이요."

"왜요?"

"옛 선비들은 족삼리혈에 뜸 뜨지 않은 사람과는 같이 여행하지 말라고 했습니다. 가시죠. 주차장으로."

고담의 신비스러운 말에 이지는 갸우뚱하며 쫓아갔다.

이지는 다 식은 코코아를 알래스카 한의원까지 가져와 마셨다.

"앉아요."

고담이 이지의 바지를 허벅지 위까지 걷어 올리고, 족삼리혈에 뜸을 떴다. 고담의 손길에 이지는 묘하게도 몸이 떨렸다. 그래서 다른 곳으로 생각을 집중하려 애썼다. 그러다 문득 한의원 돈 통에 적힌 글씨가 궁금했다.

"왜 돈 통 이름이 도네이션인가요? 뭘 기부하는 거죠?"

"매년 서칭 데이에 필요한 돈을 모금하는 겁니다. 스노모빌 대여, 등산 장비, 기름, 뭐 그런 것들. 그래서 꽤 돈이 들어요."

"그럼 한의원은 어떻게 운영해요?"

"한의원 운영비는 기부함에서 35%를 빼요. 나머지는 다

서칭 데이에 써요.”

“왜 30%도, 40%도 아니고 35%로 했어요?”

“아, 그건…… 35라는 숫자에 의미가 있어서요.”

“어떤 의미요?”

고담은 대답을 하기까지 잠시 머뭇거렸다.

“아내의 나이가 35살에서 멈췄어요.”

고담은 6년 전에 트랩 라인 너머로 사라진 아내를 찾기 위해 서칭 데이에 참여했다. 그때 그녀의 나이가 35살이었다. 곤란한 침묵이 흘렀고, 뜸 뜨기가 끝나자 고담이 이지에게 파스를 건넸다. 하이킹하고 자기 전에 뜸을 뜬 자리에 손톱만 한 크기로 자른 파스를 붙이라고 했다. 그럼 뜸을 뜬 것과 같은 효과를 볼 수 있다고. 그리고 손바닥만 한 라디오를 주었다. 이지가 받아 들고는 말했다.

“가볍네요. 아주.”

“꼭 챙겨가요. 거긴 라디오 주파수만 잡혀요.”

“트랩 라인 너머요?”

“네, 만약에 멀리 이탈하게 된다면 유일하게 인간 세상과 연결될 수 있는 건 라디오뿐이에요. 단 하나의 주파수로.”

“하나요?”

“KJNP(King Jesus North Pole)로 주파수를 맞춰놨어요. 트랩 라인에 소식을 보내는 방송이에요. 알래스카 수렵인들을 위해 만든 유일한 라디오 방송인데, 주로 날씨를 말해줘요. 그들에게 날씨는 생존과 다름없으니까."

핸드폰으로 다 연결되는 세상에서 낯선 일이었다.

"길을 잃는다면, 나침반을 봐도 모르겠다면, 무조건 오로라가 보이는 곳으로 가요. 최대한 가까이."

"왜요?"

"거기에는 뭐든 SNS에 올리고 싶어 하는 인플루언서가 있기 때문이죠. 요즘에는 정말 그렇답니다. 수렵 채집인보다 인플루언서가 알래스카 더 깊숙한 곳에 있을지도 모릅니다."

"농담이죠? 그거?"

고담은 웃지 않았다.

"그런 일이 없도록 합시다."

"감사해요."

그의 다정함이 여기까지면 좋겠다고 이지는 생각했다. 더 넘어가면, 떠나기가 어려워질지도 모른다고. 족삼리혈에서 느껴지던 따끔할 정도로 뜨거운 기운이 사라졌다. 이지는 서서히 자리에서 일어났다. 돌아보지 않고 떠나야겠다 싶었다. 이지는 고담에게 평범한 저녁 인사를 건네고 서둘러 그 자리를 떠났다.

이지는 숙소로 들어와 바로 등반 준비에 돌입했다. 캐리어에 넣어두고 한 번도 꺼내지 않았던 산악 용품들을 차례로 백팩에 넣었다. 그리고 스카이스캐너 앱에 접속해서 호머에서 페어뱅크스로 가는 비행기를 검색했다. 가장 빠른 비행기로 다음 날 새벽 5시 10분에 출발하는 호라이즌에어가 있었다. 이지의 선택지는 많지 않았다. 급하게 예매하는 만큼 최저가와는 20만 원 정도 차이가 났지만, 다행히 통장 잔액으로 간신히 가능했다. 통장에는 93만 원이 전부였다. 이지는 카드 앱에 찍힌 그 금액을 농담처럼 바라보았다.

오피스텔 전세 1억 5천만 원을, 보증금 2천만 원에 월세 100만 원으로 돌린 게 11개월 전이다. 병원비, 약값, 택시비 등을 월급으로 충당하지 못했고, 목돈이 필요했다. 그렇게 돈은 쑥쑥 빠져나갔다. 다시 돈이 바닥을 보이자 보험을 깼지만 그것도 곧 바닥이 드러났고, 결국 청약 저축도 깼다.

당장에 오피스텔 월세를 낼 돈도 없다는 걸 인지하고, 이지는 시계를 보았다. 한국 시간으로 오후 5시쯤이었다. 집주인에게 전화를 걸어 지금부터는 보증금에서 월세를 빼고 싶다고 양해를 구했다. 알겠다는 간소한 대답이 돌아왔다.

전화를 끊고 다시 스카이스캐너 앱을 보았다. 아직 빚은 없었지만, 알래스카 체류비는 한계에 다다랐다. 886,786원 항공권만 가능했다. 이제 이지의 수중에는 비상금으로 환전

해서 가져온 300달러와 한국행 리턴 티켓이 전부였다.

고담에게 출발 일정이 정해졌냐는 문자가 왔다. 이지가
답장을 보냈다.

— Too soon. (너무 빠르네요.) 새벽에 어떻게 출발하려고
요?

차마 이지는 금전적 압박을 겪고 있다는 말을 할 수는 없
었다.

— 걱정하지 마세요. 택시 탈 겁니다.

문자를 전송했지만 거짓말이었다. 이지는 당장 짐을 싸
버스를 타고 호머 공항으로 가 노숙을 한 뒤에 새벽행 비행
기를 탈 작정이었다. 그런데 다시 고담에게서 문자가 도착
했다.

— 지금 핌이 한의원에 있어요. 내일 이른 시간에 앵커리
지로 출발한다고 하니, 가는 김에 호머 공항으로 데려다준
대요.

이지는 괜찮다고 메시지를 보내려다 말았다. 핌에게 부러 부탁한 고담의 선의를 내치고 싶지는 않았다. 그래서 '고맙습니다'라고 보냈다.

주차장에 핌의 봉고가 보였다. 트렁크에 백팩을 넣고 보조석에 올라탔다.

"고마워요. 핌."

"노 땡스입니다. 마담."

핌이 시동을 걸고 블랙핑크의 Ready For Love를 틀었다. 핌은 음악에 맞춰 어깨를 실룩거렸다.

"마담, Ego(자아)를 찾아가는 Trip(여행)입니까?"

"핌, 나는 내 자아가 너무 지겨워서 별로 찾고 싶지 않아요."

"맞습니다. Ego(자아)는 boring.(지겨워요.)"

둘은 가볍게 웃었다.

"핌, 앙코르와트에서 점 보면서 돈 모았다고 했잖아요."

"예쓰, 마담."

"나도 봐줄래요?"

"네, 그러죠."

호머 공항 주차장에 봉고를 세우고 나왔을 때 눈발이 가

늘게 내리고 있었다. 그들은 함께 흡연실로 들어갔다. 핌이 이지에게 담배를 한 개비 건넸다. 새벽녘 공항 흡연실에는 지나간 이들의 담배 냄새만 남아 고요했다.

"무엇이 궁금합니까? 마담."

"내가 돌아올 수 있을까요?"

핌은 이지가 어디를 가려고 하는지 모르기에 의아한 눈빛으로 바라보았다.

"그냥 그걸 알고 싶어요."

핌은 그 자리에서 동전을 던졌고 표정이 굳어졌다.

"마담, 가지 않는 게 좋을 거 같습니다."

"가야 해요. 핌. 그럼 다음 질문, 죽을 수도 있나요?"

이지가 담담하게 묻자, 핌이 다시 동전을 던지고는 대답했다.

"네."

"그럼 마지막 질문입니다. 오른팔에 붙은 유령을 뗄 수 있을까요?"

다시 던졌고, 핌이 끄덕였다. 죽을 수도 있고, 유령을 뗄 수도 있는 확률이란 무엇일까 이지는 모호했다.

"그런데 마담, 돌아오고 싶으신 게 맞나요?"

이지는 그 질문이 무슨 의미인지 알 수 없었다.

"왜요?"

"어떤 사람은 돌아오고 싶어 하지 않기도 합니다."

"그런가요?"

"Anyways you need to be careful. Don't go into the deep bush." (조심해요. 깊은 오지에 빠지지 말고요.)

이지는 본능적으로 그 약속을 지키지 못할 거라는 걸 알기에, 미세하게 고개만 끄덕였다. 핌이 재떨이에 담배를 비벼 끄고 일어났다.

"나는 조금 더 앉아 있다 들어가려고요."

핌이 대나무 사진이 박힌 에쎄 담배를 이지에게 건넸다.

"선물입니다."

"한국 담배네요?"

"한인 민박에서 1박에 담배 한 보루를 받기도 하거든요."

"고마워요."

"그럼 마담, 저는 가보겠습니다."

"곧 다시 봐요."

핌이 단정하게 구십 도로 인사를 하고는 흡연실을 빠져나갔다. 이젠 이지 혼자였다. 이지는 담배 한 개비를 꺼내 입에 물고, 불을 붙였다. 훅 연기가 나왔다.

알렉스 베런은 잡혔지만, 아직 시차 유령의 이야기는 끝나지 않았다. 이지는 오른팔로 그걸 느낄 수 있었다. 유령선이 북극을 자기 무덤으로 정해 정박한 것처럼, 시차 유령도 자신의 무덤으로 들어가야만 했다.

13.

3시간 15분을 날아 호머 공항에서 페어뱅크스 국제공항에 도착했다. 호머에서 출발할 때 얕았던 눈발이 여기서는 거세게 내리고 있었다. 이지는 공항을 빠져나와 곧바로 디날리 국립공원으로 향하는 버스 줄에 섰다.

페어뱅크스에 오니 기온이 확 떨어져 겨울이 앞당겨진 거 같았다. 곧 버스가 도착했고, 이지는 백팩을 트렁크에 싣고 버스에 올라탔다. 디날리로 향하는 트래커들이 가득했다. 버스는 설산을 향해 다시 2시간 30분을 달렸다. 이지는 가물가물 눈을 떴다 감기를 반복하며 가수 상태 속에 있었다.

디날리 국립공원 주차장에 버스가 도착했고, 이지는 백팩을 챙겨 다른 트래커들을 따라 탈키트나 방문 센터로 향했다. 내부로 들어가 직원에게 여권과 달러를 내밀었다.

"How long will you take?" (얼마나 하이킹을 하시죠?)

"Three days." (3일 정도.)

이지가 막연한 투로 대답하자 직원이 퍼밋(입산 허가증)을 찍어 이지에게 내밀었다.

"Welcome to real Alaska." (진짜 알래스카에 온 걸 환영합니다.)

이지는 여기가 그토록 사람들이 말하던 '북쪽'이라는 걸 새삼 실감했다.

이지는 디날리 국립공원 입구로 진입해 설산을 바라보며 걸었다. 곳곳에 화살표 방향이 적힌 푯말이 보였고, 그 방향 대로 걸었다. 잠시 후 벙커 하우스가 보였다. 다양한 국적의 트래커들이 대화를 하고 있었다. 하지만 이지는 멈추지 않고, 다음 화살표를 향해 걸었다. 다음 벙커 하우스까지 2km 가 남았다는 이정표가 보이고, 빠르게 어둠이 내려앉았다. 시간은 아직 4시였고, 눈발이 계속 날렸다. 이지는 조금 더 빨리 걸었다.

다시 나타난 이정표에는 누군가 서툴게 그려놓은 것 같은 물고기 꼬리 모양의 그림이 보였다. 그 표시를 모르는 사람 이라면 낙서라고 생각했을 것이다. 이지는 밥이 준 알래스 카 원주민의 지도를 꺼냈다. 여기가 바로 트랩 라인으로 넘 어가는 지점이다. 긴장이 되었다. 정해진 라인을 넘어버리 는 건 이지의 인생을 통틀어 처음 깨보는 금기였다. 그쪽으 로 발걸음을 옮겼다.

정돈된 길은 서서히 사라지고 거대한 숲이 나타났다. 거 칠게 자란 야생 나무들이 꽁꽁 얼어붙은 땅에 솟구쳐 있었다. 뽀드득뽀드득 눈을 밟는 이지의 발걸음 소리에 근처에 있던 무스가 둔탁하게 몸을 움직였다. 고작 몇 발자국 들어선 것뿐인데, 이미 어디쯤에 이정표가 있었는지 가늠하기 어려울 정도였다. 이지는 멈추지 않고 앞으로 나아갔다. 눈발이 시야를 가릴 만큼 거세졌다.

걸어도 걸어도 같은 자리를 맴도는 거 같았다. 앞으로 가고 있는 건지 몰라 이지는 자꾸만 뒤를 돌아봤다. 수풀을 헤치고 눈 밟는 소리만 들렸다. 위협적으로 보이던 무스조차 보이지 않자 이지는 급격히 몰려오는 어둠이 두려워졌다.

알래스카 원주민의 지도를 펼쳐 나침반과 함께 보았다. '고래 방귀 소리가 나는 곳'은 더 북쪽으로 가야 했다. 추위에 다리가 서서히 얼어붙고 후들거렸다. 오른팔로 통증이 몰려와 미간이 찌푸려졌다. 하지만 이지는 계속 걸었다. 이윽고 미로 같던 거대 숲 너머의 풍경이 보였다.

눈 덮인 삭막한 땅이 펼쳐졌다. 벌레 하나 없는, 생명이 멈춘 것 같은 얼음 지대가 나타났다. 시간이 흐르는 소리조차 멈춘 것 같았다. 동서남북을 가늠하기조차 어려웠다. 이지는 나침반이 가리키는 북쪽을 향해 걸을 뿐이었다. 그런데 빠르게 쌓인 눈이 이지의 허벅지까지 올라왔고 더 나아가기가 어려웠다. 갑작스레 휘몰아치는 강풍에 이지가 눈밭으로 쓰러졌다. 그때 누군가 이지를 향해 손을 내밀었다.

커트 머리를 한 동양 여자였다. 이지는 여자가 내민 손을 잡아 겨우 몸을 일으켜 세웠다. 이지는 고맙다는 말을 하고 싶었지만, 추위에 입이 떨어지지 않았다. 여자는 돌아서 다시 가던 길을 걸었다. 이지는 혹여라도 여자를 놓칠세라 다급하게 따라갔다.

"여기에 왜 왔어요?"

여자가 돌아보지 않고, 이지에게 한국말로 물었다. 무려 한국말이라니! 이지는 무척이나 놀랐다. 알래스카의 트랩 라인 너머에서 한국인 여자를 만난다는 건, 우주에서 바늘을 줍는 확률보다 더 희박할 거라고 생각했다.

"고래…… 방귀 뀌는 곳을 찾고 있어요."

이지는 작은 목소리로 겨우 대답을 했다. 하지만 눈바람 소리에 섞여 여자에게까지는 닿지 않았는지 들려오는 대답은 없었다. 여자는 한참을 아무 말이 없다 혼잣말처럼 읊조렸다.

"당신도 찾는 게 있는 모양이군요."

반면 여자의 목소리는 기묘할 만큼 이지의 귀에 또렷하게 꽂혔다. 그녀의 목소리는 가느다랗고 날카로웠지만, 친절했다. 그렇다면 당신은 무엇을 찾고 있나요. 이지는 추위에 입이 얼어 속으로 물었다. 그런데 여자는 마치 들은 것처럼 대답했다.

"나는 다이빙할 장소를 찾고 있어요."

이런 땅에서 다이빙이라니 이지는 귀를 의심했다.

"그럼 바다로 가야죠. 여기는 눈뿐인데."

"지금 내리는 눈이 쌓이면 얼마나 될 거 같아요? 엄청 깊어요. 그 속으로 빠지는 건 바닷속으로 뛰어드는 거와 같지요."

여자가 확신에 차 말했다.

"여기는 다 평지 같은데, 어디서 뛰어내리려고요?"

이지가 되물었다. 여자는 이지와 일정한 속도를 유지하며 걸었고, 나지막하게 자신의 이야기를 들려주었다. 이지는 그 이야기를 놓치지 않으려 정신을 더욱 바짝 차렸다.

커트 머리 동양 여자는 하이 다이빙을 좋아했다. 첫 다이빙은 서울 종합 운동장 다이빙 풀장에서 1m를 뛰어내린 것으로 그때 그녀의 나이 25살이었다. 그녀는 3m, 5m, 10m를 지나 어느덧 15m에서도 뛰어내렸다. 뛰어내리면서 여러 자세를 배우기도 했다. 여자는 추락하면서도 절박하게 춤을 추는 거 같아서, 하이 다이빙을 좋아했다.

30m 절벽에서 바다까지 포즈를 취하며 떨어지는 순간까지 고작 3초가 걸린다. 그 춤이 여자는 세상에서 가장 멋지

다고 생각했다. 여자는 수영장에서 바다로 옮겨 절벽 다이빙을 시도해보기도 했다. 언젠가 아마추어 대회에 나갈 수 있는 수준을 꿈꿨다. 하지만 몸이 안 좋아지면서, 다이빙을 당장 멈춰야 했다.

수영장 물이든 바닷물이든 몸이 물에 닿는 순간, 무리가 되었다. 그녀는 언젠가 다시 느낄 다이빙하는 감각을 그리워하다 문득 눈 속으로 다이빙을 한다면 어떤 느낌일지 궁금해졌다. 막연하게 시작된 뜬구름 같은 생각은 알래스카에 오면서 점점 구체화되었다.

그러다 어느 날 러시아인들이 설치해놓고 방치한 채 버려진 30m 높이의 송신탑 이야기를 들었다. 여자는 그곳을 찾아가는 중이라고 했다. 오늘 밤 정도면 눈이 10m까지 쌓일 수 있다고. 송신탑 꼭대기까지 올라가 바로 그 지점에서 점프해 눈 속으로 다이빙을 할 거라고.

살짝 올라간 외투 아래로 보인 여자의 손목은 꽃줄기처럼 가느다랬다. 저런 손목을 가지고 송신탑 꼭대기까지 올라간다는 건 불가능한 일이라고, 이지는 생각했다. 여자는 마치 이지의 생각을 읽은 것처럼 말했다.

"아주 큰 정글짐을 오른다고 생각하면 돼요. 나 보기보다 약하지 않아요."

그 말에도 이지는 믿을 수 없었다. 하지만 더 궁금한 질문이 생겼다.

"만약 뛰어내리다 죽으면 어떻게 하려고요?"

"그렇다 해도 그건 자살이 아니죠. 나는 내 마지막 춤을 춘 것뿐이니까. 자살이면 절대 안 돼요."

여자는 단호하게 대답했다.

"왜요?"

"내가 아는 이누이트가 있는데, 이 땅에서 태어났어요. 그의 부족에 따르면 가장 좋은 죽음은 자신이 진정 원하는 것을 하면서 죽는 거래요. 그래야 다음 생에 그것을 할 수 있는 조건과 환경에서 태어날 가능성이 크다는 거죠."

이지가 듣기에 여자는 그 말을 신앙처럼 믿고 있는 것 같았다. 여자는 다음 생에 다이버로 태어나고 싶은 모양이었다. 어느덧 눈앞에 송신탑이 나타났다. 이지는 고개를 뒤로 젖혀 송신탑을 올려다보았다. 30m 정도의 흉물스러운 철탑. 모든 게 얼어버린 멸망한 지구에 홀로 서 있는 에펠탑 같다고, 이지는 생각했다. 여자는 등 뒤에 짊어진 짐을 내렸다. 그리고 여러 겹 끼고 있던 장갑을 벗고는 단 하나만 남겼다.

"정말 이 위를 올라가려고요? 장비는 있어요?"

이지가 걱정스레 물었다.

"나는 올라가서 눈이 더 쌓이길 기다릴 거예요. 눈이 쌓이는 동안 풍경을 감상해야죠. 그쪽은 최대한 빨리 트랩 라인 밖으로 가요."

이지는 그 말에 그저 허무한 미소만 지었다. 이미 눈은 이지의 가슴팍까지 쌓여 걷기 힘들 정도였다. 밤이 오기 전에 10m는 훌쩍 쌓일 속도였다. 이지는 그녀가 살아서 트랩 라인 밖으로 돌아갈 생각이 없다는 걸 이제야 눈치챘다.

"죽을 작정으로 다이빙을 할 거라면, 차라리 대회 같은 거에 나가는 게 더 멋지지 않아요?"

이지는 다시 여자를 향해 물었다.

"그럴 시간이 어디 있어요? 그렇게 멋지게 보이는 거 할 시간 없어요. 아무리 아마추어 경기라고 해도 약물 검사니 뭐니 다 받고. 그 귀찮은 짓을 왜 합니까? 살면서 남한테 보여주려고 한 짓이 대부분인데. 왜 굳이 지금, 이 순간까지?"

여자의 말은 이지에게도 모두 해당하는 말이었다. 그럼에도 그녀의 말처럼 다이빙이 추락하면서 추는 춤이라면, 이 춤을 누군가는 보아야 하는 게 아닐까, 그게 자신이면 어떨까 하고 이지는 조심스레 생각했다. 여자는 이번에도 이지의 생각을 읽은 듯 대답했다.

"당신은 당신의 걸 찾아야죠. 나는 내 춤을 끝낼 테니까."

"그럼 나는……."

당신의 것. 이지는 자신 앞에 놓인 길을 다시금 떠올렸다.

"고래 방귀 뀌는 곳에 가야 해요."

"그럼 눈이 더 쌓이기 전에 저쪽으로 더 걸어가봐요. 멈추지 말고."

여자는 송신탑 너머를 향해 가리켰다. 그래 봤자 하얀 평지일 뿐이었지만, 이지는 그 손가락이 가리킨 지점을 바라보았다.

"그럼 당신 춤은 누가 기억하나요. 아무도 보지 않으면……."

"적어도 이 송신탑은 기억하겠죠. 나는 진심을 다해 출 거니까."

짧은 대화 사이에 눈발은 더 거세졌다.

"나는 이제 올라가요. 이런 무시무시한 눈은 여기 겨울에서만 볼 수 있을 거예요."

'지금은 겨울이 아닌데요. 아직 가을이에요.'

이지는 속으로 생각했다. 여자는 송신탑을 오르기 시작했다. 어떤 장비도 없이 맨손으로 차분하고 확실하게 스텝을 밟아나갔다. 여자는 거인의 정글짐을 타는 어린아이처럼 보였다.

이지는 송신탑을 지나 여자가 가리켰던 방향을 향해 걸었다. 어느 순간 뒤를 돌아봤을 때 송신탑은 보이지 않았고, 여자도 없었다. 사방에 어둠이 몰려오고 있었다.

헤매고 헤매도 주변에 보이는 것이라고는 눈뿐이었다. 젖어 있는 옷, 차갑게 나오는 입김, 피곤함에 흐려지는 눈빛, 방향 감각을 잃은 발걸음까지 이지는 비틀거리며 겨우 한 발짝을 떼었다. 어느 쪽으로 고개를 돌려보아도 시야에 잡히는 건 휘몰아치는 눈보라뿐. 이대로 영원히 눈의 미로 속을 헤맬 거 같다고 이지는 생각했다. 그러다 거대한 고래 뼈 잔해 앞에 섰다.

고래 무덤이었다. 고래 무덤은 수십 개의 뼈들이 마치 비석처럼 세워져 서로 기대어 있는 형상이었다. 높이는 족히 10m는 되어 보였다. 이지는 놀랄 겨를도 없이 추위를 피할 수 있지 않을까 하는 기대감으로 고래 무덤 속 빈 공간을 찾아들어 갔다. 몸을 녹일 만한 이글루는 아니었지만, 눈만 있는 황량한 땅에 누군가 다녀간 흔적을 조금이나마 느낄 수 있어 안도가 되었다. 이지는 고래 뼈에 기대어 앉았다. 점점 몸이 쌓인 눈 속으로 들어갔다.

고래 무덤에서 잠이 들면 고래 꿈을 꾼다는 말은 사실이었다. 이지는 고래 꿈속으로 들어갔다. 꿈속에서 이지는 거대한 고래를 쫓아 바다 아래로 내려갔다. 곧 저 심연 속으로 이지의 몸이 끝없이 추락할 것 같았다. 꿈속에서도 이지는 영원히 수면 위로 올라오지 못할 거라고 느꼈다. 그런데 알수 없는 강력한 힘이 이지를 수면 위로 밀어냈다. 이지의 몸이 거품과 함께 소용돌이쳤다. 고래의 방귀였다.

이지가 다시 눈을 떴을 때 마치 우주 어디쯤 명왕성에 있는 거 같았다. 오른팔에는 아무 감각도 느껴지지 않았다. 다리도 얼어버렸다. 여기서 인생의 마침표를 찍게 되는구나, 하는데 눈앞에 하늘을 가릴 만큼 거대한 크기의 눈덩이가 서 있었다. 하얀 눈의 시차 유령이었다.

시차 유령이 긴 팔을 천천히 들어 이지의 몸을 꽉 붙잡았다. 이지는 숨을 헐떡거렸다. 그때 묵직하고 거대한 뭔가가 시차 유령의 다리를 공격했다. 시차 유령이 고통스러워하며 손에 쥐고 있던 이지를 풀어줬다. 무스였다.

무스는 붉은 눈동자로 시차 유령을 노려보더니, 우오오오— 우오오— 크게 울부짖었다. 고요 속에 울려퍼지는 천둥처럼 큰 소리였다. 무스는 다시 한번 시차 유령의 다리를 들이박았다. 그 충격에 시차 유령이 땅으로 곤두박질치며 엎어졌다. 이번에는 이지가 시차 유령의 중절모 위로 올라섰다. 그리고 주머니에 있던 조명탄에 불을 붙여 중절모 속에 집어넣었다. 불꽃이 튀더니 중절모 밖으로 하얀 눈이 토해져 나오기 시작했다. 그 눈은 여러 형태였다.

아이의 다리, 팔, 발, 장난감, 책, 얼굴, 시계…… 이제까지 시차 유령이 먹어치운 아이들의 박탈된 추억과 시간이 쏟아져 나왔다. 마지막으로 병원 놀이 장난감이 밖으로 나왔다. 이지는 주저앉아서 그 장난감을 만져보았다. 그러자 유치원에서 홀로 도망치던 6살의 이지가 발걸음을 돌려, 사유에게 돌아가 와락 안겼다. 그리고 말했다. 절대 혼자 두지 않을 거라고.

이윽고 시차 유령이 작아지더니, 서서히 눈 속으로 사라졌다. 눈바람만이 그 자리를 맴돌 뿐이었다. 무스가 이지의 코앞까지 다가왔다. 무스의 눈동자가 짙은 갈색으로 바뀌었다. 이지는 자기 키보다 큰 이 무스와 오래전부터 함께 걷고 있었다는 느낌을 받았다. 무스는 다시 고요해졌다. 그리고 자기 갈 길을 걸었다. 이지도 무스를 따라서 걸었다. 모든 것이 지독할 만큼 고요한 밤이었다.

이지와 무스는 아무 말도 나누지 않았다. 그저 함께 걸을 뿐이었다. 이윽고 둘은 이지가 트랩 라인 안으로 처음 걸음을 내디딘 곳까지 왔다. 그리고 무스는 돌아섰다.

◆

밥은 이지에게 이누이트 여인이라는 별명을 지어주었다.

이지는 자기 발로 트랩 라인 너머로 들어가, 자기 발로 걸어 돌아온 사람이다. 이건 이누이트가 아니면 거의 불가능한 일이라고 했다. 고담은 별다른 표정 없이 싱겁네라고 말했지만, 내심 안전하게 돌아온 이지가 자랑스러웠다. 그래서 그들은 파티를 하기로 했다. 일명, '손톱깎이 파티'.

이지가 돌아온 다음 날, 화원에 모인 고담, 캐롤라인, 미시즈 정, 리토는 모두 이지의 오른손만을 바라보았다. 마침내 이지가 손톱깎이를 들었다. 일제히 긴장된 표정이 되었다.

"Can I clip my nails?"(깎을 수 있을까요?)

이지가 긴장된 눈빛으로 모두를 향해 묻고는 엄지손톱부터 툭 잘랐다. 손톱이 튕겨 바닥에 떨어졌다. 이지는 여전히 긴장을 늦추지 못했고 다른 사람들은 모두 개운한 표정을 지었다. 모두가 손뼉을 쳤고 리토가 바닥에 떨어진 손톱을 집어 들었다.

"Her nails are mine! haha!"(그녀의 손톱은 내 것이야!)

다섯 손가락의 손톱을 모두 깎고 기다렸지만, 아픔이 느껴지지 않았다. 몇 시간 후 갑자기 통증이 올라올지도 모른다는 두려움은 여전했지만, 이지는 느끼고 있었다. 지금은 확실히 다르다고, 세포가 더는 통증을 기억하지 않는다고.

"Let's have a drink to celebrate!"(자! 기념으로 한잔합시다!)

미시즈 정이 보드카 병을 흔들며 말했다.

"The cold wind is the best food for vodka. Shall we go to the rooftop." (보드카 안주는 역시 찬 바람이죠. 옥상으로 갈까요?)

고담의 말이 끝나자마자 모두 일사불란하게 간이의자와 잔을 하나씩 챙겨 들고는 위로 향했다. 옥상에 올라가 보드카를 한 잔씩 따랐다. 언제 챙겼는지 캐롤라인이 미시즈 정의 무릎에 슬쩍 담요를 덮어주었다. 보드카 한 병이 금방 비워지자 고담이 한의원에서 약초로 담근 약술을 가져왔다. 모두 출처를 의심했지만, 아무튼 술이면 된다는 분위기였다.

"Let's play a game!" (게임을 하자!)

미시즈 정이 제안하자 캐롤라인이 물개 박수를 쳤다. 캐롤라인은 한국어는 잘 몰랐지만, 한국 술자리 게임 문화는 통달하고 있었다.

"Which one?" (어떤 거?)

"3·6·9 games are good too. King game?" (3·6·9도 좋고. 왕 게임?)

규칙 설명이 쉬운 이미지 게임을 하기로 했다.

"Who do you think likes sex the most?" (가장 섹스를 좋아할 거 같은 사람은?)

미시즈 정의 질문에 모두가 캐롤라인을 가리켰다. 캐롤라인이 한 잔 마시고 다음 질문을 했다.

"Who do you think you're never dated before?" (가장 연애 못 해봤을 거 같은 사람은?)

이번에는 리토가 압승했다. 이런 사람, 저런 사람이 반복되다 이지 차례가 되었다.

"Who is most likely to leave Alaska?" (가장 빨리 알래스카를 떠날 거 같은 사람은?)

이지의 질문에 모두가 고담을 향해 손가락을 가리켰다. 이지만 자기 자신을 가리키고 있었다. 그러자 고담이 농담처럼 한마디를 중얼거렸다. 서칭 데이에 트랩 라인을 넘은 자신이 돌아오지 못할지도 모른다는 북극 허풍이었는데도 다들 그의 말에 숙연해질 뿐이었다.

나뒹구는 술병 사이로 사람들은 각자 침낭에 들어가 애벌레처럼 잠이 들었다. 이지는 잠이 오지 않아 침낭에서 빠져나왔다. 간이의자에 고담이 홀로 앉아 있었다. 이지는 고담의 옆으로 가 기지개를 켜고 설산 너머로 붉은빛이 떠오르는 걸 바라보았다. 거의 아침이다. 거의…… 거의. 두 사람은 '거의'의 시간을 함께 바라보았다. 이지가 가방에서 라디오를 꺼내 고담에게 건넸다.

"이제는 선생님이 필요하신 거니까."

"지금 12시간 45분 지났어요."

"네?"

"이지 씨, 손톱 자르고 난 뒤로."

"……안 아파요."

"언제 가요? 한국?"

"3일 후에."

"그럼 못 보겠네요."

"네."

"선생님은 내일 출발이죠? 서칭 데이."

"네."

두 사람 사이에 적막이 흘렀다.

"Hey, we are all here. English please." (이봐. 우리 여기 같이 있어. 영어로 말해.)

캐롤라인이 침낭 안에서 부스스하게 깨어나 말했다.

"Something serious?" (뭔가 심각한 거야?)

"No, just casual talk." (그냥 가벼운 대화한 거야.)

이지가 아무 일 아니라는 듯 대꾸했다.

"Your korean sounds serious. Anyways Izy is always serious. Even from very beginning." (너의 한국말이 진지하게 들려. 하기야 이지는 원래 진지했어. 처음부터 그랬지.)

"No, she was hurt." (그녀는 아파서 그랬던 거야.)

리토도 침낭에서 취한 목소리로 일어나 말했다.

"It's the same." (같은 거야.)

캐롤라인이 리토를 보며 말했다.

"How is it the same?" (그게 왜 같냐?)

캐롤라인과 리토가 시답잖은 논쟁을 끝내고, 이지에게 물었다.

"이지 상은 한쿡에 돌아가며는 무엇을 하시믑니까?"

"I don't know what I am going to do next." (모르겠어요. 뭘 하게 될지.)

"Alaska knows this." (알래스카가 알고 있습니다.)

리토가 걱정하지 말라는 듯 대답했다.

"그럴까요?"

이지는 그렇게 믿고 싶었다. 그때 고담이 말했다.

"Don't say Alaska thing. Rito." (알래스카 타령은 그만 좀 해. 리토.)

"No, we are all called by Alaska, that's why we are here." (아니야. 우린 모두 알래스카가 불러서 왔잖아.)

"I don't know. Whether Alaska led me here." (나는 잘 모르겠어. 알래스카가 정말 날 부른 건지 아닌지.)

이지와 리토, 미시즈 정, 캐롤라인은 모두 고담의 뒷모습을 바라보았다. 이지는 느꼈다. 그들이 마음속으로 고담에게 힘껏 외치고 있는 소리를.

이쪽을 봐. 우리가 여기 있잖아.

하지만 고담은 돌아보지 않았고, 대신 북극권의 태양이
붉게 떠올라 고담의 얼굴을 비췄다.

이지는 숙소로 돌아와 캐리어에서 KIEV 35A 카메라를
꺼냈다. 오른손으로 카메라를 잡아보다니, 감개무량했다.
이제 셔터를 누를 수 있었다. 알래스카에 와서 이제껏 사진
은 한 번도 찍지 않았다. 물리적으로 찍을 수 없기도 했지만,
사실 이지는 30살 이후부터는 핸드폰으로도 거의 사진을 찍
지 않았다. 인스타도 페북도 플리커에도 사진을 올리지 않
았다.

오직 잡지사와 전문 포토그래퍼의 사진을 리터칭하는 일
외에는 사진을 다루지 않았다. 사실 '내 사진'이라는 취향이
생길까 두려웠다. 혹시라도 그것이 고집이 돼 상업적으로
유연한 시각을 잃을 거 같았다. 하지만 이제 이지는 그건 자
기 연민에 빠진 말장난에 불과하다는 걸 안다. 다만 이지는
찍고 싶은 게 없었다. 그런데 이제야 찍고 싶은 게 생겼다.

35mm 필름을 필름 카트리지에 장착했다. 렌즈의 초점을
창 너머에 맞췄다. 설산을 품은 바다는 언제나처럼 거기에

있었다.

찰칵—

무작정 담고 싶은 걸 찍을 것이다. 프런트에 캐롤라인이 보였다. 렌즈의 초점을 그녀에게 맞추자 특유의 냉소적인 표정으로 이지를 향해 가운뎃손가락을 날렸다.

찰칵—

이지는 모텔 밖으로 나와 찬 공기를 깊이 들이마셨다. 그리고 호머 사취를 향해 걸었다. 바다에 침을 뱉어 생긴 것같이 가느다랗고 긴 길. 그 끝에 놓인 러시아의 개척자 동상 앞에 섰다.

찰칵—

필름이 18장 남았다. 그렇다면 무엇을 남기고 싶은가. 여기는 사진가들이 그토록 갈망하는 대자연이다. 하지만 지금 이지가 찍고 싶은 건 분명했다. 뜨거운 감정이 깊은 곳에서부터 올라왔다. 이 카메라는 고등학교 때부터 이지에게 특별한 용기를 주었다. 이걸 들고 있으면 무슨 짓을 해도 '사진을 찍기 위한 것'이라는 변명이 되었다.

발걸음은 자연스레 알래스카 한의원으로 향했다. 건물 앞에 도착하자 사람들이 하나둘 빠져나왔고, 곧 진료 시간이 끝나 고담이 내려왔다. 계단에 앉아 있는 이지를 보고 고담은 놀란 표정을 지었다.

"추운데 거기서 뭐 해요? 쭈그리고."

"내일 출발하는데, 오늘까지 일하셨네요."

"정리죠. 뭐."

"저기 선생님, 사진 찍어도 돼요?"

고담이 주위를 둘러봤다.

"날요? 지금요?"

"네."

그제야 고담이 이지의 손에 들려 있는 작은 카메라를 발견했다.

"여긴 알래스카인데, 왜 하필 절."

"찍어요?"

"뭐 굳이 나를 찍느라 필름을 소비할 필요가 있을까요?"

그러면서도 고담은 슬쩍 벽을 손에 대고는 어정쩡한 포즈를 취했다.

"얼굴 위주로 찍을 거예요."

고담이 포즈를 풀며 말했다.

"진작 말씀하시지."

이지는 고담의 얼굴을 이리저리 관찰했다. 고담은 자신을 살피는 이지를 가만히 바라보았다.

"제가 질문할게요."

"질문이요?"

이것은 이지가 인물 사진을 찍던 시절의 습관이다. 인물의 표정을 포착하기 위해서 이지는 질문을 던졌다. 쓸데없는 감정을 건드리는 위험 요소가 있지만, 좋은 표정을 우연히 만들어내는 데는 효과가 있었다. 이 순간만큼은 질척거리는 질문도 과감히 할 수 있었다.

"좋은 사진을 위해서랄까요."

"알았어요."

"대답해도 되고, 안 해도 돼요."

고담은 살짝 긴장한 얼굴로 두 손을 가지런히 모으고 바른 자세로 섰다.

"어떤 계절을 가장 좋아해요?"

"여름."

찰칵―

"한국 여름이 좋아요? 알래스카 여름이 좋아요?"

"여름은 한국 쪽이."

찰칵―

"한국이라면, 여름에 뭐 하면서 보내요?"

"여름 호떡이랑 서머 와인 마시면서 멍 때립니다."

"호떡을 여름에 먹어요?"

"딱 좋아요. 그때가."

고담의 얼굴에는 호떡에 대한 그리움이 서렸다.

찰칵―

"그럼 가면 되잖아요? 한국에."

"그건 어려워요."

찰칵―

"왜요? 매년 서칭 데이에 집중돼 있어서?"

"미안해요. 아내한테. 혼자 한국에 가는 건."

찰칵―

"그런데 나한테 너무 필름 많이 쓰는 거 아닙니까. 아깝게."

"안 아까워요. 선생님."

잠시 카메라를 가운데 두고 이지와 고담이 아무 말도 하지 않았다.

"내일 떠나면 얼마나 있어요?"

"때마다 달라요."

"첫날은 살살 움직이나요?"

"아뇨. 알래스카의 급변하는 날씨를 감당하려면 첫날이라도 날씨가 좋으면 스노모빌 타고 정말 쭉 들어갑니다. 한번에 최대한 멀리."

"그렇군요."

"배웅은 못 가겠네요."

순간 고담의 얼굴에 아쉬움이 읽혔다. 이지는 그 표정이 좋았다.

찰칵―

"저는 어쩌죠?"

"네? 아, 이지 씨 오른팔과 손은 좋아졌습니다. 이젠 괜찮을 거예요."

찰칵―

'저는 어쩌죠?'에 담긴 의미가 그게 아니라는 건 고담도 알고 있었다.

"아마도 다시 보진 못하겠죠?"

"아무래도 쉽게 돌아올 수 있는 곳은 아니죠. 알래스카가."

"그럼 지금이 마지막이겠네요."

"잘 살아요."

"네, 선생님도."

찰칵―

다음 순간, 고담이 정중하게 인사하고 이지를 지나쳐 계단을 내려갔다.

"그래도 새우탕이랑 호떡 믹스는 내가 보낼게요. 한국에서 한의원으로."

고담이 이지를 돌아보았다.

"고마워요."

찰칵―

이지는 고담의 마지막 표정까지 담았고, 고담은 그대로 건물을 빠져나갔다.

숙소에 도착했을 때 인스타그램 디엠 알람이 울렸다. 사유였다. 이지는 긴장된 손으로 메시지 창을 열었다. 사유는 끝내지 못했던 동화의 엔딩을 다시 쓰게 될 거라고 했다.

― 첫 문장은 이렇게 시작하려고 해.
'고아는 거대한 무스가 되어 있었다.'

이지는 다음 이야기가 무엇인지 말하지 않아도 알 수 있었다.

14.

수색대는 떠났지만 다른 이들의 일상은 똑같았다. 이지는 한국으로 돌아갈 짐을 꾸렸다. 등산 용품은 호머 세컨핸드 숍에 다 팔았기에 짐은 한결 가벼웠다. 이지는 앞으로도 삶에서 천천히 짐을 줄여나갈 참이었다. 그리고 내일 오전에 출발하는 버스표를 알아보았다.

똑똑. 미시즈 정이 문을 두드렸다. 곧 한국으로 가는 이지에게 부탁이 있다고 했다. 돌아가면 진로 팩소주와 오뚜기 냉동 떡볶이, 당면을 보내줄 수 있냐고 물었다. 미시즈 정은 한인 사회와 연을 끊어 한국 물품을 받을 통로를 잃었다. 게다가 이혼 소송 중이라 금전이 원활하지도 못했다. 미시즈 정은 소주에 떡볶이가 너무 당긴다며 한탄했다. 이지는 흔쾌히 승낙했다.

미시즈 정은 뛸 듯이 좋아하며 아예 테이블에 앉아 필요한 물품을 적어 내렸다. 고추장 튜브, 양갱, 카레, 된장 가루.

"정은 한국에 돌아갈 생각 없어요?"

"김 씨 그 개새끼가 우리 친정에까지 소문을 내서 지금은 못 가요. 시간이 필요해요."

"정, 앞으로도 연락해줘요. 필요한 물품은 쭉 보낼게요."

미시즈 정은 금세 눈물이 맺혀서는 이지를 바라보았다.

"여기 떠나면 뭐가 가장 그리울 거 같아요?"

"빙하 위에서 팩소주 마시던 거?"

"고담이랑?"

이지가 가만히 끄덕였다.

"고담은 거식증에서 내 인생을 구한 사람이에요. 정말 좋은 의사인데……."

미시즈 정이 말줄임표를 오래 끌다 말했다.

미시즈 정은 은하를 유약한 여자라고 생각했었다. 하지만 우연히 사격 훈련을 같이 하면서 친해진 은하는 예상과 달랐다. 그녀는 죽음을 정면으로 마주 볼 줄 알았고, 죽음에 대한 자기의 견해도 분명했다.

"아무래도 한국으로 돌아가서 이식 수술이라도 알아보면 어때요?"

미시즈 정이 묻자 은하는 이렇게 대답했다.

"병원에서 죽고 싶지 않아요. 도시에서 죽는 게 어떤 건지 알아요. 담당 레지던트의 사망 선언이 있고, 내 몸에서 나온 분비물을 간호사들이 치우고, 잠시 유족에게 내 모습을 보여주겠죠. 1인실 비용은 비쌀 테니까 분명 난 다인실에서 죽음을 맞이하겠죠. 내 죽음은 공개될 거예요. 그렇게.

그래요. 더 살아보려고 치료를 받을 순 있겠죠. 하지만 재수술을 한다고 해도 생존 확률을 보장할 순 없어요. 난 연명 의료를 중지하는 데 사인을 했어요. 폐암은 연명 의료 거부가 가능하더라도 병원에선 최후까지 영양 공급을 멈추지 않을 거예요. 법이 그래요. 모든 환자는 억지로 주입된 영양물을 인간의 마지막 인권이란 이름으로 받아야만 해요. 그건 거부할 수도 없어요. 난 죽을 때까지 존엄하고 싶어요. 내가 원하는 걸 하면서."

그 말에 미시즈 정은 고개를 끄덕였다. 은하와 미시즈 정은 신혼여행을 파리로 다녀왔다는 공통점이 있었다.

"남자들은 여자들이라면 다 에펠탑을 좋아할 거라고 생각하죠."

은하의 말에 미시즈 정은 공감했다. 은하는 에펠탑을 보았을 때, 그걸 타고 올라가는 자신을 상상했다고 말했다. 은하는 서울에서 20대 후반까지 하이 다이빙을 즐겼는데, 아토피가 다시 생기면서 수영장 물에 들어갈 수 없게 되었다. 그래서 바다에서 절벽 다이빙을 하려고 했지만 바닷물도 아토피를 자극하기는 마찬가지였다.

"그럼 어디서 다이빙을 하느냐……."

은하는 자조적으로 웃으며 말끝을 흐렸다. 은하는 항암을 거부하고 앵커리지 대학 병원에서 모르핀을 처방받았다. 하지만 입원하지 않고, 받을 수 있는 모르핀의 양은 제한적이었다. 통증이 심해지면서 은하는 더 많은 양의 모르핀이 필요해졌는데, 그녀는 끝내 입원만은 하고 싶지 않았다. 그 과정에서 고담과의 균열은 나날이 심해져갔다.

은하의 입장은 약물로라도 통증을 조절하면서 일상을 유지하는 것이었다. 모르핀을 구하는 데 한계에 다다르자 은하는 상대적으로 구하기 쉽고 싼 펜타닐 패치를 구매했다.

그리고 즉각 펜타닐에 중독되었다.

그때부터 은하는 이누이트의 죽음론에 빠져들었다. 은하는 다이빙을 하고 싶다고, 즉 죽고 싶다고 말했다. 하지만 고담이 보기에 은하의 상태는 약물로 인한 환각 증상에 불과했다.

미시즈 정의 이야기가 마무리되었을 때 이지는 자신이 해야 할 일이 무엇인지 알게 되었다. 이지는 리토의 화원에 도착하자마자 구석에 놓인 아이맥 앞에 앉았다. 은하의 영정 사진을 리터칭하기 위해서 사진 파일을 열었다. 사진 속에는 커트 머리의 동양 여자, 은하가 있었다.

이지는 은하의 마음속 어딘가 꽁꽁 숨겨진 것을 꺼내어 그녀의 얼굴에 담아보고 싶었다. 복수심, 원망, 분노보다는 한 줄기 빛 같은 것을 꺼내려 애썼다. 인간의 얼굴은 빛과 어둠을 동시에 가졌고 어느 쪽을 보느냐에 따라 다르게 볼 수 있다는 걸, 이지는 사진을 통해서 알고 있었다.

상상의 끝에서 이지는 찰나의 순간, 햇살이 드는 알래스카 한의원에서 고담과 마주 보고 있는 은하를 떠올렸다. 아주 잠시였지만 은하는 충만함을 느끼고 있었다. 바로 그 표정을 이지는 머릿속 셔터로 촬영해 기억하려 했다. 이지는 천천히 왼손을 움직였다. 리터칭이 끝나자마자 사진을 저장했다. 사진 파일의 이름은 '은하의 빛'으로 적어두었다.

이지는 숙소로 돌아와 마지막 청소를 했다. 바닥, 창틀, 화장실, 장롱, 테이블 위까지 자신이 여기에 다녀갔다는 흔적이 완전히 사라질 만큼 깨끗이 치웠다. 이지의 머리카락 하나도 남지 않았을 때쯤 문자가 도착했다.

— Hi. I am Bob. I asked Godam for your number. (안녕하세요. 밥입니다. 제가 고담에게 번호를 물어봤습니다.)

— Do you text? (문자를 해요?)

— Sure. (물론입니다.)

이지가 얼떨떨하는 사이 밥에게서 연이어 메시지가 왔다.

— Come out. Now. (나와요. 당장.)

— Why? (왜요?)

시계를 보니 새벽 1시였다.

— The search party lost their connection. We lost him. Our most beloved doctor and friend. So we are going to Anchorage. (수색대가 연락이 끊겼어요. 우리는 그를 잃어버렸습니다. 우리가 가장 사랑하는 의사이자 친구를요. 그래서 우리는 앵커리지에 갈 겁니다.)

이지는 잠시 머릿속이 정지되었다. 자신이 영어를 잘못 읽었다고 생각하고 다시 읽었다. 하지만 역시 그대로였다. 즉시 캐리어와 백팩을 챙겨 모텔 밖을 나왔다. 밥의 지프차가 입구에 주차되어 있었다.

조수석 문을 열자 운전대를 잡은 밥이 보였다. 밥을 포함해 뒷좌석에 타고 있는 캐롤라인과 미시즈 정, 리토 모두 불안한 침묵 속에서 서로를 마주 보지 않으려 애를 쓰고 있는 것이 느껴졌다. 잠깐이라도 눈동자를 마주치면 누구랄 것 없이 울음을 터트릴 수 있다는 걸 알았다. 그들은 모두 입술을 지그시 깨물고 무표정을 유지하고 있었다.

고담은 매년 서칭 데이를 떠나기 전마다 밥에게 '자신에게 무슨 일이 생겼을 때' 알려야 하는 지인들의 연락처를 만들어주었다. 긴급 상황에서 가장 침착할 사람이 밥이라는 걸 알았기 때문이다. 고담의 예상대로 밥은 소식을 듣자마자 차분히 문자를 돌렸고, 앵커리지로 향하기 위해 차례대로 사람들을 픽업했다.

"우리 어디로 가는 거예요?"

"앵커리지 KJNP 라디오 방송국이요."

그제야 이지는 고담이 말했던 '트랩 라인으로 보내는 오직 하나의 주파수'라는 라디오 이야기가 떠올랐다.

녹음이 진행되는 라디오 방송국 안으로 이지, 리토, 캐롤라인, 미시즈 정, 밥이 나란히 들어섰다. 뒤이어 손님 픽업 중에 소식을 듣고 온 핌이 서둘러 들어왔다. 유리창 너머 스튜디오에서는 중년의 금발 백인 남자와 백발의 이누이트 여인이 나란히 앉아 있었다. 남자가 영어로 말하면, 여자는 이누이트 언어로 통역을 했다.

이지는 창문 너머 내리는 폭설을 불안한 눈빛으로 바라보았다. 앞에서 장비를 만지던 피디가 그들에게 다가와 설명했다.

"We are sending messages everywhere. I think that might be the last message we send. The important rule is 'don't cry'!"(메시지를 보낼 겁니다. 지인에게 마지막으로 하고 싶은 이야기를 보내세요. 규칙은 절대 울지 말 것!)

금발이 이지의 차례를 알렸다. On Air 불빛 쪽으로 걸어가는 이지의 발걸음이 심하게 떨렸다.

스튜디오 안에는 이지 혼자였다. 마이크 앞에 앉아 헤드셋을 쓰자 빨간 불빛이 들어왔다.

"듣고 계세요?"

이지는 겨우 말을 뱉고는 다시 입을 다물었다. 침묵이 길어지자 창 너머에서 피디가 재촉하는 손짓을 했다. 이지는 눈을 감고 트랩 라인 너머를 떠올렸다. 폭설 속에 끝이 보이지 않는 하얀 땅이 펼쳐진 곳, 강한 바람 속에서 서서히 생명의 느낌이 사라지는 곳. 조금만 더 가면 찾을 수 있을지도 모른다는 기대감에 멈추지 못하고 헤매는 남자가 그곳에 서 있다. 이지는 손을 내밀어본다. 하얀 눈의 장막이 가로막아 닿지 않지만, 더 길게 손을 뻗어본다.

"선생님, 세상은 너무 시끄러워요. 그래서 단 한 번도 내 속에 있는 말을 제대로 들은 적이 없어요. 태어나서 한 번도, 단 한 번도…… 그런데 트랩 라인 너머는 고요했어요. 그때 알았어요. 내가 그토록 기다렸던 건 나까지 침묵시키는 고요라는 걸……. 그러자 모든 게 선명해졌어요. 내 진짜 목소리. 내 속의 유령까지도.

은하 씨는 그 속에서 자기 목소리를 들었어요. 은하 씨는 아마 그걸 춤으로 표현하고 싶었나 봐요. 송신탑 꼭대기에서 뛰어내려서라도……. 그렇게 하고 싶다는 목소리를 들었을 거예요. 남들은 이해할 수 없는 이상한 꿈이라고 해도, 그건 분명히 고요 속에서 외치는 자기 목소리예요.

대부분의 사람은 평생 단 한 번도 듣지 못하기도 하잖아요. 거기도 지금 고요한가요? 그래서 선생님은 들었나요? 선생님만의 목소리를……."

마이크가 꺼졌다. 이지는 자리에서 일어나 천천히 방송실을 나왔다.

"You should go to the airport now!" (얼른 공항으로 가요!)

시계를 보며 리토가 말했다. 이지는 좀처럼 발이 떨어지지 않았다.

"I don't want to go." (가고 싶지 않아요.)

말하면서도 이지는 자신이 여기에 더 머물 수 없다는 것을 알고 있었다. 내일이면 당장 불법 체류자가 되었다. 그렇게 되면 모두에게 민폐였다.

"No, Alaska is telling you to." (아니, 그건 알래스카가 선택할 겁니다.)

이지는 결국 그들을 남겨둔 채 홀로 밖으로 나와 택시를 잡았다.

앵커리지 공항에서도 이지는 텔레비전에서 시선을 떼지 못했다. 수색대는 여전히 아무 연락이 없었다. 비관적인 뉴스가 나오기 시작했다. 이 정도 기간까지 버틸 수 있는 확률은 극히 낮다는 이야기가 흘러나왔다.

우에무라 나오미는 개에게 먹이를 주기 위해 10kg의 무게가 나가는 무전기를 버렸다. 이제 이지는 안다. 무언가 생을 걸고 버리지 않으면, 어느 쪽으로든 나아갈 수 없다는 걸. 그리고 나아가는 쪽을 선택하는 것이 좋은 것임을. 고담은,

아니 수색대는 어떤 선택을 했을까.

인천 공항행 비행기 탑승을 알리는 안내 방송이 들렸고, 이지는 질문을 뒤로 하고 탑승구 쪽으로 일어나 걸어갔다.

서울 오피스텔은 얼음장처럼 차가웠다. 이지는 방바닥에 몸을 누였다. 차가운 기운이 온몸을 휘감아 여전히 알래스카에 있는 거 같았다. 안도가 되었다.

15.

일상은 계속되었다. 바닥을 찍은 경제 상황을 회복하기 위해 다급히 일을 찾아보았다. 월간 〈등산〉의 포토그래퍼와 리터칭을 겸할 수 있는 경력직에 통과했고, 면접을 보았다.

최근 알래스카 디날리 하이킹을 다녀왔다는 이야기에 면접관은 흡족해했다. 본의 아니게 하이킹이 스펙이 된 상황에 이지는 얼떨떨했다. 다음 주에 바로 인수인계를 받아 일을 시작했으면 좋겠다는 답을 받았다.

사유의 인스타그램 계정은 사라졌다. 알래스카에서 이지와 주고받은 메시지도 애초에 없었던 것처럼 증발해버렸다. 그녀는 네바다주에서 진행되고 있는 알렉스 베런의 재판에

증인으로 서 있을까? 아니면 세계를 떠돌아다니며 동화를 쓰고 있을까? 이지는 홀로 무력하게 상상할 뿐이었다.

이지는 매일 저녁 진로 팩소주에 새우탕을 먹었다. 소주에는 튀김우동보다는 새우탕이 옳았다고 고담에게 말해주고 싶었다. 알래스카에서 미시즈 정이 연락을 해왔다. 한국에서 중요하게 전달받을 물건이 있는데, 괜찮다면 받아서 함께 소포로 보내줄 수 있느냐고.

이지는 물건을 전달받기 위해 오피스텔 근처에 서 있었다. 그때 사람들 사이에서 어딘지 낯익은 얼굴이 보였다. 환영인가. 이지는 눈을 비비면서도 행여 그 환영을 놓칠세라 저절로 몸이 앞으로 나갔다. 이지는 한눈에 그를 알아보았다. 서서히 고담이 다가왔다. 이지는 순간 다리에 힘이 풀려 털썩 주저앉아버렸다. 고담이 무릎을 꿇고 앉았다.

"뭡니까? 유령이라도 본 것처럼?"

혼백도, 유령도 아니었다. 그였다.

"놀라게 해주려고."

언제나처럼 담담한 고담의 목소리에 이지는 눈물이 핑 돌았다.

"찾았어요? 은하 씨는?"

고담은 고개를 저으며 말했다.

"구조된 후에 장례를 치렀어요. 알래스카 친구들이랑. 유쾌했습니다. 영정 사진 속 은하의 얼굴이 그랬거든요."

"어떻게 여기까지 왔어요?"

"거리는 멀지 않죠."

고담이 이지를 일으켜 세웠고, 환한 미소로 바라보았다.

"……아직 겨울이라 여름 호떡은 멀었는데."

"여름까지 기다릴 수 있어요. 그럴 작정으로 왔으니까."

"한의원은요?"

"휴업이죠."

"그래도 돼요?"

"알래스카에서도 여름 호떡이랑 서머 와인을 먹을 수 있죠. 같이 간다면. 하지만 어느 쪽이든 괜찮아요."

"나도 괜찮아요. 어느 쪽이든."

"그럼, 우린…… 같은 쪽이네요."

트랩 라인을 떠났던 수색대는 급작스러운 폭설을 만났다. 스노모빌은 얼어붙어 멈췄고, 무전기는 지지직 소리만 냈다. 남은 건 오직 라디오뿐이었다.

알래스카의 깊은 밤, 한 치 앞도 모르는 눈보라 속에서 고담은 저 너머를 바라보았다. 경계를 넘으면 아득한 오지였다. 어쩌면 돌아오지 못할 거라는 예감이 들었다. 휘몰아치는 눈발 속으로 한 걸음 더 걸어갔다. 발자국이 눈발에 날려 사라졌다. 그때 라디오에서 이지의 목소리가 들렸다. 그 순간 허공을 압도하는 오로라가…… 분홍빛, 초록빛으로 뒤엉켜 흔들리고 있었다. 송신탑에서 날아오는 영혼의 춤 같았다. 그리고 분명하게 알게 되었다.

저 목소리가 들리는 쪽으로 돌아가고 싶다고.

작가의 말

이 책의 초고는 2015년 여름에 완성되었습니다. 출간까지 8년이 걸린 셈입니다.

저는 쭉 영화 시나리오 쓰는 일을 해왔기에, 소설은 영화와는 달리 개인적이고 비밀스러운 단독 작업이라고 생각해왔습니다. 하지만 처음 경험한 소설책 출간 과정은,

소설 속 이지가 알래스카에서 크루들을 만나 변화한 것처럼 지지해주고, 다른 의견을 주고, 기다려주는 다양한 사람들을 만나서 나아가고 나아지는 것이었습니다. 그분들 덕에 출간까지 이어질 수 있었습니다.

사계절출판사의 윤설희 편집자님, 김효진 디자이너님, 장슬기 팀장님 그리고 모든 직원 분들께도 감사드립니다. 더

붙어 추천사를 써주신 김호연 작가님, 호두앤유픽쳐스의 이정은 대표님과 권소은 이사님. 이민우님, 김유진님, 이은님 그리고 봉자와 쿠바에게도 특별히 감사를 드리고 싶습니다.

2023년 봄
마포 성산동에서 이소영

알래스카 한의원

2023년 3월 30일 1판 1쇄
2024년 9월 15일 1판 4쇄

지은이
이소영

편집		디자인
김태희, 장슬기, 윤설희, 최경후, 이여름		김효진

제작	마케팅	홍보
박흥기	김수진, 강효원	조민희

인쇄	제책	
천일문화사	J&D바인텍	

펴낸이	펴낸곳	등록
강맑실	(주)사계절출판사	제406-2003-034호

주소		전화
(우)10881 경기도 파주시 회동길 252		031)955-8588, 8558

전송
마케팅부 031)955-8595, 편집부 031)955-8596

홈페이지	전자우편	블로그
www.sakyejul.net	literature@sakyejul.com	blog.naver.com/skjmail

페이스북	트위터	인스타그램
facebook.com/sakyejul	twitter.com/sakyejul	instagram.com/sakyejul

ISBN 979-11-6981-127-9 03810